DuMont's Kriminal-Bibliothek

Charlotte Matilde MacLeod wurde 1922 in Kanada geboren und wuchs in Massachusetts, USA auf. Sie studierte am Boston Art Institute und arbeitete danach kurze Zeit als Bibliothekarin und Werbetexterin. 1964 begann sie, Detektivromane für Jugendliche zu veröffentlichen, 1978 erschien der erste »Balaclava«-Band, 1979 der erste aus der »Boston«-Serie, die begeisterte Zustimmung fanden und ihren Ruf als zeitgenössische große Dame des Kriminalromans festigten.

Von Charlotte MacLeod sind in dieser Reihe bereits erschienen: »Schlaf in himmlischer Ruh'« (Band 1001), »... freu dich des Lebens« (Band 1007), »Die Familiengruft« (Band 1012), »Über Stock und Runenstein« (Band 1019), »Der Rauchsalon« (Band 1022), »Der Kater läßt das Mausen nicht« (Band 1031), »Madam Wilkins' Palazzo« (Band 1035) und »Der Spiegel aus Bilbao« (Band 1037).

Herausgegeben von Volker Neuhaus

Charlotte MacLeod

Kabeljau und Kaviar

DuMont Buchverlag Köln

Für Claudia Kren

Alle in diesem Buch beschriebenen Personen sind frei erfunden; jede Ähnlichkeit mit realen – lebenden oder toten – Persönlichkeiten ist daher rein zufällig.

Die Deutsche Bibliothek – CIP-Einheitsaufnahme

MacLeod, Charlotte:
Kabeljau und Kaviar / Charlotte MacLeod. [Aus dem Amerikan. von Beate Felten]. – Köln: DuMont, 1993
(DuMont's Kriminal-Bibliothek; 1041)
ISBN 3-7701-1960-6
NE: GT

Umschlagmotiv von Pellegrino Ritter
Aus dem Amerikanischen von Beate Felten

Editorische Betreuung: Petra Kruse

Die der Übersetzung zugrundeliegende englischsprachige Originalausgabe erschien 1984 unter dem Titel »The Convivial Codfish« bei Avon Books, Hearst Corporation, New York, N. Y.
Satz: Froitzheim Satzbetriebe, Bonn
Druck und buchbinderische Verarbeitung: Clausen & Bosse GmbH, Leck

Printed in Germany ISBN 3-7701-1960-6

Kapitel 1

Der Allerwerteste Fischkopf Jeremy Kelling aus der Familie der Beacon-Hill-Kellings ließ seinen Blick wohlwollend über seine achtzehn Brüder vom Club des Geselligen Kabeljaus schweifen, die sich um die Tafel versammelt hatten, und brachte mit erhobenem Weinglas den altehrwürdigen Toast aus:

»Auf unser Wohl!«

»Und zur Hölle mit den anderen!« brüllten die übrigen wie aus einem Munde.

»Prost, Brüder!«

»Auf ex!« riefen siebzehn von ihnen.

»Ein toter Wal oder ein zerschlagenes Boot!« kreischte Bruder Wouter Tolbathy. Niemand gab etwas darauf. Sie waren an Wouter gewöhnt.

Sie leerten ihre Gläser. Der Allerwerteste Fischkopf tupfte sich die Lippen mit einer schwarzgesäumten Serviette ab, an der ein Stechpalmenzweiglein befestigt war, allerdings ohne die roten Beeren und verkehrt herum.

»Hiermit erkläre ich unseren alljährlichen Scrooge-Tag für eröffnet. Fröhliche Zwietracht alle miteinander! Wo weilet Ihr, Geist von Robert Marley?«

»Ich bin hier und klirre, Allerwertester.« Dekoriert mit kleinen Tresorfächern, Sparbüchsen, Kassenbelegen, dem vernickelten Münzensortierer eines Eisenbahnschaffners und Teilen einer alten Registrierkasse, nahm der Ehemals Allerwerteste Fischkopf Bruder Tom Tolbathy unter lautem Rasseln Haltung an.

»Seid Ihr in der Lage, uns das diesjährige Ekelobjekt zu präsentieren?«

»Jawohl, Allerwertester. Das nehme ich jedenfalls an.«

Durch die Unmenge von Sparbüchsen beträchtlich in seiner Bewegungsfreiheit eingeschränkt, griff Marleys Geist unter den Tisch und zog das auserwählte Prunkstück hervor.

»Mein Gott, sind der Verderbtheit der menschlichen Phantasie denn keinerlei Grenzen gesetzt?« murmelte Bruder Billingsgate.

Im vergangenen Jahr hatte eine Fee aus Kunststoff mit Augen aus Ziermünzen, die aufleuchten und blinzeln konnten, seinen Sinn für Ästhetik beleidigt. In diesem Jahr war es eine aufblasbare Version von Rudolf, dem Rentier mit der roten Nase, die von den Hufen bis zum Geweih über einen Meter maß und ein rotgrünes Ballettröckchen aus gefärbten Hühnerfedern trug. Selbst der Allerwerteste Fischkopf zuckte bei diesem Anblick kurz zusammen, fuhr dann jedoch beherzt mit der Zeremonie fort.

»Geist der vergangenen Weihnacht, was meint Ihr dazu?«

Bruder Billingsgate erhob sich schwerfällig. »Pah! Humbug!« knurrte er.

»Geist der diesjährigen Weihnacht, tut Ihr uns Eure Meinung kund!«

Bruder Ogham rückte seinen Kranz aus welken Mistelzweigen noch etwas kesser über sein linkes Ohr, gewährte der Versammlung einen langen Ausblick auf sein Gebiß bis hinauf zu den Backenzähnen und erwiderte mit falscher Liebenswürdigkeit: »Pah! Humbug! Brüder, ich hoffe, Ihr seid alle dem leuchtenden Beispiel Eures Allerwertesten Fischkopfes gefolgt und wart in diesem Jahr unartige kleine Jungen.«

»Pah! Humbug!« riefen sie alle, mit Ausnahme von Jeremy Kelling. Er verharrte in würdevollem Schweigen, bis der Staub aufgehört hatte, von der eindrucksvoll verzierten alten Stuckdecke zu rieseln.

»Geist der zukünftigen Weihnacht, sprecht zu uns!«

Der Ehemals Allerwerteste Große Fischkopf Wripp tastete nach der Tischkante. Schließlich gelang es ihm, sich halbwegs von seinem Stuhl zu erheben. »Pah! Humbug!« brachte er mit zitternder Stimme hervor.

Dies hatten sie Obed Oghams sonderbarem Humor zu verdanken, dachte Jeremy Kelling verdrießlich. Der hatte nämlich darauf bestanden, daß Wripp diese Rolle übernahm. Teufel auch, die Brüder brauchten wahrhaftig nicht daran erinnert zu werden, in welcher Verfassung sie alle bereits in wenigen Weihnachten sein würden. Außerdem war es äußerst taktlos und ganz und gar nicht lustig, den armen alten Wripp für einen derart geschmacklosen Scherz zu mißbrauchen.

Jeremy Kelling selbst war unter den Brüdern des Geselligen Kabeljaus geradezu ein Jüngling, befand er sich doch noch diesseits der Siebzig. Er hatte sich lange gedulden müssen, bis sein Großonkel Serapis, der einzige andere Bonvivant unter den Kellings, hochbetagt verschieden war und an eine mögliche Mitgliedschaft im Club auch nur zu denken gewesen war, denn die Aufnahmebedingungen waren streng, die Mitgliedschaft wurde im allgemeinen nur vererbt. Danach hatte er sich langsam hocharbeiten müssen. Jahrelang hatte er davon geträumt, daß er, der kleine Jem, eines Tages die Große Kette mit dem barschgroßen Kabeljau-Anhänger aus Sterling-Silber tragen und am Kopfende der Tafel sitzen durfte. Gerade erst im November, als der letzte Allerwerteste in aller Form abgedankt hatte und die Brüder verlauten ließen, es sei nunmehr an der Zeit, einen bisher noch nie dagewesenen Frevel zu begehen, hatte man ihn in Amt und Würden gehoben. Dies war nun sein erster Versuch, den Vorsitz zu führen, und wenn dieser Mistkerl Ogham sich einbildete, er könnte Jems großen Auftritt vermasseln, dann hatte er sich bei Gott geschnitten. Jem ignorierte das zweifellos boshafte Grinsen des Geistes der diesjährigen Weihnacht und verbeugte sich galant in Richtung des ältesten Clubmitglieds.

»Seid bedankt, Ehemals Allerwertester, mit einem herzlichen Pah! Humbug! Brüder, einen dreifachen Gruß für den Geist der zukünftigen Weihnacht!«

Woraufhin man seiner Bitte eifrig Folge leistete. Vielleicht waren einige der Meinung, daß dies das letzte ›Pah! Humbug!‹ sein könnte, das ihrem einst so tatkräftigen Vorsitzenden in diesem Leben noch zuteil wurde. Es war ein wahrhaft ergreifender Augenblick. Selbst Obed Ogham schien einen schwachen Anflug von Reue wegen seines geschmacklosen Scherzes zu verspüren. Jedenfalls schwang auch in seinem ›Humbug!‹ ein wenig von der gebührenden Feierlichkeit und Würde mit.

Doch sie waren nicht zusammengekommen, um ernst und würdig zu sein, und Jeremy Kelling wäre der letzte Scrooge gewesen, der das behauptet hätte. »Bob Cratchit«, befahl er, »mach, daß du an die Arbeit kommst, oder ich werde dir eine halbe Krone von deinem Gehalt abziehen und dir deinen Kohleneimer abnehmen.«

»Zur Stelle, Allerwertester.« Bob Cratchit, seinen Untergebenen als Mr. Ashbroom, seiner Gattin als Edward und einer gewissen Dame in einem Apartment in der Joy Street als Schnuckiputzi bekannt, eilte katzbuckelnd um den Tisch herum und füllte eifrig die Gläser mit Wein auf, ganz wie es sich für einen Bediensteten gehörte.

»Und jetzt bitte ich den Kleinen Tim um seinen furchtbaren Fluch.«

Bruder Durward, der seine Brille abgenommen hatte, damit er das Ekelobjekt nicht sehen mußte, setzte sie wieder auf die Nase und hielt auf dem Tisch suchend nach seinem Weinglas Ausschau. Schließlich entdeckte er es zwei Grad Südost von seinem Teller und schaffte es nach mehreren Versuchen, den Stiel sicher zu fassen. Dann erhob er sich, um seine unsterbliche Zeile zu sprechen.

»Pah! Humbug! Euch allen!«

Bob Cratchit schniefte gerührt: »Ist das nicht ergreifend?«

»Pah! Humbug! Du alter Schwachkopf«, zischte Obed Ogham. »Und was dich betrifft, du frecher Bengel, noch ein Wort von dir, und ich zerschlage dir deine Krücke. Brüder, meint Ihr nicht auch, daß Scrooge uns jetzt langsam etwas zu essen vorsetzen sollte?«

Weder durch ein Wort noch einen Blick oder auch nur durch ein Beben der Nasenflügel ließ sich Jeremy Kelling anmerken, daß er das Plastikrentier eigentlich nur für das zweitschlimmste Objekt in dieser Runde hielt. Er fuhr statt dessen unbeirrt mit der Tagesordnung fort.

»Marleys Geist, seid so gut und bringt uns die Letzte Ruhestätte.«

»Unverzüglich, Allerwertester.«

Bei Tom Tolbathy konnte man wenigstens davon ausgehen, daß er nicht aus der Rolle fiel. Er meisterte seine Kettenlast ebenso geschickt wie seine Großmutter ihre Tournüre, rasselte in eine Ecke des Versammlungsraumes und kehrte mit einem lamettabehangenen Mülleimer zurück. Jeremy Kelling nickte ihm dankend zu und hob das Ekelobjekt hoch über seinen Kopf.

»Brüder des Geselligen Kabeljaus, laßt uns Weihnachten auf unsere Weise begehen.«

»Wal, da bläst er«, rief Wouter Tolbathy. Eine erstaunlich passende Bemerkung für Wouter.

Rudolf, das Rentier mit der roten Nase, erwies sich als zu groß für die Letzte Ruhestätte, doch Marleys Geist löste das Problem, indem er ein Klappmesser aus seinem überladenen Kostüm hervorzauberte und Rudolf in den Rentierleib stieß, begleitet vom donnernden Applaus der Anwesenden. Der Allerwerteste Fischkopf stopfte daraufhin das jetzt schlaff gewordene Ekelobjekt in die Mülltonne, warf das Federröckchen hinterher und wischte sich die Hände ab.

»Hipp hipp hurra! Ich fühle mich so übermütig wie ein Schuljunge! Cratchit, her mit der Flasche. Mrs. Cratchit, den Chowder, bitte.«

Es wäre für die Clubmitglieder des Geselligen Kabeljaus undenkbar gewesen, etwas anderes als echten Bostoner Fischchowder zu bestellen, völlig ohne jeden überflüssigen Schnickschnack zubereitete Hausmannskost, und genau das bekamen sie auch. Die Serviererin, die ihnen die Suppe auftischte, war in jeder Hinsicht eine passable Mrs. Cratchit, leider jedoch hatte sie sich dazu verleiten lassen, ihr Mieder mit einer überflüssigen Scheußlichkeit in Form eines Weihnachtssträußchens zum Anstecken zu verunzieren. Bruder Dork faßte die allgemeine Entrüstung in Worte.

»Allerwertester Fischkopf, ich beantrage, daß Mrs. Cratchit angehalten wird, dieses geschmacklose Objekt ebenfalls in die Letzte Ruhestätte zu befördern, da es eine Beleidigung der mürrischen Verstimmung unseres Scrooge-Festes und der allgemeinen Verdrießlichkeit darstellt, auf die wir mit Recht so stolz sind.«

»Ich schließe mich diesem Antrag an«, raunzte der Geist der vergangenen Weihnacht.

»Irgendwelche Gegenstimmen oder Stimmenthaltungen?« erkundigte sich Jeremy Kelling.

Bruder Durward hob die Hand. »Ich verstehe nicht, warum ihr davon soviel Aufhebens macht.«

»Kannst du Mrs. Cratchit überhaupt sehen?«

»Eh, um ehrlich zu sein, nein.« Er nahm seine Brille ab, putzte die extrem dicken Gläser mit seiner Serviette, setzte sie wieder auf und fixierte das Gesicht seines Nachbarn. »Oh, hallo, Wouter. Ich hatte dich für Tom gehalten.«

»Der bin ich auch«, entgegnete Marleys Geist. »Wouter sitzt da drüben.«

»Oh.« Bruder Durward nahm seine Brille wieder ab und sank zurück auf seinen Stuhl. Jeremy Kelling entzog ihm das Wort und nahm es persönlich auf sich, das beanstandete Objekt zu entfernen, wobei er vorgab, Obed Oghams obszöne Bemerkungen nicht zu hören.

Durch die Zusage besänftigt, ihren Weihnachtsschmuck später wieder zurückzuerhalten, trug Mrs. Cratchit die Suppe auf, die wirklich hervorragend schmeckte und über die sich die Brüder genüßlich hermachten. Selbst der Allerwerteste Fischkopf vergaß vorübergehend die Pflichten seines Amtes und konzentrierte sich darauf, sich so reichlich wie möglich zu bedienen und dabei seine scroogehaften Manieren zu bewahren. Erst nachdem er seinen Löffel beiseite gelegt und die schwarzgeränderte Serviette unter seiner untersten Kinnfalte hervorgezogen hatte, bemerkte Jeremy Kelling eine erschreckende Leere auf seiner Weste. Die Große Kette war verschwunden.

»Der Kabeljau«, stieß er hervor. »Er ist weg!«

»Der ist bestimmt in die Letzte Ruhestätte gefallen, alter Schwachkopf«, knurrte Bruder Twitchett, der bisher außer einem gelegentlichen ›Humbug!‹ noch kein Wort von sich gegeben hatte.

»Aber ich habe nichts klirren hören.«

»Natürlich nicht. Du bist ja auch taub wie ein Schellfisch und voll wie ein Troll.«

Dieser geistreiche Schlagabtausch war typisch für die Brüder des Geselligen Kabeljaus. Sie variierten das Thema und fügten weitere Nettigkeiten hinzu, während Jem dem Geist von Marley lautstark befahl, umgehend die verdammte Ruhestätte zu bringen. Als dies geschehen war, zog er höchstpersönlich das Weihnachtssträußchen, den luftlosen Rudolf und das Federröckchen heraus und schüttelte alles aus, jedoch ohne Erfolg. Schließlich steckte er seinen Kopf in den Behälter, begleitet von den derben Bemerkungen seiner Clubbrüder.

»Hier ist der Kabeljau nicht«, stöhnte er.

»Dann eben unter dem Tisch, wo du immer landest, du Trunkenbold«, erwiderte der Geist der diesjährigen Weihnacht.

Da war er ebenfalls nicht. Er war nirgends aufzufinden. Die schweren Silberglieder der Kette und der prächtige Anhänger, die noch vor so kurzer Zeit majestätisch auf Jeremy Kellings prallem, rundem Bauch geruht hatten, waren verschwunden wie die Fischsuppe der vergangenen Weihnacht.

»Du hast ihn abgenommen und vergessen, ihn wieder umzuhängen«, sagte Bob Cratchit und vergaß dabei sogar zu katzbukkeln. »Hirnerweichung nennt man das. Mach dir nichts draus. Soll ich jetzt den Port servieren?«

Alle mit Ausnahme des Allerwertesten Fischkopfes begrüßten diesen Vorschlag. Während die Karaffe die Runde machte und die Brüder entgegen ihren übellaunigsten Vorsätzen immer fröhlicher wurden, brütete Jeremy Kelling über der Frage, wo zum Teufel das verfluchte Ding wohl geblieben sein konnte. Heruntergefallen war die Kette bestimmt nicht. Die schweren, ineinander verschlungenen Glieder waren von einem alten Kunsthandwerker, einem Meister seines Faches, für alle Zeiten miteinander verbunden worden. Einen Verschluß gab es nicht. Sie ließ sich nur abnehmen, indem man sie über den Kopf zog.

Und das war nicht geschehen. Einen erfahrenen Säufer wie J. Lemuel Alexander Kelling Kelling konnten lächerliche vier Gläser *Chardonnay Sauvignon* kaum so betrunken gemacht haben, daß er einen derartigen Trick nicht bemerkt hätte. Außerdem war dann immer noch zu klären, wo die Kette abgeblieben war. Ein so unhandliches Objekt, das verteufelt schwere fünf Pfund wog und an dem ein fünfzehn Zentimeter messender Kabeljau-Anhänger baumelte, war keine Kleinigkeit, die man ohne weiteres in der Hosentasche verschwinden lassen konnte. Keiner der Brüder hatte sich außer Sichtweite begeben, seit er sich die Große Kette umgehängt hatte, abgesehen davon, daß sich der eine oder andere zwischendurch aus gewissen naheliegenden Gründen, die mit der Zeremonie nichts zu tun hatten, kurz entschuldigt hatte. Er selbst hatte den Raum kein einziges Mal verlassen. Man nannte ihn nicht umsonst den Mann mit der eisernen Hose. Während Bob Cratchit weiter diensteifrig um die Tafel eilte, wurden die Spekulationen über den Verbleib der Großen Kette immer kühner. Jeder verdächtigte jeden des Kabeljauraubes. Die Brüder frequentierten die Herrentoilette nur noch grüppchenweise, um sicherzugehen, daß auch niemand den Kabeljau in seinem Hosenbund wegschaffte.

Mrs. Cratchit wurde von jeglichem Verdacht freigesprochen; erstens, weil es unhöflich gewesen wäre, sie zu verdächtigen, zweitens, weil sich auf Nachfrage herausstellte, daß sie Kinder hatte, drittens, weil sie die ganze Zeit beide Hände voll zu tun gehabt hatte, zunächst mit der Suppenterrine und später dann mit Obed Ogham. Man erlaubte ihr daher, ihr Weihnachtssträußchen zu nehmen und unbehelligt von dannen zu ziehen.

Schließlich wurde eine gründliche Durchsuchung des Raumes in Angriff genommen, wobei die Brüder auf allen vieren herumkrochen und Laute ausstießen, die sie für Rentierwiehern hielten, mit Ausnahme von Wouter Tolbathy, welcher der Imitation eines geflügelten Drachen den Vorzug gab, die ihm überzeugend genug gelang. Die meisten der Anwesenden hielten das Verschwinden der Kette für einen amüsanten Scherz und waren sicher, daß sie beim nächsten Treffen auf irgendeine geheimnisvolle Weise wieder auftauchen würde.

Jeremy Kelling allerdings teilte diesen Optimismus keineswegs. Nachdem er in sein Apartment auf Beacon Hill zurückgekehrt war, wehrte er erst einmal die Dienste seines getreuen Kammerdieners Egbert ab, der selbstverständlich davon ausging, daß Mr. Jem krank sein müsse, da er von seinem abendlichen Treffen nüchtern und verstört heimgekehrt war – statt betrunken und in aufgeräumter Stimmung. Anschließend sandte Jeremy Kelling sofort einen Notruf an seinen frisch angeheirateten Neffen Max Bittersohn aus.

Kapitel 2

»Max«, jammerte Jem, »ich habe meinen Kabeljau verloren.«

Auch wenn Max sich von seinem eigenen Familienclan meilenweit entfernt hatte, hielt er doch immer noch einige seiner traditionellen Werte hoch in Ehren. Bei den Bittersohns pflegten erwachsene Männer keinen Kabeljau zu verlieren. Erwachsene Männer arbeiteten, auch wenn es ihnen durchaus gestattet war, bei der Arbeit guter Dinge zu sein. Erwachsene Männer bildeten ihren Geist durch ernsthafte Studien weiter und ihre Herzen durch selbstlose Taten. Erwachsene Männer sorgten für ihre Frauen und Kinder, sofern sie welche hatten, wobei letzteres auf Max noch nicht zutraf, und trugen eine gewisse Verantwortung für ihre gesamte *Mischpoke,* selbst wenn zu ihrer Familie inzwischen auch angeheiratete Onkel wie Jeremy Kelling zählten.

Obgleich ihm völlig unverständlich war, warum einige Verwandte seiner Frau überhaupt frei herumlaufen durften, erinnerte sich Max seiner Pflichten und reagierte in einer Weise, die er für angemessen hielt.

»Ich habe einmal einen Mann gekannt, der einen präparierten Muskalunge verloren hatte.«

Offenbar war er damit einmal mehr schwer ins Fettnäpfchen getreten. Jem war verärgert.

»Verdammt noch mal, Max, ich kann daran nichts Lustiges finden. Die Große Kette der Brüder vom Club des Geselligen Kabeljaus ist sozusagen ein heiliges Relikt. Wie die Heuschrecke auf der Wetterfahne von Faneuil Hall oder die Zähne von George Washington«, fügte er hinzu, um den Ernst der Lage zu verdeutlichen. »Sie ist verschwunden, kurz nachdem ich das Ekelobjekt in die Letzte Ruhestätte geworfen habe.«

»Zweifellos kein schlechter Zeitpunkt«, antwortete Max. »Bist du sicher, daß sie nicht auch in der Letzten Ruhestätte gelandet ist?«

»Wie zum Teufel soll das passiert sein? Die verfluchte Kette hing doch um meinen Hals. Sie konnte unmöglich hineinfallen, es sei denn, ich wäre mit hineingefallen. Und ich kann dir versichern, daß ich das nicht bin. Verdammt, ich bin nicht betrunken. Egbert kann das bezeugen.«

Allmählich wurde die ganze Angelegenheit lächerlich. »Dann hol Egbert ans Telefon«, sagte Max.

Egbert konnte jedoch zum beiderseitigen Erstaunen die höchst ungewöhnliche Nüchternheit seines Arbeitgebers nur bestätigen. »Es ist wirklich äußerst besorgniserregend, Mr. Max. So habe ich ihn noch nie gesehen. Höchstens ab und zu am Morgen danach«, korrigierte er sich, denn Egbert war ein wahrheitsliebender Mensch, sofern die Umstände es ihm erlaubten. »Ich glaube, man könnte seinen Zustand durchaus als zutiefst erschüttert bezeichnen.«

»Großer Gott! So schlimm wird ihn das doch wohl nicht getroffen haben!«

»Wen hat was getroffen?« erkundigte sich Max' Frau Sarah, die gerade ins Zimmer gekommen war.

»Deinen Onkel Jem. Egbert sagt, er sei zutiefst erschüttert. Geben Sie mir Jem noch einmal, Egbert. Und du komm her zu mir, *angela mia.*«

Indem er den Hörer etwas weiter von seinem Ohr weghielt und Sarah so eng wie möglich an seine Brust preßte, konnte Max sie an dem Gespräch teilhaben lassen. Es hatte verdammt lange Jahre keine Sarah in seinem Leben gegeben, daher wollte er sich auf keinen Fall eine Gelegenheit zum Schmusen entgehen lassen. Theoretisch konnte er ihr jetzt natürlich jederzeit nahe sein, doch leider zwang ihn sein verrückter Beruf viel zu oft, von ihr getrennt zu sein.

Trotz dieser unumgänglichen Opfer liebte Max seine Arbeit, die darin bestand, verschwundene Kunstwerke aufzuspüren. Auf das Verschwinden eines wertvollen Reliktes, auch wenn es sich um einen Kabeljau handelte, reagierte er wie eine Forelle auf eine künstliche Fliege, und wenn dieser Kabeljau es fertigbrachte, Jeremy Kelling in den für ihn höchst ungewöhnlichen Zustand der Nüchternheit zu versetzen, bot sich Max Bittersohn damit eine höchst willkommene Gelegenheit, gleichzeitig seinen Familienpflichten zu genügen und seiner zweitliebsten Beschäftigung nachzugehen.

Auch Sarah war inzwischen neugierig geworden. Indem sie an Max' Sachverstand appellierte und ihren Onkel zwang, sich wenigstens einmal in seinem Leben klar und deutlich auszudrücken, gelang es ihr schließlich, Jem einen vollständigen und möglicherweise sogar zutreffenden Bericht über den merkwürdigen Zwischenfall zu entlocken. Jem war allzu bereit, alles noch ein zweites Mal zu erzählen, doch davon wollte Max nichts wissen.

»Okay, Jem. Das hast du mir ja nun schon alles mitgeteilt. Wieviel genau ist diese Kette wert?«

»Wert? Was meinst du mit wert? Sie ist unbezahlbar, zum Henker. Als historisches Relikt –«

»Relikt von tausend Freß- und Saufgelagen«, warf seine Nichte bissig ein. »Hör auf, solchen Unsinn zu verzapfen, und sag Max endlich, woraus das Ding gemacht ist.«

»Aus massivem Silber selbstverständlich.«

Unter Sarahs Anleitung gelang Jem schließlich eine vage Beschreibung. »Ich kann dir auch ein paar Fotos zeigen, wenn dir das hilft«, fügte er hinzu, nachdem er sie mit einem Schwall zusammenhangloser Einzelheiten und lästerlicher Ausrufe überschüttet hatte.

»Warum zum Teufel hast du das nicht gleich gesagt?« knurrte Max, während er mit einer Hand zärtlich Sarahs Rücken streichelte und an all jene Dinge dachte, die er viel lieber tat, als hier zu stehen und sich das Gejammer eines alten Schwerenöters über seinen verschollenen Kabeljau anzuhören. »Okay, Jem. Ich komme so bald wie möglich bei dir vorbei und schau' mir die Bilder an.«

»Wie bald ist das? Verdammt, Max, die Angelegenheit ist wirklich äußerst dringend!«

»Könntest du mir das vielleicht etwas näher erklären? Wann trefft ihr euch denn das nächste Mal? Am ersten April?«

»Zur Hölle mit dir!« brüllte Jem. »Ist eurer abscheulichen Generation denn nichts mehr heilig? Wir treffen uns am Valentinstag, am 14. Februar. Ich muß im vollen Galopp ein rosa Satinherz mit einem Kavalleriesäbel aufspießen und in die Letzte Ruhestätte befördern. Und zu deiner Information, du Grünschnabel, die Brüder feiern den Tag, auf den du eben so hämisch angespielt hast, überhaupt nicht. Unser Apriltreffen findet am 27. statt, am Geburtstag von Ulysses S. Grant.«

»Das überrascht mich nicht«, erwiderte Sarah. »Jetzt reg dich ab, Onkel Jem. Max wird sich schon etwas einfallen lassen. Ihm fällt immer etwas ein.«

»Rate mal, was mir gerade Schönes eingefallen ist«, flüsterte Max in ihr weiches Haar.

»Da muß ich dich leider enttäuschen, Liebling«, klärte seine Frau ihn auf, »denn Cousin Brooks wird in etwa zwei Minuten hier eintreffen, um die Gardinenstangen anzubringen.«

Max hatte die Gardinenstangen völlig vergessen. Verständlicherweise, könnte man meinen. Er haßte diese kniffligen Arbeiten, die ständig im Haus zu erledigen waren und für die Sarahs erster Mann stets so gut zu gebrauchen gewesen war. Alexander hätte die Stangen sicher schon längst angebracht. Verflixt, würde er nie aufhören, auf einen Toten eifersüchtig zu sein?

»Warum hast du mich nicht daran erinnert?« knurrte er. »Ich habe dir doch versprochen, daß ich es mache.«

»Das hast du, und zwar vor einer Woche und vor zwei Wochen schon mal. Cousin Brooks bringt sie aber heute nachmittag an. Das ist eben der Unterschied zwischen euch beiden. Na ja, einer der weniger gravierenden Unterschiede.«

Sie zupfte ihn am Haar. Max hatte wunderschönes Haar, dicht und wellig und dunkelbraun. Sarahs Haar war von einem ganz gewöhnlichen Braun, doch brachte es ihr etwas eckiges, blasses, aber hübsches Gesicht sehr vorteilhaft zur Geltung. Ihre Augen waren haselnußbraun mit grünen Einsprengseln. Seine Augen waren entweder blau oder grau, Sarah war sich da nie so ganz sicher. Doch sogar im weitverzweigten Clan der Kellings war man sich inzwischen darüber einig, daß Sarah und ihr neuer Ehemann kein übles Paar abgaben.

Natürlich war dieser Bittersohn, wer auch immer er sein mochte, lange nicht so attraktiv wie der verstorbene Alexander Kelling, doch wer konnte das schon von sich behaupten? Wenigstens war Max nicht vierundzwanzig Jahre älter als Sarah. Außerdem verdiente er mit seiner Arbeit als Privatdetektiv einen Haufen Geld. Und er beschäftigte sich mit verschwundenen Kunstgegenständen und nicht etwa mit Scheidungsangelegenheiten. Alles in allem war bis auf Cousine Mabel nahezu jeder der Meinung, daß Sarah es schlechter hätte treffen können.

Die beiden waren im vergangenen Juni im Garten von Ireson's Landing getraut worden. Sarahs Cousin Dolph war Brautführer gewesen, weil er einen Riesenaufstand gemacht hätte, wenn sie ihm dies verwehrt hätte. Max' Neffe Mike war aus demselben Grund Trauzeuge geworden. Jed Lomax, der Hausverwalter, und seine arthritisgeplagte Frau waren als Ehrengäste geladen. Cousine Theonia hatte den Hochzeitskuchen gebacken und Max' Schwester Miriam die *Knyschy.* Mariposa und Charles, Sarahs Verbündete aus der Pension, hatten alles in Szene gesetzt. Diesmal hatte es ausnahmsweise keine Leichen gegeben, und niemand war besonders betrunken gewesen oder von einer Biene gestochen worden. Nicht einmal einen Streit hatte es gegeben. Manch einer hätte ihre Hochzeit langweilig gefunden, doch Max und Sarah hatten sie aus vollem Herzen genossen.

Seitdem machten sie immer wieder Flitterwochen, sobald Max' Arbeit es erlaubte, und zogen sich zwischen den Reisen in die Wohnung im Kutscherhaus von Ireson's Landing zurück, bis der nahende Winter sie endgültig in die Stadt trieb.

In dem alten roten Sandsteinhaus der Kellings auf Beacon Hill gab es im wahrsten Sinne des Wortes keinen Platz mehr, ihr müdes Haupt zu betten. Sarah hatte sämtliche Zimmer vermietet und brachte es einfach nicht übers Herz, irgend jemanden an die Luft zu setzen. Max war froh darüber. Es hätte ihm ganz und gar nicht gefallen, sie mit einem Haus voller Menschen und Erinnerungen an ihre erste Ehe zu teilen. Dafür bezahlte er sogar bereitwillig jeden Monat die horrende Miete für ihre kleine Wohnung, die durch eine glückliche Fügung im Nebenhaus frei geworden war. Zu den Mahlzeiten gingen sie ein oder zwei Mal die Woche hinüber in Sarahs altes Haus, um mit Brooks und Theonia und den zahlenden Gästen gemeinsam zu essen.

Sie hatten sich immer noch nicht ganz eingewöhnt. Sarah lief sich die Füße wund, um die richtigen Möbel zu finden, wobei sie gleichzeitig die Einkäufe sowohl für Weihnachten als auch für *Chanukkah* zu bewältigen hatte, ganz zu schweigen von den Anpassungsschwierigkeiten, die ihr die frisch angeheiratete Verwandtschaft bereitete. Max hatte einen neuen Klienten, der unbedingt sofort seinen gestohlenen van Dyck zurückhaben wollte; und ein ganzer Berg unbewältigter Arbeit wartete außerdem. Im Grunde hatten sie beide keine Zeit, sich um den silbernen Kabeljau von Jeremy Kelling zu kümmern, und die ganze Angelegenheit war schon beinahe vergessen, als Egbert am gleichen Abend auf ihrer nagelneuen Türmatte stand.

Sarah bat ihn herein. »Egbert, was für eine nette Überraschung. Was ist denn jetzt schon wieder passiert?«

»Mr. Jem ist etwas passiert, Mrs. Sarah. Er ist die Flurtreppe runtergefallen.«

Sarah starrte ihn an. »Sie meinen doch nicht etwa die Treppe, die zur Eingangstür führt? Egbert, das darf doch nicht wahr sein! Onkel Jem benutzt diese Treppe doch überhaupt nie.«

»Der Aufzug steckte im obersten Stock fest, Mrs. Sarah.«

Eine plausible Erklärung. Jeremy und Egbert lebten in einem Apartmenthaus, einem umgebauten alten Stadthaus. Es gab dort einen Aufzug aus dem Jahre 1905 oder so, etwa von der Größe einer Telefonzelle. Er funktionierte nur, wenn sowohl Innen- als auch Außentür von der Person, die ihn zuletzt benutzt hatte, sorgfältig geschlossen wurden.

Falls dies nicht der Fall war, benutzte man entweder die Treppe oder regte sich schrecklich auf. Jem schickte für gewöhnlich Egbert los, um den Aufzug zu holen, oder brüllte den Schacht hoch, bis die anderen Mieter es nicht mehr länger aushielten und jemand hinging, um die Türen zu schließen. In Momenten höchster Verzweiflung allerdings, wenn Egbert beispielsweise nicht da war, niemand auf sein Gebrüll reagierte und er keinen Gin mehr im Haus hatte, war es sogar schon vorgekommen, daß Jem höchstpersönlich wutschnaubend die Treppe hinunterstapfte, die von seiner Wohnung im ersten Stock nach unten führte. Offenbar hatte es sich auch diesmal um eine derartig ausweglose Situation gehandelt. Jetzt lag Mr. Jem im PHILLIPS HOUSE-Krankenhaus, mit einer nagelneuen Stahlkugel an der Stelle, an der sich bisher sein linkes Hüftgelenk befunden hatte. Egbert hatte angenommen, daß Mrs. Sarah und Mr. Max Bescheid wissen wollten.

»Aber natürlich«, bestätigte Sarah. »Egbert, das ist ja schrecklich. Am schlimmsten natürlich für Onkel Jem, aber denken Sie bloß an die armen Krankenschwestern, die ihn jetzt ertragen müssen. Haben Sie eine Ahnung, wie das passiert ist? Konnten Sie schon mit Jem sprechen?«

»Ich konnte ihm zuhören, Mrs. Sarah. Es fing folgendermaßen an: Er schickte mich weg, um einige Weihnachtseinkäufe für ihn zu erledigen, und Sie wissen ja, was um diese Zeit in den Kaufhäusern los ist; also war ich fast den ganzen Nachmittag unterwegs. Ich kam erst gegen fünf Uhr wieder nach Hause, völlig erschöpft natürlich. Und was mußte ich sehen, als ich die Eingangstür aufschloß? Mr. Jem, der im Flur auf dem Boden lag und wie am Spieß brüllte. Sobald ich festgestellt hatte, daß er nicht mehr aufstehen konnte, lief ich zum Telefon, rief einen Krankenwagen und holte einen Schluck Brandy für Mr. Jem. Das linderte den Schmerz ein wenig und beruhigte ihn soweit, daß er mir berichten konnte, was vorgefallen war. Er sagte, jemand von FUZZLEYS' hätte gegen Viertel vor fünf angerufen und ihm mitgeteilt, daß sein Backenbart da sei, aber er müsse sich beeilen, da sie in fünfzehn Minuten schließen würden. Daraufhin ist er die Treppe heruntergestürmt wie ein verdammter alter Wasserbüffel. Ich bitte um Entschuldigung, Mrs. Sarah, aber – «

»Sie brauchen sich nicht zu entschuldigen, Egbert. Es ist doch ganz natürlich, daß Sie aufgeregt sind. Warum setzen Sie sich nicht und ruhen sich ein wenig aus? Max, Egbert ist hier. Bist du so lieb und machst ihm einen Drink? Onkel Jem hatte einen Unfall.«

»Ach du liebe Zeit! Was hat er denn jetzt schon wieder angestellt?« Max ließ die Zeitung sinken, mit der er es sich eben erst in einem ihrer nagelneuen Sessel bequem gemacht hatte, und holte den Whiskey. Während Egbert das Stärkungsmittel in kleinen Schlucken zu sich nahm, schüttelte Max in hilflosem Staunen den Kopf.

»Warum war er denn so wild auf diesen Backenbart?«

»Mich dürfen Sie nicht fragen, Mr. Max. Es gab überhaupt keinen vernünftigen Grund, wie von der Tarantel gestochen loszustürmen. Ich hätte den Bart doch genausogut morgen früh für ihn abholen können, aber Sie kennen ja Mr. Jem. Er wollte diesen Bart sofort haben.«

»Für die Eisenbahnparty bei den Tolbathys, nehme ich an«, sagte Sarah. »Er hat mir erzählt, daß er Onkel Nathans Gehrock anziehen, sich einen Dundreary-Bart ankleben und als Jay Gould gehen wollte.«

»Bist du sicher, daß Jay Gould einen Dundreary-Bart hatte?«

»Keine Ahnung. So hat sich Onkel Jem jedenfalls die Rolle vorgestellt. Er ist schon seit Wochen total aus dem Häuschen wegen der Party.«

»Warum denn ausgerechnet eine Eisenbahnparty?« Max war noch immer fest entschlossen, Klarheit in die ganze Sache zu bringen.

»Ich nehme an, weil die Tolbathys einen eigenen Zug besitzen.«

»Das glaubst du doch wohl selbst nicht.«

»Doch, das stimmt«, bestätigte Egbert. »Sie haben eine Lokomotive, einen Salonwagen mit roten Plüschsofas und vergoldeten Spiegeln, einen Speisewagen und ein Dienstabteil.«

»Wie reizend. Wie sind sie denn da dran gekommen?«

»Ich glaube, Tom hat den Zug geerbt«, entgegnete Sarah. »Seine Familie hatte früher mit Eisenbahnen zu tun, damals, als Eisenbahnen noch ein Geschäft waren. Sie besitzen ein Riesengrundstück draußen in der Wildnis, mit Eisenbahnschienen mitten in den Wäldern, und sie haben vor, eine große Weihnachtsparty in dem Zug zu feiern. Sie gondeln gemütlich durch die Gegend, während ein Streichensemble Walzer von Victor Herbert spielt; es gibt sogar einen Springbrunnen, aus dem Champagner sprudelt, und Gott weiß was noch alles. Die Gäste sollen sich alle an der North Station treffen, in Kostümen aus den neunziger Jahren, und mit der Boston-Maine-Line nach Concord oder Lincoln oder so rausfahren. Dort werden sie mit einem echten alten Londoner Bus abgeholt und zu den Tolbathys chauffiert.«

»Lieber Himmel! Jem platzt bestimmt vor Wut, daß er sich diese tolle Party entgehen lassen muß.«

»Er befand sich bereits im fortgeschrittenen Stadium höchsten Unmuts, als ich ihn verließ«, bemerkte Egbert. »Man wollte ihm gerade ein Beruhigungsmittel verabreichen.«

»Anders werden sie ihn wohl kaum zum Schweigen bringen.« Sarah schenkte Egbert noch einen Schuß Whiskey nach, denn er war ein alter und lieber Freund der Familie. »Hier, trinken Sie das, dann bringt Max Sie nach Hause. Das macht er gern, nicht wahr, Liebling? Ich kann leider nicht mitkommen, weil ich noch Unmengen von Weihnachtskarten schreiben muß. Ich hoffe wirklich, daß Onkel Jem vor den Feiertagen aus dem Krankenhaus entlassen wird. Dolph und Mary werden nämlich untröstlich sein, wenn er bei ihrem großen Familienfest fehlt. Ihr wißt ja, wie sehr Dolph und er es genießen, sich einander die schlimmsten Gemeinheiten an den Kopf zu werfen. Ich werde ihn gleich morgen früh besuchen. Dann können *Sie* sich ein wenig ausruhen, Egbert. Sie brauchen bestimmt noch Ihre ganze Kraft, bevor dies alles durchgestanden ist.«

»Ein wahres Wort, Mrs. Sarah. Übrigens, Mr. Max, er hat mich gebeten, Sie an den – eh – Kabeljau zu erinnern.«

Max grinste. »In exakt diesen Worten?«

»Nicht ganz, Mr. Max.«

»Dann richten Sie ihm aus, ich hätte schon eine heiße Spur. Noch ein Schlückchen zum Abschluß?«

»Vielen Dank, aber ich glaube, ich sollte besser nach Hause gehen. Mr. Jems Damenbekanntschaften könnten anrufen.«

»Zweifellos. Dann machen wir uns am besten gleich auf den Weg.«

Max zog seinen Mantel an und überquerte mit Egbert den Hill von der Tulip Street zur Pinckney Street. »Wer kommt denn sonst noch zu dieser Eisenbahnparty? Die übrigen Mitglieder vom Kabeljau-Club?«

»Einige von ihnen bestimmt. Ich weiß, daß Mr. Wripp dort sein wird. Er ist vor kurzem am Grauen Star operiert worden, und Mrs. Tolbathy dachte, der Ausflug würde ihm guttun. Sie ist eine sehr warmherzige Frau.«

»Hört sich sympathisch an. Welches Amt bekleidet Wripp denn im Club?«

»Mr. Wripp ist ein Ehemals Allerwertester Großer Fischkopf. Aber da er inzwischen sechsundneunzig Jahre alt ist, scheint er damit zufrieden zu sein, sich auf seinen Lorbeeren auszuruhen. Ach ja, Mr. Jem hat noch gesagt, daß Mr. Ogham ebenfalls eingeladen ist. Vielleicht ist es da gar nicht so schlecht, daß Mr. Jem nicht dabeisein kann.«

»Warum meinen Sie das? Verstehen sich Jem und Ogham denn nicht?«

»Keiner von den Kellings kann Mr. Ogham besonders gut leiden, Mr. Max. Er ist derjenige, der Mr. Percy Kelling verklagt hat, weil er ihm angeblich zwei Dollar und dreiundvierzig Cents zuviel berechnet hatte. Das war damals, als Mr. Percys Steuerbüro es geschafft hat, die eineinhalb Millionen Dollar zurückzubekommen, die Mr. Oghams zweiter Vizepräsident veruntreut hatte.«

»Ach so, der Kerl ist das. Dolph hat mir davon erzählt. Ogham ist einer der wenigen Punkte, in denen er und Jem sich je einig gewesen sind, wenn ich mich recht erinnere. Wie kommt es, daß er und Jem immer noch demselben Club angehören?«

»Bei den Brüdern des Geselligen Kabeljaus hat es immer Kellings und Oghams gegeben. Keiner von ihnen will sein angestammtes Recht einem anderen abtreten. *Noblesse oblige,* könnte man sagen.«

Max vermutete, daß man dies wohl sagen könnte, auch wenn er nicht genau wußte, wieso. »Aber wissen denn die Tolbathys nicht, daß Jem und Ogham miteinander in Fehde liegen?«

»In Fehde liegt nur Mr. Ogham. Mr. Jem hüllt sich in hochmütiges Schweigen. Sagt er jedenfalls.«

Die Vorstellung, daß Jem sich, aus welchem Grund auch immer, in hochmütiges Schweigen hüllen könnte, schien Max allzu abwegig, doch er unterließ jeden weiteren Kommentar. Er mochte Egbert, und er konnte sehen, wie schwer Onkel Jems Unfall dem treuen Knappen dieses fahrenden Ritters zu schaffen machte.

»Außerdem«, fuhr Egbert fort, »ist Mr. Ogham mit Mrs. Tolbathy verwandt. Bruder Whet übrigens auch, aber er wird nicht anwesend sein. Er hält sich nämlich zur Zeit geschäftlich in Nairobi auf. Mr. Jem beabsichtigte daher, Mrs. Whet zu der Party zu begleiten.«

»Und Mrs. Whet ist eine attraktive Frau, geschmackvoll gekleidet, ein wenig stark gebaut, aber nicht dick, habe ich recht? Amüsiert sich gern, hält das Likörglas wie eine Dame und weiß genau, wann es Zeit ist, aufzuhören.«

»Sie kennen Mrs. Whet, Mr. Max?«

»Nein, aber ich kenne Jem. Dann besteht die Party also lediglich aus einigen Freunden und Verwandten?«

»Ich glaube, das trifft mehr oder weniger zu. Es wird keine große Gesellschaft sein. Ich kann mir nicht vorstellen, daß sich in dem Zug mehr als dreißig oder vierzig Personen unterbringen lassen, ohne daß es zu eng wird. Es handelt sich nicht um einen normalen Zug, wissen Sie, und es gibt nur zwei Wagen. Das Dienstabteil brauchen sie wahrscheinlich für die Verpflegung und dergleichen.«

»Eine ziemlich ausgefallene Party für so wenig Gäste, nicht wahr?«

»Nun ja, am kostspieligsten wäre wohl der Zug selbst«, erklärte Egbert, »und den haben sie ja bereits.«

»Stimmt auch wieder. Wir sind am Ziel. Ich begleite Sie noch nach oben.«

»Verbindlichsten Dank, Mr. Max, aber das ist wirklich nicht nötig.«

»Ich möchte aber mitkommen, wenn es Ihnen nichts ausmacht. Ich würde mir gern die Stelle ansehen, wo Jem gestürzt ist.«

»Einen Moment, ich suche nur eben den Schlüssel – ach, da ist er ja. Die Stufen beginnen gleich hinter der Tür, und Mr. Jem lag genau hier am Fuß der Treppe, vor dem Pfosten. Er hat gesagt, er sei auf jede einzelne Stufe aufgeschlagen, als er herunterfiel. Wahrscheinlich hat er sich dabei die Hüfte gebrochen.«

Max sah sich die massive Eichenholztreppe und den Marmorboden genau an und knurrte. »Da hat er ja noch mal verdammtes Glück gehabt, daß er mit dem Hinterteil und nicht mit dem Kopf zuerst unten angekommen ist. Wer benutzt für gewöhnlich das Treppenhaus?«

»Niemand, es sei denn, der Aufzug bleibt stecken. Früher habe ich es benutzt, aber ich muß zugeben, daß mir diese Art Sport in meinem Alter keinen Spaß mehr macht, es sei denn, ich sehe mich dazu gezwungen.«

»Hat Jem Ihnen erzählt, warum er die Treppe genommen hat? Hat er nicht zuerst den Aufzug versucht?«

»Er hat gesagt, daß der Strom ausfiel, kurz bevor er den Anruf von FUZZLEYS' erhielt. Es ist ihm aufgefallen, weil er gerade Radio hörte und zuerst annahm, es sei plötzlich kaputtgegangen, doch dann bemerkte er, daß der elektrische Wecker, den Mrs. Appie ihm geschenkt hat, damit er nicht immer zu spät zu seinen Verabredungen erscheint, auch nicht mehr funktionierte. Das bedeutete, daß auch der Aufzug stillstehen würde, also hat er den Aufzugknopf erst gar nicht gedrückt, sondern ist schnurstracks zur Treppe gerannt. Er hat eben einfach Pech gehabt, nehme ich an, er war in Eile und hat nicht genau aufgepaßt, wo er hintrat. Und außerdem war er ja noch immer schrecklich aufgeregt, weil er den Kabeljau verloren hatte.«

Im schummerigen Licht der Deckenlampe sah Egbert aus wie ein betagter Beagle, der um die Schnauze herum grau geworden war und mit den Wirrnissen des Lebens, die ihm allmählich über den Kopf wuchsen, nicht mehr fertig wurde. »Wissen Sie, Mr. Max, meine arme alte Mutter hat immer gesagt, das Pech schlägt stets dreimal hintereinander zu. Glauben Sie, daß wir die Tatsache, daß Mr. Jem jetzt die Tolbathy-Party verpaßt, als das dritte Mal ansehen können?«

»Ich bin nicht einmal sicher, ob es sich hier überhaupt um Pech handelt«, antwortete Bittersohn. »Was ist aus den Kleidungsstükken geworden, die Jem getragen hat, als er stürzte? Sind sie noch im Krankenhaus?«

»Nein, oben in der Wohnung, um ehrlich zu sein. Ich war der Meinung, daß es besser wäre, sie mit nach Hause zu nehmen, falls er auf die Idee kommen sollte, aus dem Krankenhaus zu verschwinden, ehe die Ärzte es ihm erlauben. Es erschien mir unsinnig, sie den ganzen Weg bis zur Tulip Street und wieder zurück zu schleppen, also habe ich sie zuerst hergebracht und bin dann zu Ihnen gegangen. Ich wollte sie durchsehen, bevor ich zu Bett gehe. Dann habe ich wenigstens etwas zu tun.«

»Warum schauen wir uns die Sachen nicht gemeinsam an?«

Der winzige Aufzug befand sich diesmal in der Eingangshalle, und beide Sicherheitstüren waren ordentlich geschlossen. Die Nachricht von Jems Treppensturz hatte unter den übrigen Mietern offenbar bereits die Runde gemacht. Da sie beide schlank waren, konnten Max und Egbert den Aufzug gemeinsam benutzen; sie fuhren hinauf in den ersten Stock. In der Wohnung zeigte Egbert Max, wo Jems Kleider lagen, und wurde zu seinem Erstaunen Zeuge, wie Max ein Vergrößerungsglas zur Hand nahm, um die Hose zu begutachten. Sekunden später hatte er auch schon gefunden, wonach er gesucht hatte.

»Aha! Sehen Sie das, Egbert?«

»Ein Fettfleck auf Mr. Jems Hosenboden?« Egbert war entgeistert. »Mr. Max, Sie denken doch wohl nicht, daß ich Mr. Jem in diesem Zustand auf die Straße gelassen hätte? Ich habe diese Hose noch heute morgen gereinigt und gebügelt.«

Max nickte. »Reichen Sie mir bitte mal seine Schuhe?«

Da war er, ein deutlich sichtbarer großer, dunkler Fettfleck auf der Sohle des linken Schuhs. Die Sohle des rechten Schuhs dagegen war sauber und trocken. Egbert schnappte nach Luft. Max dagegen sah nicht einmal überrascht aus.

»Damit ist die Sache klar, Egbert. Haben Sie eine Taschenlampe?«

»Aber natürlich, hier ist sie. Ich lege sie immer in Mr. Jems Nachttisch, für alle Fälle.«

»Na, dann wollen wir mal. Ich bin gespannt, welche der Stufen eingeschmiert worden ist.«

Kapitel 3

Es war die dritte Stufe von oben, und es war Egbert, der den bräunlichen Fleck entdeckte.

»Suchen Sie vielleicht zufällig danach, Mr. Max?«

Bittersohn verrieb ein wenig von der glitschigen Paste zwischen Daumen und Zeigefinger und roch daran. »Das habe ich mir gedacht. Kegelbahnwachs, würde ich meinen. Schauen Sie sich mal den Lack hier auf der Stufe an. Meinen Sie nicht auch, daß hier noch vor kurzem ein Lösungsmittel benutzt worden ist? Vermutlich, um die Wachsreste zu entfernen. Könnte das der Hausmeister getan haben?«

Egbert schnaubte verächtlich. »Nur wenn er sich plötzlich um hundertachtzig Grad gedreht hat. Er fegt einmal die Woche die Eingangshalle und die Treppe, das ist alles. Ansonsten kommt er jeden Morgen gegen halb neun durch den Hintereingang, um den Abfall zu holen, den wir nach draußen stellen, und danach läßt er sich bis zum nächsten Tag nicht mehr blicken. Ich vermute vielmehr, daß der Mann, der das Wachs auf die Stufen geschmiert hat, zurückgekommen ist, als wir Mr. Jem ins Krankenhaus gebracht haben, um es wieder zu entfernen. Aber er hat es nicht ordentlich genug gemacht, weil er unter Zeitdruck stand. Es kann natürlich auch eine Frau gewesen sein. Die Idee mit dem Bohnerwachs paßt irgendwie mehr zu einer Frau, finde ich. Aber wer würde denn Mr. Jem etwas antun wollen?«

»Gute Frage«, sagte Max. »Was halten Sie davon, die Nachbarn zu fragen?«

Im zweiten Stock wohnte eine ältere Witwe mit ihrem Dienstmädchen und ihrer Köchin. Die Witwe war ausgegangen, um Bridge zu spielen, und das Dienstmädchen hatte sie begleitet. Die Köchin war hocherfreut über den unerwarteten Besuch.

»Die Gnädigste hat Mary mitgenommen, weil sie nachts nicht gern allein Taxi fährt, deshalb bin ich ganz allein«, erklärte sie.

»Darf ich Ihnen vielleicht eine Tasse Tee in der Küche anbieten? Es ist so langweilig, wenn sonst keiner da ist.«

Bevor Egbert entsetzt ablehnen konnte, hatte sich Max bereits an den Tisch gesetzt. »Das ist sehr nett von Ihnen, Ma'am. Wie ich sehe, geht Ihre elektrische Uhr auf die Sekunde genau«, fuhr er beiläufig fort, während er prüfend auf seine Armbanduhr schaute.

»Das will ich meinen«, informierte ihn die Köchin. »Meine Gnädigste besteht darauf, ihre Mahlzeiten pünktlich auf die Sekunde serviert zu bekommen.«

»Und Sie haben sie in der letzten Zeit nicht neu zu stellen brauchen?«

»Warum denn das? Ich fasse diese Uhr niemals an, außer vielleicht, um sie abzuwischen, wenn mich die Putzwut packt.«

Die Köchin wußte, wer die beiden Männer waren, oder glaubte es jedenfalls zu wissen; sie war daher mehr als bereit, ihnen alles zu erzählen, was sie hören wollten. Es stellte sich jedoch bald heraus, daß sie nicht allzuviel mitzuteilen hatte. Das Paar im dritten Stock sei wie andere hohe Tiere auch nach Palm Beach gereist und werde erst nach Ostern zurückerwartet. Sie persönlich habe keine Ahnung vom Sturz des armen Mr. Kelling gehabt, bis Mary mit der Nachricht hereingestürmt sei, unten transportiere ein Krankenwagen gerade Mr. Kelling ins Hospital, und Mr. Kelling gebe schreckliche Flüche von sich, was man dem Ärmsten natürlich nicht verdenken könne.

»Aber meine Gnädigste wollte ihren Tee wie immer pünktlich um fünf Uhr, und ich war gerade dabei, ein Hühnchen zu entbeinen, also konnte ich nicht mal hin, um zu sehen, wie sie ihn fortbrachten«, klagte die Köchin.

Die Gnädigste sei der Überzeugung gewesen, Mr. Kelling sei durch höhere Gewalt für seinen zügellosen, gottlosen Lebenswandel bestraft worden.

Die Köchin und Mary hingegen hielten Mr. Kelling jedoch für einen liebenswürdigen Herrn, der sich ihnen gegenüber stets freundlich und höflich zeige, wenn sie ihm zufällig begegneten, was leider nicht sehr oft der Fall sei, da die Gnädigste noch der alten Schule angehöre und die Ansicht vertrete, das Dienstpersonal habe die Hintertreppe zu benutzen.

Man stelle sich vor, genau heute abend habe Mary den ganzen Weg allein durch den Hinterhof und um den gesamten Häuserblock herum laufen müssen, um in das Taxi zu steigen, das unten vor dem Haus am Straßenrand wartete, während die Gnädigste natürlich den Aufzug genommen habe. Aber bei ihrer Rückkehr würde Mary höchstwahrscheinlich ausnahmsweise die Vordertreppe benutzen dürfen, weil es schon spät sein würde und gute Dienstmädchen schwer zu bekommen seien.

»Benutzt Ihre Arbeitgeberin jemals die Treppe?« fragte Max.

»Meine Gnädigste? Nicht daß ich wüßte. Wenn der Aufzug feststeckt, müssen Mary oder ich immer nach unten und ihn zu ihr raufschicken. Möchten Sie vielleicht noch ein Stückchen Kuchen?«

»Nein, vielen Dank. Ich fürchte, wir müssen uns allmählich verabschieden. Egbert hier muß noch ein paar Sachen heraussuchen, die meine Frau morgen früh zu Mr. Kelling mitnehmen kann.«

»Meinen Sie, er würde sich auch über ein Stück Kuchen freuen?«

»Nur wenn Sie eine Flasche Whiskey hineingebacken haben«, meinte Egbert trocken, worauf man sich freundlich verabschiedete und sich zurückzog.

Als sie die Treppe heruntergingen, erkundigte sich Egbert: »Was soll ich denn für Mrs. Sarah heraussuchen?«

»Eigentlich überhaupt nichts«, klärte Max ihn auf. »Ich dachte mir nur, es sei besser zu verschwinden, ehe die Gnädigste wieder eintrudelt und wir uns klammheimlich über die Hintertreppe davonschleichen müssen. Was Sie mir allerdings wirklich geben müssen, ist ein Foto von diesem Kabeljau. Jem sagte, er würde mir eins zeigen. Wissen Sie vielleicht zufällig, wo er die Bilder aufbewahrt?«

»Nichts leichter als das, Mr. Max. Mr. Jem hat ein ganzes Album davon, von dem Tag an, als er bei den Brüdern des Geselligen Kabeljaus aufgenommen wurde. Es gehört zu seinen wertvollsten Schätzen, abgesehen von der Schwanzfeder von Ann Corios Taube und der Troddel von Sally Keiths – eh – Kostüm.«

»Jem weiß wirklich, worauf es ankommt im Leben. Wo ist denn das Album?«

Die Bewohner Neuenglands sind bekanntlich berüchtigt wegen ihrer Schwäche für Fotoalben, und auch Egbert war begeistert, Jems Schätze vorführen zu dürfen, um so mehr, da sein Gast erfreulich viel Interesse an den Tag legte. Nachdem Max sich die Bilder sorgfältig angesehen hatte, löste er zwei Fotos aus dem

Album: eine Gruppenaufnahme neueren Datums und eine Nahaufnahme von Jem, auf der die Große Kette dekorativ seine stattliche Leibesfülle zierte.

»Diese beiden würde ich gern mitnehmen.«

Egbert zeigte sich aufs höchste beunruhigt. »Mr. Max, wenn irgend etwas diesen Fotos zustößt, bekommt Mr. Jem einen Schlag.«

»Ich werde sie hüten wie meinen Augapfel. Wo ist seine Einladung zur Tolbathy-Party?«

»Es ist eine Fahrkarte. Mr. Tolbathy hat sie eigens zu diesem Zweck drucken lassen. Für eine Zugfahrt benötigt man schließlich eine Fahrkarte, nicht wahr? Einen Moment, ich hole sie.«

Egbert nahm einen Papierstreifen von Jems Anrichte. »Meinen Sie, die Karte hat irgendwie mit der Sache zu tun?«

»Wer weiß. Jedenfalls wird Jem die Fahrkarte sowieso nicht benutzen. Warum sollen wir sie also verfallen lassen? Schlafen Sie gut, Egbert. Und bleiben Sie von der Treppe weg. Eine gebrochene Hüfte in der Familie ist genug.«

Sogar mehr als genug, wie Sarah und Max am nächsten Morgen feststellen mußten, als sie ihren gefallenen Verwandten besuchten. Max hatte eigentlich keine Zeit für einen Krankenhausbesuch, doch angebliche Unfälle, die auf gewachste Stufen zurückzuführen waren, Stromausfälle, die nur auf der ersten Etage stattfanden, die Etage darüber jedoch verschont ließen, und dringende Telefonanrufe, die das zukünftige Opfer veranlaßten, aus seiner Wohnung zu eilen, um etwas zu tun, was es sonst unterlassen hätte, machten ihn verständlicherweise mißtrauisch.

Sie fanden Jem im Bett sitzend, gestützt von Kissen und lautstark nach Brandy verlangend. Eine aufgebrachte Krankenschwester schlug ihm daraufhin vor, doch den Desinfektionsalkohol vom Thermometer abzulecken. Sarah bemerkte bei dieser Gelegenheit, daß die Krankenschwester sich weit außer Kneifweite hielt. Sie selbst näherte sich mutig dem Bett. Das Zwicken von Nichten, wie verführerisch sie auch gebaut sein mochten, gehörte nämlich nicht zu Jeremy Kellings Vorstellung von wirklichem Vergnügen.

»Halt endlich den Mund, du alter Satyr«, ermahnte sie ihn liebevoll. »Ich habe dir einen Eggnog mitgebracht, obwohl du ihn eigentlich gar nicht verdienst. Hast du auch dein Frühstück schön aufgegessen?«

»Pfui Spinne! Die sind in aller Herrgottsfrühe hier reingeschneit und wollten mich mit Porridge vollstopfen. Natürlich habe ich keinen Löffel davon angerührt. Glaubst du etwa, ich krieche in meinem Alter noch zu Kreuze, bloß weil es irgendwelchen Weibsbildern in den Kram paßt? Was wollt ihr beide überhaupt bei mir zu nachtschlafener Zeit?«

»Es ist bereits halb elf, und Max hat vor, für dich Detektiv zu spielen.«

»Oh. Das wird auch langsam Zeit. Wo zum Teufel also ist mein Kabeljau?«

Jem knurrte giftig einen kleinen Plastikzwerg an, den ihm irgendein Möchtegern-Weihnachtsengel auf den Nachttisch gestellt hatte, und kippte den Eggnog hinunter. Durch diesen Genuß ein wenig besänftigt, erlaubte er Max sogar, ihn über den vermeintlichen Unfall auf der Treppe auszuquetschen.

Was die Ereignisse betraf, die diesem Unfall vorausgegangen waren, stimmte Jems Bericht mit den Angaben Egberts überein. Aber er hatte offenbar nicht gemerkt, daß er auf Wachs ausgerutscht war. Er konnte sich nur noch erinnern, daß ihm die Füße unter dem Körper weggerutscht waren und er sich am Fuß der Treppe mit zerschundener Kehrseite wiedergefunden hatte. Es war zwar völlig abwegig, Max Bittersohn für den Vorfall verantwortlich zu machen, aber man konnte Jem ansehen, daß er genau das am liebsten getan hätte.

Max ließ sich jedoch nicht einschüchtern. »Was den falschen Backenbart betrifft, hast du irgendeinem Menschen außer Egbert erzählt, daß du ihn bei FUZZLEYS' bestellt hattest?«

»Wo zum Teufel hätte ich ihn denn sonst herkriegen sollen?«

»JACK'S SCHERZARTIKEL?«

»Pah! Ich wollte einen Backenbart, der Klasse hat und vornehm aussieht, keinen gottverdammten Groucho-Marx-Schneuzer mit einer Pappnase dran. Bei JACK's bekommt man nichts, das Klasse hat oder vornehm aussieht. Höchstens Plastikkotze und Furzkissen. Was nicht bedeuten soll, daß ich im Laufe der Jahre nicht einiges dort erstanden hätte oder daß ich mit den Artikeln unzufrieden gewesen wäre. Sie haben ihren Zweck immer hervorragend erfüllt.«

»Ein Lob, daß man dort sicher sehr zu würdigen weiß. Aber um wieder auf FUZZLEYS' zurückzukommen, hast du dort schon öfter etwas gekauft? Kennt man dich dort?«

»Ich würde nicht so weit gehen, zu behaupten, daß man mich dort kennt. Teufel auch, man zieht ja schließlich nicht jeden Tag, den Gott erschaffen hat, los und kauft sich einen falschen Backenbart, oder?«

»Hattest du ihn denn dort bestellt?«

»Nicht direkt, wenn du es genau wissen willst. Ich habe lediglich dort angerufen und mich nach einem Dundreary-Backenbart in einem kräftigen Kastanienbraun erkundigt. Der Mann am Telefon hat gesagt, er sei sicher, daß sie mir behilflich sein könnten, und warum ich denn nicht einfach vorbeikommen und mir das Angebot anschauen wollte, oder so was in der Art.«

»Wann genau war das?«

»Irgendwann vorige Woche, glaube ich. Den genauen Tag habe ich vergessen.«

»Und bist du hingegangen?«

»Nein«, gestand Jem. »Das habe ich auch vergessen. Verdammt, der Mensch hat ja schließlich wichtigere Dinge im Kopf!«

»Aber woher soll die Person, die angerufen hat, dich dann gekannt haben?«

Jem stülpte seine Unterlippe in echter Churchill-Manier vor und dachte nach. »Gute Frage. Ich muß wohl angenommen haben, daß ich meine Nummer angegeben habe, als ich dort anrief. Zuerst war ich ja mit der Vorbereitung der Scrooge-Feier beschäftigt, und später ging mir der verlorene Kabeljau nicht mehr aus dem Kopf. An den Schwoof bei den Tolbathys habe ich gar nicht mehr gedacht. Als dann dieser Kerl anrief, war ich so froh, daß mich jemand daran erinnerte, daß ich einfach meinen Mantel gepackt habe und losgerannt bin. Ich dachte, es sei besser, den Bakkenbart auf der Stelle zu holen, ehe ich es wieder vergesse und am Ende nichts als mein nacktes Gesicht auf der Party vorzuweisen habe. Willst du sonst noch was wissen?«

»Ja. Warum mußte es ausgerechnet ein Dundreary-Backenbart sein? Ich dachte immer, Jay Gould hätte einen Walroßschneuzer gehabt.«

»Na und? Jeder verfluchte Kerl auf der Party wird einen Walroßschneuzer tragen. Phantasieloser Haufen Schwachköpfe. Meine Überlegung war, daß Jay Gould einen Dundreary-Bart und keinen Schnauzbart gehabt hätte, wenn er einen Sinn für Eleganz und *Savoir faire* gehabt hätte. Ich wollte eine idealisierte Version von Jay Gould darstellen. Ein erhebender Gedanke, und das habe ich jetzt davon! Ich muß unbedingt daran denken, das Mabel unter die Nase zu reiben, wenn sie mir das nächste Mal wieder vorjammert, ich soll ein anständigeres und gesitteteres Leben führen. Um Gottes willen, Sarah, du hast doch hoffentlich Cousine Mabel nicht erzählt, daß ich im Krankenhaus liege? Oder etwa Appie? Falls Appie es erfährt, kommt sie bestimmt jeden Morgen um sechs Uhr her und versucht, mich mit Porridge vollzustopfen.«

»Du kannst vollkommen beruhigt sein, Onkel Jem. Du weißt doch genau, daß Cousine Mabel über die Feiertage immer in Urlaub fährt, damit sie ihren Verwandten keine Geschenke machen muß. Und Tante Appie ist oben in Vermont bei ihrem Sohn Lionel und richtet mit ihm eine Skihütte ein. Lionel hielt es für eine wunderbare Idee, wenn sie seine Frau und die Kinder damit zu Weihnachten überraschen würde. Er ist wirklich äußerst hilfsbereit, wenn es darum geht, Wege und Möglichkeiten zu finden, wie Appie all das Geld, das sie geerbt hat, schnell wieder loswerden kann, damit er später keine Erbschaftssteuer zu zahlen braucht. Ich nehme allerdings an, daß Cousine Theonia heute noch vorbeikommen wird, um deine fiebernde Stirn zu kühlen, aber ich weiß, wie sehr du *das* genießen wirst.«

»Ah, wie recht du hast. Wenn ich daran denke, was aus uns hätte werden können.« Jem gab sich dem Gedanken an die üppige Schönheit von Cousine Theonia, welche Cousin Brooks ihm mit seinen Heldentaten und exotischen Vogelstimmen vor der Nase weggefreit hatte, ungefähr drei Sekunden hin. Dann zuckte er zusammen, verfluchte seine Hüfte und sank wieder in die Kissen zurück.

»Sorg dafür, daß ich schnellstens ein Telefon bekomme. Irgend jemand muß Marcia Whet anrufen und ihr schonend beibringen, daß ich sie heute abend nicht begleiten kann, verflixt. Die bedauernswerte Frau. Jetzt wird sie wahrscheinlich mit dem alten Wripp vorliebnehmen müssen.«

»Das ist nicht gesagt«, meinte Max. »Ich bin bereit, höchstpersönlich in die Bresche zu springen. Schau mich nicht so entrüstet an, Sarah. Du lieber Himmel, ich kenne die Frau doch nicht einmal. Wahrscheinlich werde ich einen entsetzlichen Abend verbringen.«

»Ganz im Gegenteil«, versicherte ihm Jem ohne jegliches Taktgefühl. »Marcia ist ein tolles Mädchen. Respektabel und anständig und so weiter, aber immer bereit für einen kleinen – oh, schon gut, Sarah. Ich wollte Max nur ein bißchen in Stimmung bringen.«

»Um die Stimmung von Max kümmere ich mich schon selbst, vielen Dank. Ruh dich lieber aus, und laß die Finger von den Krankenschwestern. Egbert wird auch gleich kommen, nehme ich an.«

»Das sollte er verdammt noch mal auch. Ich will endlich rasiert werden.«

Jeremy Kelling schenkte dem Plastikzwerg noch einen unfreundlichen Blick und schloß dann in frommer Resignation die Augen. »Sei lieb zu ihr, Max. Trotz ihrer Fehler mag ich sie nämlich immer noch.«

Seine Nichte rümpfte die Nase. »Wen? Mich oder Mrs. Whet? Komm, Max, laß uns gehen. Diese rührenden Totenbettszenen verlieren ihre Wirkung, wenn sie sich zu sehr in die Länge ziehen.«

Kapitel 4

»Was steht bei dir denn heute noch auf dem Programm?« wollte Max wissen, als sie gemeinsam in Richtung Washington Street gingen.

»Ich dachte, ich gehe zu JORDAN's und versuche, etwas Schönes für Miriam zu finden«, meinte Sarah. »Vielleicht etwas Elegantes für die Küche. Das würde ihr doch sicher gefallen, meinst du nicht?«

»Ihr wird alles gefallen, was du ihr schenkst. Mein Gott, Sarah, du brauchst dir doch kein Bein auszureißen, nur um meine Familie zu beeindrucken. Wir haben uns aus den Festtagen noch nie besonders viel gemacht.«

»Liebling, bitte vergiß nicht, daß deine Familie jetzt auch meine ist. Wenn du schon so edelmütig und opferbereit bist, mich allein zu Haus sitzenzulassen, um diese Marcia Whet auf eine wundervolle Party zu begleiten, darf ich doch wohl wenigstens deiner Schwester einen neuen Teekessel kaufen, oder etwa nicht?«

Herr des Himmels, Frauen konnten einen wirklich zum Wahnsinn treiben. Was sollte ein Mann auf eine derartige Frage schon antworten? Wahrscheinlich gar nichts. Max ging lieber auf Nummer Sicher und zückte seine Brieftasche.

»Brauchst du Geld?«

»Ich denke schon. Danke, Liebling. Und wohin gehst du jetzt?«

»Zu FUZZLEYS'. Ich will mich nach dem Anruf erkundigen, den Jem angeblich erhalten hat.«

»Dann sehen wir uns also später zu Hause.«

Sie gingen beide ihrer Wege. Wie Max erwartet hatte, wußte bei FUZZLEYS' natürlich niemand etwas von einem Anruf.

»Warum hätten wir denn anrufen sollen?« wollte der Geschäftsführer wissen. »Sehen Sie selbst!« Er öffnete eine lange

Schublade, die mit Bärten in jeder nur möglichen Farbe und Form angefüllt war. »Sehen Sie nur, was wir alles haben.«

Er war offenbar bereit, bis in alle Ewigkeit Schubladen aufzuziehen und Bärte in der Luft zu schwenken, doch Max hatte sich längst geschlagen gegeben. FUZZLEYS' konnten offenbar auch die ausgefallensten Sonderwünsche sofort befriedigen.

»Wir sagen unseren Kunden lediglich, sie möchten doch einmal persönlich hereinschauen«, meinte der Geschäftsführer. »Wenn wir das Gesuchte nicht führen, was ziemlich unwahrscheinlich ist, nehmen wir einfach etwas Kunsthaar. Warten Sie, ich zeige es Ihnen.« Er wählte einen Farbton, der genau zu Max' Haarfarbe paßte, und fing an, daraus einen prächtigen Backenbart und einen schmucken kleinen Schnurrbart zu zupfen.

Max war fasziniert. Er war immer beeindruckt, wenn jemand sein Handwerk verstand. Und er hatte eine Schwäche für Verkleidungen, auch wenn er das gerne leugnete, und so war es ihm nur recht, in die Rolle einer Edwardianischen Figur schlüpfen zu können.

Als er später seine neue Barttracht Sarah vorführte, sah er damit so verteufelt attraktiv aus, daß sie die Vorstellung, ihn mit einer anderen Frau fortgehen zu lassen, kaum ertrug.

»Ich gehe nach nebenan und heule mich an Cousine Theonias Schulter aus«, lauteten ihre Abschiedsworte. »Hier, vergiß deinen Zylinder nicht. Ich hoffe bloß, daß Marcia Whet zu würdigen weiß, wer sie begleitet.«

»Ich auch.«

Max hatte ein klein wenig Lampenfieber, doch seine Befürchtungen erwiesen sich als unbegründet. Als das Taxi, das er sich an der Ecke Beacon und Charles Street genommen hatte, vor dem Whetschen Haus hielt, wartete Mrs. Whet bereits an der Tür. Die Augen schienen ihr vor Erstaunen fast aus dem Kopf fallen zu wollen. Das gleiche konnte man auch von dem nicht mehr ganz jungen Dienstmädchen sagen, das hinter ihr stand und einen pelzbesetzten Mantel bereithielt.

Als er seinen Zylinder lüftete und sie mit den Worten begrüßte: »Es war sehr freundlich von Ihnen, mir zu erlauben, für Jem einzuspringen«, ließ Mrs. Whet ein Kichern hören.

»Mein lieber Herr, ich komme mir vor, als hätte ich selbstlos gehandelt und bekäme jetzt einen wundervollen *Bûche de Noël* als Belohnung. Ich würde Sie liebend gern zu einem Tête-à-Tête hereinbitten und den gesamten Haushalt schockieren, aber leider bleibt uns dazu keine Zeit, denn wir dürfen auf keinen Fall unseren Zug verpassen. Bitte reichen Sie mir meinen Mantel, Maria. Mr. Bittersohn, meinen Sie wirklich, Sie können mich mit meinen ganzen Sachen noch in diesem winzigen Taxi unterbringen?«

Max war sich nicht sicher. Wie er erwartet hatte, war Marcia eine stattliche Erscheinung. Zehn Meter Rock, eine Tournüre, Gott weiß wie viele Petticoats, der pelzbesetzte Mantel, eine Fuchsschwanzboa, ein passender Muff von den Ausmaßen eines Sofakissens und als Krönung ein Hut, der so groß war, daß ein ausgestopfter Fasan darauf Platz hatte, was tatsächlich der Fall war; all das trug nicht dazu bei, die Silhouette der Dame zu verkleinern. Nur unter ziemlicher Mühe und einigen diskreten Schubsern gelang es, sie im Wagen zu verstauen, doch weder ihre würdevolle Haltung noch ihre gute Laune wurden dadurch auch nur im geringsten beeinträchtigt. Als sie schließlich an der North Station ankamen, nannte sie ihn bereits Max, und er hatte allmählich den Eindruck, daß er den Abend auch ohne Sarah überstehen würde.

An den Gleisen waren bereits mehrere andere Gäste der Tolbathys aufgereiht, in passenden Kostümen und blendend aufgelegt, und warteten nur darauf, in den leider ziemlich modernen Bus einzusteigen, der sie zur ersten Station ihrer Reise bringen sollte. Marcia Whet stürzte sich mitten hinein ins Gewühl, hielt Max dabei an der Hand und stellte ihn überall als ihren lieben, alten Freund Mr. Jay Gould vor. Er erntete indes mehr verwirrte als bewundernde Blicke. Die Leute fragten sich offenbar entweder, wo sie ihn schon einmal gesehen hatten, oder nahmen sich stillschweigend vor, nach der Party ein paar Worte mit Mr. Whet über die ganze Angelegenheit zu wechseln, sobald er aus Nairobi zurückgekehrt war.

Max seinerseits mühte sich, die Brüder des Geselligen Kabeljaus voneinander zu unterscheiden, was ihm einige Schwierigkeiten verursachte. Schon als er das Gruppenfoto betrachtet hatte, war ihm aufgefallen, daß sich die fischliebenden Freunde hervorragend in die Rubrik ›Gleich und gleich gesellt sich gern‹ einordnen ließen. Offenbar waren sie wie Plätzchen alle aus dem gleichen Teig und mit der gleichen Aussteckform gemacht worden, dachte er verärgert. Außerdem trugen sie praktisch alle riesige Schnauzbärte, genau wie Jem vorausgesagt hatte. Dem Umsatz von FUZZLEYS' mochte dies zwar überaus förderlich sein, Bittersohns Zwecken jedoch keineswegs. Wenn sie sich erst einmal ihrer Mäntel entledigt hatten und in ihrer konventionellen Abendgarderobe nebeneinander standen, was zweifellos zu erwarten war, konnte er ebensogut versuchen, eine Schar Pinguine auseinanderzuhalten.

Aber möglicherweise gelang es ihm doch im Laufe des Abends, die einzelnen Brüder zu identifizieren, denn sie selbst hatten offenbar keinerlei Probleme, einander zu erkennen – Pinguine allerdings wohl auch nicht.

Was ihn selbst anging, war es kaum denkbar, daß eine Yankee-Versammlung, deren Familien sich zweifellos schon seit Generationen miteinander vermischt hatten, eine Karikatur von Jay Gould erkennen würde. Marcia Whet erklärte gerade, daß ihr Begleiter in Wirklichkeit der Neffe des lieben alten Jeremy Kelling und liebenswürdigerweise für seinen Onkel eingesprungen sei, da dieser durch einen schrecklichen Unfall leider verhindert sei. Sie beschrieb Jeremys Sturz mit großer Eloquenz und diversen dichterischen Freiheiten, woraufhin einige der Anwesenden voller Mitgefühl, andere indes mit Hohn reagierten. Max nahm an, daß diejenigen Brüder, die sich noch nicht von den Nachwirkungen der letzten Scrooge-Feier erholt hatten, wohl zu der zweiten Gruppe gehörten.

Zumindest boten ihm die Spötter einen gewissen Anhaltspunkt. Bruder Durward ließ sich relativ leicht anhand seiner extrem dicken Brillengläser identifizieren, Bruder Wripp anhand seiner beiden Stöcke und des Eindrucks fortgeschrittener Gebrechlichkeit. Auch bei Bruder Dork und Bruder Billingsgate war sich Max inzwischen einigermaßen sicher. Die beiden waren Nachbarn der Tolbathys und hatten sich mitsamt ihren Schnauzbärten eigenhändig nach Boston chauffiert, nur um mit dem Zug wieder zurückfahren zu können.

Max erkannte Bruder Ogham, als einer der Schnauzbärte ihm die kalte Schulter zeigte, und amüsierte sich königlich bei dem Gedanken, daß der einzige Grund dafür seine angebliche Verwandtschaft mit Jem war. Der Kelling-Clan war derart weit verzweigt, daß bisher noch niemand versucht hatte, herauszufinden, auf welchem Ast Max wohl nistete. Außerdem war es eine völlig neue Erfahrung, zur Abwechslung einmal als Kelling verachtet zu werden und nicht als Bittersohn.

Im Zug befanden sich nur wenige Fahrgäste, die nicht auf dem Weg zur Party waren, was wahrscheinlich ganz gut war. Diejenigen, die nicht zur Tolbathy-Gruppe gehörten, waren offensichtlich höchst verblüfft ob der plötzlichen Invasion von Edwardianern. Was alles noch verwirrender machte, war die Tatsache, daß viele der Kabeljauherren und Kabeljaudamen so alt waren, daß es den Anschein hatte, sie gehörten tatsächlich in die Kostüme, die sie trugen.

Trotz der beträchtlichen Summe an Jahren waren sie eine recht muntere Gesellschaft. Sie hüpften so häufig von einer Seite des Ganges auf die andere und tauschten so oft die Plätze, daß es Max schwerfiel, seinen persönlichen *Who's who* zusammenzustellen. Er hatte gehofft, daß Marcia Whet ihn ins Bild setzen würde, doch war sie zu sehr damit beschäftigt, die Party in Schwung zu halten. Schließlich gab Max auf, saß einfach nur da, sah gut aus und machte ein unergründliches Gesicht, bis der Schaffner erschien und »Lincoln Station!« ausrief.

Dank der zahlreichen Tournüren und Boas, der hingefallenen Handschuhe und verlegten Melonen dauerte es eine geraume Zeit, bis alle Passagiere ausgestiegen waren. Endlich stand jedoch auch der allerletzte in der bitterkalten Nacht, wo tatsächlich ein leuchtendroter Bus auf sie wartete, der festlich wie ein Weihnachtsbaum erstrahlte und dessen Fahrer Champagner kredenzte, um dafür Sorge zu tragen, daß auch niemand auf der Fahrt zu den Tolbathys reisekrank wurde. Max hoffte inständig, daß der Fahrer nichts getrunken hatte. Er selbst trank übrigens auch nichts, obwohl er sich wie alle anderen ein Glas von dem Tablett genommen hatte, hätte es doch einfach zu exzentrisch ausgesehen, wenn ein Neffe von Jem Kelling einen Drink ausschlug.

Hier draußen lag weit mehr Schnee als in der Stadt. Max mußte an die Wälder oben bei Ireson's Landing denken und wünschte sich, zusammen mit Sarah wieder dort in dem alten Kutscherhaus sein zu können, um mit ihrer Hilfe seinen Wärmekoeffizienten zu erhöhen.

Als der Champagner weniger wurde und die Gruppe immer mehr in Stimmung kam, wurde sein Wunsch nur um so stärker. Wie war er bloß auf die Idee gekommen, sich auf diese altersschwache Orgie einzulassen?

Weil es eben tatsächlich eine g u t e Idee gewesen war, mußte er sich ärgerlich eingestehen. Jeremy Kelling war teuflisch nahe daran gewesen, ermordet zu werden, und Max wollte den Grund dafür wissen. Jem war nicht so reich, um wegen seines Geldes umgebracht zu werden. Seine Schäkereien mit Frauen waren inzwischen auch nicht mehr dazu angetan, einen Ehemann oder Liebhaber in mörderische Rage zu versetzen. Jem war nicht naiv genug, um sich von jemandem hereinlegen zu lassen, und nicht durchtrieben genug, um jemanden zugrunde zu richten. Die einzig logische Erklärung für die Falle im Treppenhaus und den fingierten Anruf, der ihn aus dem Hause locken sollte, war die, daß irgend jemand verzweifelt versucht hatte, zu verhindern, daß Jeremy Kelling auf der Party der Tolbathys erschien.

Aber vielleicht war dies doch nicht die einzig logische Erklärung. Wie paßte beispielsweise die verschwundene Kette mit dem silbernen Kabeljau-Anhänger ins Bild?

Max war offenbar so sehr in Gedanken versunken, daß Marcia Whet sich ihm zuwandte, um ihn mit einem ihrer Fuchsschwänze an der Nase zu kitzeln.

»Liebster Mr. Gould, Sie wollen uns doch wohl noch nicht verlassen? Doch nicht bereits nach einem Glas Champagner? Der Abend hat noch nicht einmal angefangen!«

Max öffnete die Augen und lächelte, wobei sein Schnäuzer verführerisch zuckte, was er keinesfalls beabsichtigt hatte. »Aber nein. Ich mußte nur an den armen alten Jem denken. Er platzt bestimmt vor Wut, wenn ich ihm erzähle, was er verpaßt hat!«

Marcia lachte. »Wahrscheinlich mußten sie ihn ans Bett fesseln. Ich würde mich gar nicht wundern, wenn er im Rollstuhl auf den Gleisen hinter uns hergejagt käme, das Engelchenhemdchen vom Krankenhaus als Segel an den Krücken aufgespannt. Obwohl ich mir nicht vorstellen kann, daß Jem so etwas Phantasieloses wie diese Hemdchen überhaupt anziehen würde. Ein schönes rotweißes Nachthemd wäre eher sein Stil, und dazu eine Nachtmütze mit einer Troddel dran, die im Wind flattert. Man sieht ihn direkt vor sich, nicht wahr?«

Sie besaß wirklich ein charmantes Lachen. »Ich werde Jem heute abend bestimmt noch schrecklich vermissen, was mit Ihrer liebenswürdigen Gesellschaft allerdings nichts zu tun hat. Ich bin nur viel zu eitel, meine Brille in der Öffentlichkeit zu tragen, und weiß daher nie, wer wer ist, wenn Jem mich nicht auf dem laufenden hält. Er hat Augen wie ein Luchs, müssen Sie wissen.«

»Das ist mir noch gar nicht aufgefallen«, sagte Max.

»So wahr ich hier sitze. Jem ist ein absolutes Naturtalent. Selbst wenn er mit jemandem nur flüchtig bekannt ist, kann er ihn auf eine halbe Meile erkennen. Wie er das fertigbringt, weiß ich auch nicht, aber er erinnert sich sogar an die kleinste Kleinigkeit. Daß ein Ohr höher sitzt als das andere oder daß jemand beim Gehen die Füße nach innen setzt. All die winzig kleinen Dinge, die den meisten Menschen nie auffallen würden. Und er kennt wirklich jeden, obwohl er mit einigen die halbe Zeit nicht mal spricht. Sie sollten mal sehen, wie er Obed Ogham links liegen läßt.«

»Ist Ogham der Herr mit dem grauen Zylinder und den gelben Handschuhen?«

»Mein lieber junger Mann, habe ich Ihnen nicht gerade gebeichtet, daß ich blind wie ein Maulwurf bin? Warten Sie, bis Ogham in Sichtweite meiner Lorgnette ist, dann werde ich Ihnen den Mann zeigen.«

»Vielen Dank. Ich müßte ihn eigentlich kennenlernen, um der Familienehre willen sozusagen. Jeder Feind von Jem ist auch mein Feind. Jedenfalls heute abend. Das ist ja sehr interessant, daß Jem alle Leute schon von weitem auf Anhieb erkennt. Wissen viele seiner Freunde, daß er das kann?«

»Ach Gott, natürlich, das wissen wir alle. Deshalb ist Jem ja auch auf Partys immer so unentbehrlich. Man braucht sich nur an ihn heranzuschleichen und ihm zuzuflüstern: ›Wer ist die gräßliche Frau in dem lila Kleid?‹ oder was auch immer. Auf diese Weise blamiert man sich wenigstens nicht bis auf die Knochen, wenn die Dame sich als die eigene Schwägerin entpuppt; oder Ex-Schwägerin, was noch peinlicher sein könnte.«

»Kann ich mir lebhaft vorstellen.«

Und damit hatte er bereits ein exzellentes Motiv, warum Jem unter allen Umständen der Tolbathy-Party fernbleiben mußte. Irgend jemand, der nicht unbedingt zu dieser Gruppe der Festgesellschaft gehören mußte, jedoch ganz sicher irgendwann im Laufe des Abends im Zug sein würde, wollte das Risiko vermeiden, von dem Mann erkannt zu werden, der dafür berühmt war, jede Verkleidung auf Anhieb zu durchschauen.

Diese Person konnte sowohl eine Frau als auch ein Mann sein, wenngleich Max davon ausging, daß es sich eher um einen Mann handelte. Denn die anwesenden Damen hatten zwar den Stil ihrer Kleidung abgewandelt, wenn auch in einigen Fällen gar nicht so sehr, an ihren Gesichtern jedoch konnten sie kaum große Veränderungen vornehmen. Den Männern dagegen bot sich eine willkommene Gelegenheit, ihre Züge hinter einer ungewohnten Barttracht zu verbergen.

Falsche Bärte und Perücken waren traditionelle und sehr wirkungsvolle Maskierungen. Und diese Gesellschaft war zweifellos überaus traditionsbewußt. Aus Marcia Whets Worten über die allgemeine Sehschärfe der Anwesenden schloß Max, daß sich die meisten Gäste leicht durch ein oder zwei Lagen von Fuzzleys' haarigen Meisterwerken hinters Licht führen ließen, solange die Person hinter dem Bart ihnen nicht zu nahe kam oder zuviel redete. Wenigstens schien der Witzbold, der die Sache eingefädelt hatte, dieser Meinung zu sein.

Ob hier jedoch wirklich irgendeine Sache im Gange war, würde Max noch früh genug erfahren. Er bedauerte allerdings sehr, daß er durch seine Rolle als einsamer Außenseiter benachteiligt war. Es gab unter den Gästen zwar einige Ehepaare, er hätte daher die Männer an ihren Frauen erkennen können, wenn er die Frauen nur gekannt hätte. Aufgrund des hohen Alters der meisten Anwesenden gab es allerdings auch eine beachtliche Zahl von Witwern und Witwen, außerdem einige Personen, die unverheiratet geblieben waren. Die Aussichten, sie alle zu identifizieren, um so einen Überzähligen unter ihnen zu entdecken, waren nicht besonders rosig. Marcia Whet konnte ihm dabei kaum behilflich sein. Er mußte daher wohl oder übel auf ihre angenehme Gesellschaft verzichten und sich jemandem anschließen, der besser sehen konnte als sie mit ihrer Lorgnette.

Das mußte doch machbar sein. Jetzt, da sie wußten, wer Max war, oder es wenigstens zu wissen glaubten, behandelten ihn selbst die Männer recht zuvorkommend. Der Mann, den er als Durward identifiziert hatte, lehnte sich ständig in den Mittelgang, um mit ihm zu plaudern, und blinzelte ihn liebenswürdig durch seine dicken Brillengläser an. Problematisch war allerdings, daß Durward Max fälschlicherweise für einen Tenor namens Ernest hielt, der früher mit ihm zusammen im Chor gesungen hatte, obwohl Max eine Baritonstimme hatte und allenfalls Lieder wie *They're hanging Danny Deever in the morning* sang, und das auch nur, wenn er sich rasierte oder die Socken anzog. Durward kam somit für seine Zwecke nicht in Frage.

Obed Ogham konnte er sich selbstverständlich ebenfalls abschminken. Dieser demonstrierte deutlich, daß er von Jems Neffen keinerlei Notiz nahm, wobei er immer wieder zu Max hinüberschielte, um sich zu versichern, daß dieser auch ja merkte, daß er ignoriert wurde. Max fragte sich, wie viele der Anwesenden sich wohl wünschten, gleichermaßen übersehen zu werden. Ogham gehörte zu jenem Menschenschlag, der andere in eine Ecke drängt und lautstark mit Anekdoten nervt, ungeachtet der Proteste seiner Opfer, welche die Witze allesamt schon kannten und auch beim ersten Mal nicht besonders komisch gefunden hatten. Max verspürte einen Anflug von Familienstolz bei dem Gedanken an Jems Geschmack und Urteilsfähigkeit, was diesen Mann betraf, und war gleichzeitig erleichtert, daß es ihm erspart blieb, von dieser lauten, arroganten Stimme in Grund und Boden geschwatzt zu werden. Die Busfahrt schien verteufelt lange zu dauern, obwohl Max' Armbanduhr ihn über das Gegenteil aufklärte. Er war daher erleichtert, als sie endlich die Straße verließen und einen sorgfältig freigeschaufelten Privatweg hochfuhren. Ungefähr zweihundert Meter weit sah er nur schneebedeckte Bäume, dann folgte eine große verschneite Fläche, bei der es sich offenbar um eine Rasenanlage handelte. Dann hob ein allgemeines Geschrei an: »Da ist er! Da ist der Zug!«

Und dort war er: ein vor dem riesigen Landhaus auf dem Hügel im Hintergrund zwar winzig wirkender, aber strahlend hell erleuchteter Zug, der selbstbewußt auf seiner Gleisschleife vor einem mit Weihnachtsgrün geschmückten Miniaturbahnhof wartete. Neben dem Trittbrett stand ein prächtig herausgeputzter Schaffner, der viel Aufhebens um eine vernickelte Remontoiruhr machte und rief: »Ein-steigen! Alles einsteigen! Bitte zügig, meine Herrschaften!«

Das also war ihr Gastgeber, Tom Tolbathy. Seine Frau erwartete ihre Gäste bereits im Salonwagen, um jeden zu begrüßen, der den Zug bestieg. Mrs. Tolbathy war wirklich eine phantastische Imitation von Margaret Dumont, dachte Max, mit der silbernen Litze über ihrem straffen Mieder, den weißen Ziegenlederhandschuhen, die bis zu den Achseln reichten, und den Perlenschnüren bis zu den Knien. Sie hatte offenbar trotz der Schnauzbärte keinerlei Probleme, die Anwesenden auseinanderzuhalten, schaute jedoch ein ganz klein wenig verblüfft drein, als Max Bittersohn seinen Zylinder lüftete und sich vor ihr verbeugte.

»Darf ich dir Jeremy Kellings Neffen Max vorstellen, Hester«, wiederholte Marcia Whet zum ungefähr fünfzehnten Mal. »Der arme Jem hat sich gestern abend die Hüfte gebrochen und deshalb Max genötigt, mich zu begleiten.«

»Wie furchtbar«, sagte Hester Tolbathy. »Damit meine ich natürlich nicht Sie, Max. Ich darf Sie doch so nennen, nicht? Es ist sehr liebenswürdig von Ihnen, für Jem einzuspringen, und wir freuen uns sehr, Sie bei uns begrüßen zu dürfen. Zu welchem Zweig der Kellings gehören Sie denn?«

Max begann zu erklären, daß es sich lediglich um einen aufgepfropften Zweig handelte, doch in dem Moment wuchtete Tom Tolbathy gerade den alten Wripp das Trittbrett hoch, so daß Hester sich dem ältesten Clubmitglied zuwenden und sich nach seinen diversen Beschwerden erkundigen mußte, angefangen vom Grauen Star bis hin zur Gicht im kleinen Zeh. Da dies offensichtlich einige Zeit in Anspruch nehmen würde, ließ sich Max gemeinsam mit Marcia Whet durch den Salonwagen mit dem eleganten goldroten Damastdekor schieben, bis sie in einen Teil des Zuges gelangten, bei dem es sich um den ehemaligen Kohlentender handeln mußte, den man in eine Art Mehrzweckwagen umgewandelt hatte. An der Wand waren zahlreiche Kleiderhaken aus Messing und Mahagoni angebracht, und in der Mitte stand ein bauchiger Kanonenofen, der eine beinahe unerträgliche Hitze verströmte.

Ein hübsches, etwa zwölf Jahre altes Mädchen in einem langen Samtkleid mit einem Spitzenkragen nahm die Mäntel entgegen. Es entpuppte sich als Enkelin der Tolbathys und zeigte Marcia Whet, die eine enge Freundin der Familie zu sein schien, stolz sein passendes langbeiniges Spitzenhöschen und jammerte, man wolle es aus dem Zug werfen und ins Bett stecken, bevor der Zug abfuhr, fand aber schließlich doch noch die Zeit, Max' schwarzen Kaschmirmantel und den Zylinder, den Dolphs Frau Mary ursprünglich für Jem herausgesucht hatte, zu verstauen. Gemeinsam mit Max befreite das Mädchen daraufhin Mrs. Whet aus Boa und Mantel und nahm den Fasanenhut entgegen, woraufhin Max seine Begleiterin durch wogende Petticoats und falsche Bärte hindurch zurück in den hinteren Wagen führte.

Die Tolbathys wußten wirklich, wie man eine elegante Feier ausrichtete, soviel stand fest. Das Licht war gedämpft, so daß alle Damen attraktiv aussahen und die Herren zumindest einigermaßen distinguiert wirkten. Max vermochte zwar keinen Springbrunnen zu entdecken, der Champagner versprudelte – offenbar war dies eine der maßlosen Übertreibungen gewesen, zu denen Onkel Jem sich so gern hinreißen ließ –, doch er bemerkte, daß im Speisewagen eine Bar eingerichtet war, die von einem Barkeeper mit roten Ärmelhaltern, dem unvermeidlichen Walroßbart mit sorgfältig gezwirbelten Spitzen und einem schwarzen Toupet mit schnurgeradem Mittelscheitel betreut wurde. Neben der Bar stand ein quadratischer weißer Tisch mit weißer Damastdecke, auf dem sich ein kunstvoll gearbeiteter Tafelaufsatz mit einem aus Eis geformten Schwan befand. Hier hätte man eigentlich Teller und Schüsseln mit Speisen erwartet, doch weit und breit war nichts Eßbares zu sehen, was Max ziemlich überraschte.

Er war offenbar nicht der einzige, dem diese Entdeckung Sorgen bereitete, denn er hörte hinter sich einen Mann flüstern: »Mein Gott, wollen die uns hier etwa verhungern lassen?«

»Sei doch nicht so ungeduldig, Lieber«, bemerkte dazu eine Frau, höchstwahrscheinlich seine Gattin. »Du weißt doch, daß Hester immer alles sehr stilvoll herrichtet. Ich nehme an, der Party-Service hat sich etwas verspätet.«

»Party-Service? Warum denn nicht ihr eigenes Personal?«

»Um eine Riesengesellschaft wie die unsere in einem fahrenden Zug zu bedienen? Liebling, Hester ist viel zu klug, um diese Möglichkeit auch nur in Betracht zu ziehen. Oh fein, noch mehr Champagner!«

An dem Tisch neben der Bar war ein Weinkellner erschienen, stilvoll gekleidet mit weißem Jacket, weißen Handschuhen und einer schweren silbernen Kette, an der ein silberner Korkenzieher hing. Er hatte gerade damit begonnen, überaus gekonnt eine Magnumflasche zu entkorken. Max trat auf ihn zu, um ein Glas für Marcia Whet zu holen, und warf einen langen, nachdenklichen Blick auf die silberne Kette, während er darauf wartete, daß der Mann den Schampus einschenkte.

Der Sommelier beachtete weder Max noch sonst jemanden, sondern füllte würdevoll schweigend die Gläser, bis die Flasche leer war. Dann öffnete er eine weitere Magnumflasche, die er dem eisgefüllten Silberkübel auf der Bar entnommen hatte. Er überließ die Flasche dem Barkeeper und verschwand.

In Windeseile war er wieder zurück, diesmal trug er ein großes silbernes Tablett. Er machte sich kurz an dem Tafelaufsatz zu schaffen und trat dann einen Schritt zurück, damit die Gäste, die dicht um die Bar gedrängt standen, das Ergebnis seiner Arbeit bewundern konnten. Die oberen Teile des Aufsatzes waren jetzt mit Kristallschalen voll kleingehackter Zwiebeln, gekochtem, durch ein Sieb gestrichenem Eigelb und Locken von süßer Butter bedeckt; auf den unteren gab es silberne Körbchen mit dunklem Brot und knusprigem Melba-Toast.

»Jetzt präsentiert er den Kaviar«, flüsterte Marcia Whet Max über ihr Champagnerglas zu. »Die Tolbathys machen um den Kaviar immer besonders viel Aufhebens. Tom importiert ihn nämlich selbst, müssen Sie wissen.«

»Davon hatte ich keine Ahnung. Was importiert er denn sonst noch?«

»*Escargots,* kandierte Maronen und dergleichen. ›Toms Feinkost aus aller Welt‹. Tom und sein Bruder Wouter, sollte ich eigentlich sagen, aber, ganz *entre nous,* Tom erledigt die meiste Arbeit, seit ihr Vater nicht mehr lebt. Ich hoffe doch sehr, daß dieser Mensch sich ein wenig beeilt. Ich bin einfach verrückt nach Kaviar!«

Doch der Mann mit der silbernen Kette ließ sich Zeit, begutachtete umständlich die Konservenbüchse, um mögliche Mängel festzustellen, drückte dann die Spitze des mechanischen Dosenöffners in das Metall und drehte umständlich, bis sich der Deckel schließlich abnehmen ließ. Er hielt die geöffnete Dose hoch, begutachtete sie ein weiteres Mal sorgfältig und löffelte schließlich mit einem Perlmuttlöffel vorsichtig den Inhalt in eine funkelnde Kristallschale. Schließlich hielt er die Schale mit beiden Händen hoch über dem Kopf, wie ein Maya-Priester, der seinen Göttern eine Jungfrau zum Opfer darbringen will, und stellte sie in den ausgehöhlten Rücken des Eisschwans. Er nahm sein Tablett, auf dem sich jetzt nur noch der Dosenöffner und die geöffnete Büchse befanden, und schritt hinaus in den Verbindungsgang zwischen Speisewagen und Dienstabteil, von wo aus offenbar aufgetragen wurde.

Eine Serviererin, die sich bisher im Hintergrund gehalten hatte, trat an den Tisch und begann Brot und Toast mit süßer Butter zu bestreichen, verteilte den teuren Fischrogen, garnierte ihn mit ein wenig passiertem Eigelb und Zwiebeln und plazierte alles auf einem Tablett, das eine andere Serviererin den Gästen anreichen sollte. Max machte sich nichts aus Kaviar, daher schüttelte er den Kopf, als er an die Reihe kam. Marcia Whet war schockiert.

»Sie furchtbarer Mensch, wie konnten Sie nur?«

»Tut mir wirklich leid, aber ich mag leider keinen Kaviar.«

»Aber Sie hätten doch trotzdem etwas nehmen und mir dann heimlich zuschieben können. Dann hätte ich mehr bekommen, als mir eigentlich zusteht, ohne gefräßig zu erscheinen.«

Normalerweise wird Kaviar immer nur in ganz kleinen Portionen gegessen, weil er so mächtig ist. Entweder war der Kaviar der Tolbathys eine ganz besondere Sorte, oder es lag daran, daß bisher noch nichts anderes gereicht worden war, jedenfalls leerte sich die Schüssel erstaunlich schnell. Die Gäste begaben sich sogar persönlich zu dem kleinen Tisch und stellten sich ihre eigenen *Hors d'œuvres* zusammen. Max wartete darauf, daß der Mann mit der silbernen Kette zurückkommen und den Schwan neu auffüllen würde, was jedoch nicht geschah. Statt dessen nahm eine Serviererin die leeren Schüsseln vom Tischaufsatz und trug sie hinaus. Max hoffte, daß die nächsten *Hors d'œuvres* mehr nach seinem Geschmack sein würden. Allmählich verspürte er nämlich Hunger.

Außerdem empfand er plötzlich die Bewegungen des fahrenden Zuges viel stärker als bisher. Aus irgendeinem Grund hatten sie an Fahrt zugelegt. Fahrgäste, die zuvor ohne jegliche Anstrengung in dem sanft schaukelnden Zug das Gleichgewicht gehalten hatten, griffen verzweifelt nach allem, woran sie sich festhalten konnten.

Hester Tolbathy sah überrascht aus, Tom Tolbathy wütend. Er stellte sein Glas ab und wollte nach dem Rechten sehen. Max vergaß seinen Hunger und beschloß, Tom zu folgen.

In diesem Moment bremste der Zug, und zwar so plötzlich, daß Flaschen und Gläser klirrend von der Bar fielen. Der große silberne Tafelaufsatz rutschte vom Tisch, der Schwan zersprang in unzählige Eiskristalle. Fahrgäste stürzten zu Boden. Tom Tolbathy drehte sich um und zögerte, augenscheinlich hin- und hergerissen zwischen der Verantwortung für seine Gäste und der Sorge um seinen Zug.

Schließlich jedoch siegte der Zug. Tom hastete durch den Salonwagen, dann durch den Tender. Gott sei Dank war das Kanonenöfchen nicht umgefallen und hatte einen Brand verursacht. Entweder bemerkte er nicht, daß Bittersohn ihm gefolgt war, oder es war ihm gleichgültig, jedenfalls riß er die Verbindungstür auf und steckte seinen Kopf in den Führerstand der Lokomotive.

»Wouter, was zum Teufel –«

Tom Tolbathy sprach nicht weiter. Sein Bruder stand nicht am Schaltpult. Er lag mit dem Gesicht nach unten auf dem Boden des engen Führerstandes.

Kapitel 5

»Mein Gott, Wouter! He, alter Junge, was ist denn bloß los?«

Tom Tolbathy kniete neben seinem Bruder auf dem Boden, zog ihn zu sich hoch und versuchte ihn mit mehreren Schlägen auf die Wangen wieder zu Bewußtsein zu bringen. Max sah den schlaff herabhängenden Kopf, die halboffenen Augen und den leicht geöffneten Mund. Er legte eine Hand auf Toms Schulter, um ihn zum Aufhören zu bewegen.

»Ich fürchte, er wird nicht mehr aufwachen, Tom.«

»Wie meinen Sie das? Was fehlt ihm denn?«

»Ich glaube, er ist tot. Lassen Sie mich mal, bitte.«

Tom machte Platz, und Max kniete an seiner Statt neben dem zusammengekrümmten Lokomotivführer. Nachdem er ihn etwas genauer untersucht hatte, schüttelte er den Kopf.

»Ich kann kein Lebenszeichen mehr feststellen. Wissen Sie, ob Ihr Bruder Probleme mit dem Herzen hatte?«

»Wouter? Nie! Er war kerngesund. Hat er jedenfalls immer behauptet. Gott verflucht.« Toms Gesicht verzog sich, als würde er jeden Moment in Tränen ausbrechen. »Er kann doch unmöglich tot sein.«

Alles, was Max dazu sagen konnte, war: »Am besten holen wir einen Arzt. Wie weit sind wir vom Haus entfernt?«

Tom schüttelte den Kopf, als wolle er einen klaren Kopf bekommen. »Zuerst muß ich herausfinden, wo wir überhaupt sind. Es ist so verflucht dunkel da draußen –«

Er nahm eine batterieangetriebene Laterne von einem Haken hinter dem Schaltpult und lehnte sich aus dem Fenster des Führerstandes. Max beugte sich erneut über Wouter Tolbathy. Dafür, daß er Doktor der Kunstgeschichte und nicht der Medizin war, kannte er sich mit Leichen erstaunlich gut aus. Und daß Wouter tot war, stand außer Zweifel.

Möglicherweise war er ja an den Folgen der plötzlichen Vollbremsung gestorben, weil er gegen die eisernen Wände des Führerstandes geschleudert worden war. Doch das war offenbar nicht der Fall. Es fand sich keine Verletzung am Hinterkopf, er blutete weder aus Mund noch Nase. Die ganze Szene erinnerte vielmehr an einen dieser Kriegsfilme, in denen ein Sonderkommando in eine Lokomotive eindringt, dem Lokführer einen schnellen Handkantenschlag gegen die Kehle verpaßt und den Zug übernimmt.

Max hatte zwar bisher keine Erfahrung mit derartigen Attakken, doch kam es ihm ganz so vor, als ob Wouters Adamsapfel auf verräterische Weise eingedrückt war.

Er hielt es für besser, Tom Tolbathy davon vorerst nichts zu sagen. Wouters Bruder benötigte momentan offenbar seine ganze Kraft, um seine Selbstbeherrschung nicht völlig zu verlieren. Er sah aus wie der leibhaftige Tod, als er seinen Kopf wieder in das Innere des Führerhäuschens zurückzog.

»Wir befinden uns genau am anderen Ende der Schleife, etwa drei Kilometer vom Haus entfernt.«

»Gibt es hier irgendeine Möglichkeit zu telefonieren?«

»Nein, wir sind mitten in einem Naturschutzgebiet. Dazu müssen wir zurück zum Bahnhof. Dort befindet sich das nächste Telefon. Hoffen wir nur, daß die Lok noch funktioniert.«

Als Tom sich dem Schaltpult zuwandte, stolperte er über den Körper seines toten Bruders. Max hatte den Eindruck, als drohe Tom jeden Moment ohnmächtig zu werden.

»Wir müssen Wouter hier rausschaffen. Können Sie seine Füße nehmen, Max? Wir legen ihn in den Tender und decken ihn mit einem Tischtuch zu, bis –«

»Ich glaube, wir sollten ihn besser nicht bewegen«, sah Max sich gezwungen, ihm mitzuteilen.

»Warum denn nicht, um Himmels willen? Ich ertrage es nicht, wenn er hier so liegt. Es gehört sich einfach nicht. Mein Gott, wie konnte das bloß passieren?«

»Diese Frage stellen wir vielleicht besser der Polizei.«

»Wie meinen Sie das? Was hat denn die Polizei mit einem Herzinfarkt zu tun?«

»In Fällen wie diesem zieht man immer die Polizei hinzu. Außerdem fürchte ich, daß es gar kein Herzinfarkt war. Er hat eine Luftröhrenfraktur.«

»Eine Luftröhrenfraktur? Sie meinen – aber wie konnte das geschehen? Es sei denn, ihm ist schwindelig geworden oder so etwas, er hat eine Vollbremsung gemacht, und durch den plötzlichen Ruck – «

»Der Ruck hätte ihn tatsächlich umbringen können, da gebe ich Ihnen recht. Ich würde auch lieber glauben, daß es sich so zugetragen hat, wenn er nur irgendeine Verletzung an der Stirn, eine blutige Nase oder ein blaues Auge hätte. Aber ich will verflucht sein, wenn es in diesem Führerstand irgend etwas gibt, das ihn derart hart am Hals getroffen haben kann, ohne auch nur eine Schramme an seinem Kinn zu hinterlassen. Meiner Meinung nach ist es sehr viel wahrscheinlicher, daß er schon tot war, als der Zug stoppte, und ich fürchte, wir kommen in Teufels Küche, wenn wir hier irgend etwas verändern, bevor die Polizei sich alles angesehen hat.«

Tolbathy starrte Bittersohn einen Moment lang schweigend an. Dann beugte er sich mit einiger Mühe über die Leiche seines Bruders und griff nach dem Schalthebel.

»Wouter?« Jemand versuchte, den Führerstand zu betreten. »Wouter, bist du da?«

»Ich bin hier«, rief Tom. »Was ist denn los, Quent?«

Die Tür öffnete sich, und ein Kopf erschien. »Hester schickt mich, ich soll herausfinden, was passiert ist. Einige Fahrgäste sind ordentlich durchgeschüttelt worden, und sie hat Angst, daß der alte Wripp sich etwas gebrochen hat. Was soll ich ihr sagen?«

»Sag ihr, daß Wouter einen – einen Unfall gehabt hat und daß wir jetzt nach Hause fahren, um einen Arzt zu holen.«

»Was ist denn mit dir, Wouter?« Es war der Mann mit den dicken Augengläsern, der vorhin im Bus Max für seinen alten Sangesbruder Ernest gehalten hatte. Max blickte Tolbathy hilflos an.

»Am besten, du läßt ihn jetzt in Ruhe, Quent«, entgegnete Tom zum Glück. »Er ist noch ganz benommen. Ich vermute, er hat ein Reh auf den Gleisen gesehen, zu abrupt gebremst und sich dabei den Kopf gestoßen. Wir hatten in diesem Jahr schon häufiger Probleme mit Rehen. Ich hoffe nur, die Lok ist nicht beschädigt. Sorg du bitte dafür, daß niemand hier reinkommt! Ich möchte, daß Wouter sich ein wenig ausruht.«

Durward sagte: »Selbstverständlich« und verschwand wieder. Tolbathy bediente den Starthebel. Sofort setzte sich die Lok in

Bewegung. Sie fuhren etwa zehn Meter weit, wurden immer langsamer und stoppten wieder.

»Was ist denn los?« fragte Max.

»Nichts, Gott sei Dank. Ich wollte nur die Bremsen überprüfen, bevor ich schneller werde. Es hätte ja auch wirklich ein Reh sein können, wissen Sie.« Tolbathys Stimme klang beinahe flehend. »Wir hätten im Schnee nach Spuren suchen sollen.«

»Hätten Sie die nicht sowieso bemerkt, als Sie eben nach draußen geblickt haben, um unsere Position festzustellen?«

Tolbathy blieb eine Antwort schuldig und setzte die Lokomotive wieder in Bewegung. Max entschied, daß es an der Zeit war, ihm die Wahrheit zu sagen.

»Hören Sie, Tom, ich glaube, es ist besser, wenn ich Ihnen sage, warum ich überhaupt hier bin. Eigentlich bin ich gar nicht Jem Kellings Neffe. Ich bin mit seiner Nichte Sarah verheiratet. Mein Name ist Max Bittersohn, und ich bin von Beruf Privatdetektiv. Ich bin heute abend uneingeladen auf Ihrer Party erschienen, weil Jems angeblicher Unfall in Wirklichkeit wahrscheinlich ein sorgfältig geplanter Versuch war, ihn zu ermorden oder wenigstens ernsthaft zu verletzen. Der Person, die ihm die Falle gestellt hat, war es völlig gleichgültig, ob Jem den Anschlag überleben würde oder nicht. Und die einzige Erklärung, die ich dafür finden kann, ist, daß jemand um jeden Preis verhindern wollte, daß Jem heute abend hier im Zug erscheinen würde.«

»Aber warum? Was kann denn Jems Wegbleiben mit dem – Tod von Wouter zu tun haben?«

»Wahrscheinlich eine ganze Menge. Auf Anhieb fallen mir schon zwei Gründe ein, warum Jem hier möglicherweise unerwünscht war. Erstens hat er die ungewöhnliche Begabung, selbst flüchtige Bekannte sofort wiederzuerkennen.«

»Stimmt, das kann er tatsächlich. Bloß sind wir nicht nur flüchtige Bekannte. Wir sind alle alte Freunde.«

»Glauben Sie das im Ernst? Wie steht es denn mit dem Barkeeper oder den Serviererinnen? Und da wir schon einmal dabei sind, wie steht es mit m i r? Sie haben mich sofort akzeptiert, nur weil ich mit Ihrer Freundin Marcia Whet gekommen bin und Ihnen als Jem Kellings Neffe vorgestellt wurde. In Wirklichkeit hat mich Marcia heute abend zum ersten Mal gesehen, und sie war über mein Erscheinen nicht einmal vorher informiert. Ich bin einfach in einem Taxi vorgefahren, habe ihr erzählt, daß Jem mich geschickt hat, um sie zu der Party zu begleiten, und sie hat es mir sofort geglaubt, weil sie es glauben wollte. Sehen Sie jetzt, wie einfach es ist, sich uneingeladen auf eine solche Party zu schmuggeln?«

»Aber meine Frau und ich haben doch jeden einzeln begrüßt.«

»Sind Sie sich da so sicher? Es gab ein ziemliches Gedränge, als alle gleichzeitig den Bus verließen, um möglichst schnell in den Zug zu steigen, denn draußen war es bitterkalt. Ihnen blieb gar nichts anderes übrig, als sich einigen Gästen intensiver zu widmen als anderen. Nehmen Sie nur Mr. Wripp. Sie haben ihm die Stufen hochgeholfen, und Ihre Frau hat viel Wirbel um ihn gemacht, was bei so alten Menschen nur natürlich ist. Wenn sich jemand vorbeigedrängt hätte, während Sie sich um Wripp kümmerten, wären Sie viel zu beschäftigt gewesen, diesem Jemand die Hand zu schütteln. Wenn die Person Ihnen unbekannt erschienen wäre, hätten Sie das bestimmt der Verkleidung zugeschrieben – falls Sie überhaupt einen Gedanken darauf verschwendet hätten.«

»Ich vermute, so hätte es sich durchaus abspielen können«, gab Tom Tolbathy zu. »Aber ich erinnere mich nicht daran.«

»Genau das meine ich ja. Sie hätten es überhaupt nicht bemerkt. Aber Jeremy Kelling wäre es bestimmt nicht entgangen. Außerdem hätte Jem todsicher seine eigenen Amtsinsignien entdeckt oder wie zum Teufel Sie diese Kabeljaukette nennen, die er bei Ihrem Treffen vorgestern verloren hat.«

»Die Große Kette? Wie kommen Sie denn jetzt darauf?«

»Weil der Mann, der den Kaviar serviert hat, sie trug.«

»Welcher Mann? Ach so, Sie meinen den Sommelier. Unsinn, Bittersohn. Der gehörte doch zum Party-Service. Es ist durchaus üblich, daß ein Sommelier eine derartige Kette trägt.«

»So eine Kette nicht! Der Kabeljau-Anhänger ist entfernt worden, und statt dessen war ein silberner Korkenzieher daran befestigt, doch die Kette selbst war identisch mit der, die Jem bei seinem Amtsantritt erhielt. Sie können mir ruhig glauben, Tom. Sie ist ziemlich ausgefallen, man könnte sogar sagen einzigartig. Gestohlener Schmuck gehört zu meinen Spezialgebieten, und ich habe ein ausgezeichnetes Auge für Details.«

»Ach so, jetzt weiß ich auch, wer Sie sind. Sie haben doch damals der jungen Sarah Kelling geholfen, die Sache mit den Kelling-Rubinen zu klären. Ich wußte gar nicht, daß sie Sie geheiratet hat.«

Tolbathys Stimme klang jetzt reserviert und höflich distanziert. Selbst als er breitbeinig über dem Körper seines toten Bruders stand, um die Schalthebel zu erreichen, konnte er nicht vergessen, wer er war und wer Bittersohn war. Sarah beschwerte sich immer, daß sie von Max' Mutter genauso behandelt wurde.

»Ich weiß leider überhaupt nicht, worauf Sie eigentlich hinauswollen«, fuhr er fort. »Warum sollte ein Fremder sich hier bei uns einschleichen, die Große Kette tragen und dann meinen Bruder ermorden? Warum sollte überhaupt irgend jemand meinen Bruder ermorden?« Tom Tolbathy räusperte sich kurz. »Wouter war der friedfertigste Mensch, den man sich vorstellen kann. Er hatte keinen einzigen Feind auf der ganzen Welt. Das klingt zwar abgedroschen, aber bei Wouter war es wirklich so. Glauben Sie mir, ich hätte bestimmt davon gewußt. Wouter und ich standen uns immer«, seine Stimme zitterte jetzt wieder, »sehr nahe.«

Es war wirklich abscheulich, einen Menschen in dieser Situation noch weiter zu quälen, aber Max ließ nicht locker. »Wohnte er in Ihrer Nähe?«

»Er wohnte sogar bei uns im Haus. Wouter hat nie geheiratet. Eigentlich hat er überhaupt nie irgend etwas Richtiges getan, wenn man es genau bedenkt, außer herumzuwerkeln, sich mit allen möglichen Dingen zu beschäftigen und mit seiner Eisenbahn zu spielen. Aber Wouter war ein glücklicher Mensch. Es war schön, ihn um sich zu haben. Als die Kinder noch klein waren, hat er ihnen Geschichten erzählt, dann ist er mit ihnen durch die Wälder spaziert und hat ihnen gezeigt, wie man Züge fährt. Mein Gott, wie soll ich es ihnen bloß beibringen?«

Das war Toms Problem, nicht das von Max Bittersohn. »Ihr Bruder war auch Ihr Geschäftspartner, nicht wahr?«

»Das ist richtig. Ja, das war er tatsächlich.« Tolbathy schien ein wenig überrascht, daran erinnert zu werden.

»Welche Funktion hatte er in der Firma?«

»Schwer zu sagen. Wir haben nur einen kleinen Familienbetrieb, wissen Sie. Von Hierarchien halten wir nicht besonders viel. Wouters offizieller Titel war Vizepräsident, aber er war eigentlich Mädchen für alles. Er war sehr flexibel und ist immer eingesprungen, wo gerade Not am Mann war.«

Vermutlich hatte er die Post sortiert und die Schokoladen-Nikoläuse ausgepackt. Max hatte schon gelegentlich mit alten Familienbetrieben zu tun gehabt und noch nie einen gefunden, in dem nicht auch ein oder zwei Wouter auf der Lohnliste standen. Oft waren sie inkompetent, manchmal die reinsten Nervensägen, doch waren sie selten jemandem ein solcher Dorn im Auge, daß ihretwegen komplizierte Mordpläne geschmiedet wurden. Im großen und ganzen schien Wouter ein recht unwahrscheinliches Opfer. Und doch lag er jetzt zusammengekrümmt zu Füßen seines Bruders, weil ihm jemand höchst professionell das Genick gebrochen hatte. War er umgebracht worden, weil er Wouter Tolbathy war? Und wenn nicht, was konnte das Motiv sein?

In Filmen wurden Lokführer immer aus dem Weg geräumt, weil entweder die Helden oder die Schurken den Zug brauchten, um irgendwohin zu gelangen, und sie handelten entweder aus edlen oder eigennützigen Motiven, je nachdem, auf welcher Seite sie standen. Doch dieser Zug fuhr nirgendwohin und schien keinen bestimmten Zweck zu erfüllen. Er war offenbar lediglich ein kostspieliges Vergnügen für die Tolbathys und deren Freunde. Es war wohl kaum anzunehmen, daß ein Bruder vom Club des Geselligen Kabeljaus so vom Geist des Scrooge-Tages übermannt worden war, daß er dem Allerwertesten Fischkopf einen derart bösartigen Streich gespielt und den Bruder von Marleys Geist ermordet hatte, nur um die Weihnachtsfeier dramatischer zu gestalten. Max seufzte und fuhr mit seiner Befragung fort.

»Wer kann außer Ihnen und Ihrem Bruder noch mit diesem Zug umgehen?«

»Fast jeder, wenn man es ihm erklärt«, erwiderte Tom Tolbathy. »Diese Hebel sind wirklich ganz leicht zu bedienen. Wouter und ich hätten zwar lieber eine richtige alte Dampflok gehabt, aber das war einfach zu unpraktisch. Es dauert zu lange, sie aufzuheizen, wissen Sie. Und dann der Rauch und der ganze Ruß und die Gefahr, daß die Funken den Wald in Brand setzen, ganz zu schweigen vom Kohleschaufeln. Außerdem braucht man dazu eine Zweimannbesatzung, was natürlich schlecht ist, wenn nur einer von uns sie fahren will – wollte, muß ich wohl sagen. Also haben wir uns darauf geeinigt, diese hier bauen zu lassen. Sie sieht aus wie ein echter Oldtimer, wird aber von einer Batterie betrieben. Deshalb haben wir auch hinter dem Führerstand Platz für einen Garderobenraum. Wir haben den alten Kanonenofen hineingestellt, um die richtige Atmosphäre zu schaffen und ein bißchen echten Dampf für den Schornstein zu haben. Alles nur nachgemacht und lächerlich, aber was soll's.«

Er streckte den Arm aus und griff nach einem der Hebel. »Die meisten unserer Freunde haben irgendwann mal versucht, sie zu fahren.«

»Demnach hätten die plötzliche Beschleunigung und die Vollbremsung sehr wohl von der Person verursacht werden können«, überlegte Max, »die ins Führerhäuschen eingedrungen ist und Ihren Bruder ermordet hat.«

»Ja, durchaus. Ich nehme an, Sie könnten sie auch fahren, Sie müßten mir nur zusehen. Jetzt, wo Sie es sagen, scheint mir Ihre Theorie durchaus wahrscheinlich. Wouter hätte nie derartige Scherze gemacht, schon gar nicht, wenn sich Gäste im Zug befinden. Er selbst mochte Partys eigentlich nicht besonders, doch er wußte, wie wichtig es für Hester ist, daß alles wie am Schnürchen läuft. Ich kann mir beim besten Willen nicht vorstellen, warum er so etwas mit Absicht getan haben sollte. Mein Gott, wenn ich doch bloß schneller hergekommen wäre! Wenn ich doch nur nicht das Gleichgewicht verloren hätte, als der Zug bremste –«

»Das ist uns doch genauso gegangen«, erinnerte ihn Max. »Vielleicht hat der Mörder die ganze Sache nur inszeniert, damit er ungesehen verschwinden konnte, während alle anderen versuchten, wieder auf die Füße zu kommen. Wenn wir die Fahrgäste zurückgebracht haben, wäre es vielleicht ganz nützlich, zu der Stelle zurückzufahren, wo der Zug angehalten hat, um den Schnee nach Fußspuren zu untersuchen.«

»Ich denke, ich werde schon jemanden finden, der Sie mit der Lokomotive hinfährt.« Tolbathy war noch immer höflich, klang jedoch völlig erschöpft. »Ich bezweifle allerdings, daß ich das selbst tun kann, denn zu allem Übel hat noch niemand zu Abend gegessen, und die Fahrgäste müssen ja auch irgendwie nach Hause kommen. Keiner ist mit dem eigenen Wagen da, und ich glaube kaum, daß irgend jemand Lust verspürt, wieder nach Lincoln Station zurückzukehren. Übrigens, hat Quent nicht eben gesagt, daß Wripp ziemlich schwer verletzt ist?«

»Ja. Quent ist Bruder Durward, nicht? Er scheint mich für einen alten Freund zu halten, aber ich kann mich nicht erinnern, ihm schon einmal begegnet zu sein.«

»Er hat Sie mit jemandem verwechselt, das ist alles. Seine Augen sind so schlecht, daß er ständig Leute verwechselt. Als Zeuge ist er völlig unbrauchbar, aber sonst ein netter Kerl. Er und Wouter waren dicke Freunde. Ihr Onkel Jem kennt ihn natürlich auch, Sarahs Onkel, sollte ich wohl sagen. Max, würden Sie mir den Gefallen tun und nachsehen, was sich da hinten abspielt?«

»Wenn es Ihnen nichts ausmacht, allein mit –«

»Schon gut.«

Tolbathys Gesicht war unbewegt, sein Blick starr auf die Schienen gerichtet, von denen der Schnee so sorgfältig entfernt worden war. Wie würde er von nun an über sein kostbares Spielzeug denken? Vielleicht war dies seine letzte Fahrt damit. Eine Schande, dachte Max, als er den falschen Kohlentender betrat.

Viel Platz gab es hier nicht, denn neben dem kleinen Ofen befand sich auch noch ein Stapel Feuerholz. Das Kanonenöfchen selbst stand auf einem Podest aus Zink, damit es den Holzboden nicht in Brand setzen konnte. Die Garderobenhaken waren in die Wand eingelassen, in gebührender Entfernung von der Hitze. Die Mäntel, die dort hingen, waren offenbar nicht heruntergefallen, als der Zug so abrupt gebremst hatte, es sei denn, jemand hatte sich die Mühe gemacht, sie wieder aufzuhängen. Max sah sich die Garderobe genauer an.

An den Haken hingen schwere Herrenmäntel, uralte Nerzmäntel, schäbige Biber und voluminöse Capes aus Wolle oder Samt, zahlreiche mögliche Verstecke, wenn jemand es eilig hatte, sich neugierigen Blicken zu entziehen. Doch jetzt war anscheinend niemand mehr hier. Max schritt die Reihe ab und überprüfte jeden Mantel, um ganz sicher zu gehen, daß sich niemand dahinter verbarg.

Dann hob er den brodelnden Wasserkessel an und schaute in das Innere des Ofens. Er sah nur rötlichgelbe Glut, doch das mußte nicht bedeuten, daß hier nicht jemand vor kurzem etwas hineingeworfen hatte. Diese Eisenöfen mit geschlossener Feuerung wurden höllisch heiß. Seit der Vollbremsung war soviel Zeit vergangen, daß ein leichter Gegenstand, etwa ein falscher Bart, inzwischen völlig verbrannt sein konnte. Um sich dessen zu versichern, beschloß Max mit einigem Bedauern, seinen eigenen schmucken Schnauzbart zu opfern, zog ihn ab und beförderte ihn in den Ofen. Er loderte nur kurz auf und war verschwunden, ehe er noch die Kohlen berührt hatte. Wenn es hier etwas zu finden gab, konnte man es höchstens aus der Asche herausfiltern, nachdem der Ofen abgekühlt war.

Kapitel 6

Max machte sich auf in den Salonwagen, wobei er an Quent Durward vorbeikam, der sich als Wachhund im Vorraum postiert hatte, wie man es ihm aufgetragen hatte. »Wie geht es Wouter?« wollte er wissen, da er Max diesmal tatsächlich erkannt hatte. Vielleicht nahm er aber auch einfach an, daß jeder, der aus der Lokomotive kam, darüber Bescheid wissen mußte.

»Den Umständen entsprechend«, teilte Max ihm mit und ging weiter. Sie alle würden die Wahrheit früh genug erfahren. Zum jetzigen Zeitpunkt hatten die Fahrgäste ohnehin genug mit ihren eigenen Problemen zu tun, dachte Max, als er den vor kurzem noch so eleganten Salonwagen betrat.

Diejenigen, die nicht mehr allzu benommen aussahen oder sich um ihre eigenen Verletzungen oder die ihrer Freunde kümmerten, versuchten vergeblich, etwas Ordnung in das Chaos zu bringen. Zusätzlich zu der fest im Boden verankerten Einrichtung des Zuges hatte man zahlreiche Stühle sowie ein paar Tische zur Bequemlichkeit der Fahrgäste aufgestellt. Dabei handelte es sich um ganz leichte Möbelstücke, die natürlich heftig durcheinandergewirbelt worden waren, als der Zug so unversehens gehalten hatte. Kristallgläser, Servietten, Aschenbecher, perlenverzierte Handtaschen, Handschuhe, Fächer, Riechfläschchen, Lorgnettes, Kneifer und Monokel, welche die Gäste beiseite gelegt, nachdem sie einander genügend beeindruckt hatten, waren zu Boden geregnet.

Dazwischen lagen Unmengen von Glassplittern. Es war gefährlich, sie einfach liegenzulassen, doch konnte man im Augenblick nichts weiter unternehmen, als die Scherben eine nach der anderen aufzuheben. Besen und Kehrbleche gab es nicht, da sie, wie Hester Tolbathy wieder und wieder erklären mußte, immer erst aus dem Haus herbeigeholt wurden, wenn der Zug gereinigt werden sollte, um anschließend wieder dorthin zurückgebracht zu werden. Sie bat ihre Gäste inständig, sich nicht um das Durcheinander zu kümmern, was diese natürlich zu noch größeren Aktivitäten anspornte; wie üblich, wenn eine Gastgeberin verzweifelt darum bemüht ist, ihre Gäste davon abzuhalten, wild durcheinanderzulaufen, damit sie die Lage wieder unter Kontrolle bekommen kann. Eine vornehme Matrone jedoch verspürte nicht die geringste Lust, ihre Petticoats den Scherben auszusetzen. »Warum kümmert sich das Dienstpersonal nicht darum?« verlangte sie spitz zu wissen.

»Das Dienstpersonal? Ach so, Sie meinen die Leute vom Party-Service«, sagte die leidgeprüfte Gastgeberin. »Ich nehme an, sie sind der Meinung, daß dies nicht zu ihren Aufgaben gehört, womit sie vollkommen recht haben. Außerdem haben sie bestimmt auch so alle Hände voll zu tun. Weiß der Himmel, was mit dem ganzen Essen passiert ist, das sie für das Buffet vorbereitet hatten. Könnte bitte mal jemand nachschauen? Ich möchte meinen Patienten nicht gern allein lassen.«

Sie saß auf dem Boden, hielt Wripps Kopf auf dem Schoß und verabreichte ihm mit einem Teelöffel schlückchenweise Brandy. Er sah schlimmer aus als Wouter Tolbathy.

»Ich gehe schon«, sagte Max. Das hatte er sowieso vorgehabt. Da er bei weitem der jüngste und gewandteste unter den Anwesenden war, befand er sich bereits im Dienstabteil, bevor die anderen sich überhaupt bewegt hatten. Dort traf er wie erwartet die drei Frauen vom Party-Service in ihren hübschen schwarz-weißen Kleidern, die ihm schon beim Servieren aufgefallen waren. Sie versuchten gerade, die Bestandteile des wahrhaft opulenten Edwardianischen Mahls zu rekonstruieren. Als sie ihn bemerkten, begann eine der Frauen leicht hysterisch zu kichern.

»Sie kommen hier besser nicht rein. Wir sammeln nämlich gerade Ihr Abendessen vom Boden auf. Um Gottes willen, verraten Sie bitte bloß niemandem, was ich da gerade gesagt habe. Wissen Sie zufällig, ob wir weitermachen und servieren sollen – oder was sonst?«

»Ich würde eher auf was sonst tippen«, teilte ihr Max mit. »Da draußen sieht es verheerend aus. Wir sind auf dem Weg zu unserem Ausgangspunkt und müßten eigentlich jeden Moment ankommen. Soweit ich weiß, sind zwei Personen ernsthaft verletzt, ich habe allerdings keine Ahnung, wie viele Leichtverletzte es gibt, und der Speisewagen ist von Glasscherben übersät. Ich nehme an, Mrs. Tolbathy sähe es am liebsten, wenn Sie die Speisen, die Sie noch retten können, ins Haus tragen und das Buffet dort aufbauen, so daß die Fahrgäste rasch etwas essen und dann nach Hause fahren können. Nach Feiern ist bestimmt niemandem mehr zumute.«

»Wie schade«, sagte die Frau, die offenbar für den Party-Service verantwortlich war. »Es hat alles so stilvoll angefangen. Pam und Angie und ich haben uns so auf das Buffet gefreut. Meistens haben wir nämlich nur langweilige Aufträge wie Firmenessen oder Hochzeitsempfänge. Wissen Sie, was mit dem Zug passiert ist?«

»Mr. Tolbathy glaubt, daß möglicherweise ein Reh auf den Gleisen war«, erwiderte Max. Das mußte als Erklärung genügen. »Übrigens, wo ist eigentlich Ihr Chef? Der Mann mit dem ausgefallenen Korkenzieher?«

Die Frau, die Angie hieß, zuckte die Schultern. »Marge hat mich auch schon nach ihm gefragt, kurz bevor der Zug stoppte. Wir dachten, er würde zurückkommen und sich um die Weine für das Essen kümmern. Mit uns hat er aber gar nichts zu tun. Er ist einfach hier reinspaziert und hat uns herumkommandiert. Dann ist er wieder gegangen, und seitdem haben wir ihn nicht mehr gesehen.«

»Wann haben Sie ihn denn zuerst gesehen?«

»Kurz nachdem wir angefangen hatten. Wir machten gerade das Tablett für den Kaviar zurecht. Wir wußten, daß der Kaviar sozusagen die Eröffnungsnummer sein sollte. Mrs. Tolbathy – sie ist wirklich sehr nett, finden Sie nicht? – hatte uns genau erklärt, was wir machen sollten. Sie hatte die kleingehackten Zwiebeln und das passierte Eigelb und alles schon selbst vorbereitet, das heißt wahrscheinlich ihre Köchin, und trug die Sachen runter zum Zug, in Plastikbehältern, zusammen mit dem Kaviar. Sie brachte sogar einen Dosenöffner mit, für den Fall, daß wir keinen hätten. Es lag kein Grund vor, warum wir nicht alles selbst servieren sollten.«

»Aber dann schneite dieser Mann mit der großen Kette um den Hals plötzlich herein und sagte, *er* würde sich um alles kümmern«, sagte Pam.

»Hat er sich Ihnen nicht vorgestellt?« fragte Max.

»Nö. Wir haben natürlich angenommen, er sei der Butler der Tolbathys, also haben wir ihm das Feld überlassen.«

»Was genau hat er denn getan?«

»Eigentlich nicht viel. Wir hatten die Schüsseln für den Tafelaufsatz bereitgestellt und sogar schon angefangen, sie aufzufüllen. Er meinte, wir sollten ruhig weitermachen und alles vorbereiten. Aber als ich die Kaviarbüchse öffnen wollte, hat er mich nicht gelassen. Wir haben nämlich eine spezielle Glasschüssel, die genau in den Rücken des Schwans paßt, wissen Sie. Ich persönlich fand ja, daß Mrs. Tolbathy ein ganz schönes Risiko einging, den kostbaren Tafelaufsatz hier im Zug zu benutzen. Ist er etwa beschädigt worden?«

»Ich habe keine Ahnung«, gestand Max. »Und was hat der Mann gesagt?«

»Er hat gesagt, daß Mrs. Tolbathy es so wünsche. Dann hat er mir aufgetragen, die Schüssel und die Dose mit dem Dosenöffner auf das Tablett zu stellen. Er selbst wollte das Tablett dann in den Speisewagen tragen und die Büchse am Serviertisch öffnen, um zu zeigen, wie frisch der Kaviar ist. So eine Prozedur hatten wir noch nie erlebt. Können Sie mir vielleicht verraten, was so vornehm daran sein soll, wenn jemand vor einer Partygesellschaft vorführt, wie man eine Büchse öffnet?«

»Da muß ich leider passen«, sagte Max. »Ich persönlich schwärme sowieso nicht besonders für Kaviar. Aber da Mrs. Tolbathy nicht versucht hat, ihn aufzuhalten, und auch niemand in Ohnmacht gefallen ist oder so, gehe ich davon aus, daß alles seine Richtigkeit hatte. Ist das alles, was dieser Mann getan hat? Hat er wirklich bloß die Kaviarbüchse aufgemacht und ist dann sofort wieder verschwunden?«

»Na ja, er hat sich noch ein bißchen über den Champagner aufgeregt. Wir hatten ihn zum Kühlen in einen Kübel mit Schnee gestellt, und das hat ihm irgendwie nicht gefallen. Aber Marge hat ihm erklärt, daß es Mrs. Tolbathys Idee gewesen sei – übrigens auch ihr Kübel –, und da hat er dann nichts mehr gesagt.«

»Er war nicht länger als ein paar Minuten bei uns«, erklärte Marge. »Wir hatten angenommen, daß er sich als Sommelier auch um das Servieren der Dinnerweine kümmern würde, doch er hat sie sich nicht einmal angesehen. Schauen Sie nur, hier sind die Flaschen. Gott sei Dank standen die Weißweinflaschen zum Kühlen im Kübel, als der Zug bremste, und Pam ist es zum Glück gelungen, den Großteil der Burgunderflaschen zu retten. Aber wir konnten natürlich nicht verhindern, daß alles ordentlich durcheinandergeschüttelt worden ist.«

»Wirklich tragisch ist die Sache mit der Putermousse«, sagte Angie. »Die klebt jetzt überall an den Wänden und sonstwo, und stellen Sie sich bloß vor, wir können nicht einmal einen Schwamm finden, um sie abzuwischen. Morgen muß jemand mit einer Scheuerbürste und einem Eimer Seifenlauge herkommen und saubermachen. Dabei ist sie so toll geworden. Wenn ich an unsere stundenlangen Vorbereitungen für die Party denke, könnte ich heulen.«

»Ich bin sicher, daß niemand Sie für das, was passiert ist, verantwortlich machen wird, meine Damen.«

»Darauf kommt es ja gar nicht an«, informierte ihn Marge. »Wir sind einfach stolz auf unsere Arbeit, und es ist schrecklich für uns, mitansehen zu müssen, wie alles, was wir so liebevoll zubereitet haben, in einer Schweinerei endet. Außerdem«, gestand sie, »hatten wir gehofft, einen so guten Eindruck zu hinterlassen, daß uns einige Gäste bitten würden, auch ihre Partys vorzubereiten. Na ja, es war eben Pech, da kann man wohl nichts machen. Würden Sie bitte Mrs. Tolbathy ausrichten, daß wir alles wieder in Ordnung bringen? Wir könnten servieren, sobald wir angekommen sind, wenn sie jemanden auftreiben kann, der uns hilft, das Essen aus dem Zug zu schaffen.«

»Das richte ich ihr gern aus. Und vielen Dank.« Es war eigentlich nicht an ihm, sich zu bedanken, dachte Max, doch ein freundliches Wort tat immer gut. Sie schienen sich die Geschichte mit der Putermousse wirklich sehr zu Herzen zu nehmen.

Der Zug wurde jetzt wieder langsamer, offenbar hatten sie den winzigen Bahnhof bereits erreicht. Hester Tolbathy sah ein klein wenig hoffnungsvoller aus, als Max ihr die relativ gute Nachricht aus dem Dienstabteil überbrachte.

»Es war gut, daß Sie gesagt haben, sie sollten das Essen im Haus servieren. Ich würde nicht wagen, hier zwischen all dem zerbrochenen Glas etwas anzubieten, und man kann seine Gäste doch unmöglich hungrig nach Hause schicken. Obwohl ich sagen muß, daß *mir* beim bloßen Gedanken an Essen schon flau wird. Ich hätte nie gedacht, daß eine Zugfahrt einem derart auf den Magen schlagen kann.«

»Wem sagst du das?« bemerkte eine Freundin, die ganz in ihrer Nähe stand. »Da du gerade davon sprichst, mir geht es genauso. Mir ist wirklich furchtbar übel.«

Die Dame preßte sich ein Taschentuch vor den Mund und eilte in Richtung Toilette davon. Hester Tolbathys Gesicht nahm wieder einen verzweifelten Ausdruck an.

»Ich hoffe wirklich, daß Edith nicht krank wird. Vielleicht ist es nur der Schock. Hat der Mann gesagt, wann sie mit dem Servieren anfangen können?«

»Welcher Mann?« erkundigte sich Max. »Im Dienstabteil sind nur drei Frauen.«

»Aber was ist mit dem Mann, der das Ganze organisiert hat? Der Mann, der den Kaviar so wunderbar serviert hat?«

»Hester, die Damen vom Party-Service wissen nicht einmal, wer der Mann war. Sie haben ihn für Ihren Butler gehalten.«

»Unseren Butler? Wer hat denn heutzutage noch einen Butler? Wir ganz gewiß nicht, wir haben nur Rollo. Er kümmert sich um unseren Garten, und wir hätten ihn bestimmt nicht eingestellt, wenn er nicht mit unserer Köchin verheiratet wäre. Rollo ist ungefähr achtzig Jahre alt und riecht wie ein Ziegenbock. Wenn aber der Mann mit der Kette nicht zum Party-Service gehörte, wer um alles in der Welt ist er dann? Und wo ist er hin? Haben Sie ihn vielleicht zufällig im Speisewagen gesehen?«

»Ich habe ihn nirgends gesehen, jedenfalls nicht seit seiner Vorstellung mit dem Kaviar. Und Sie auch nicht, nehme ich an?«

Hester Tolbathy starrte Max einen Moment lang an und schüttelte dann den Kopf. »Nein, da bin ich mir ganz sicher. Er hat sich um den Kaviar gekümmert und den Champagner eingeschenkt, daran erinnere ich mich, und dann ist er verschwunden. Ich habe angenommen, daß er sich ins Dienstabteil zurückgezogen hat, um das Buffet vorzubereiten. Es schien alles in bester Ordnung zu sein. Der Party-Service ist mir wärmstens empfohlen worden, und offenbar waren die Leute sehr kompetent, also habe ich alles ihnen überlassen und mich ganz meinen Gästen gewidmet. Aber die Sache mit dem Sommelier ist wirklich merkwürdig. Wer um alles in der Welt kann das bloß gewesen sein? Wissen Sie vielleicht –«

»Ich hatte gehofft, Sie könnten es mir sagen.«

»Aber ich weiß es wirklich nicht. Ich bin mir absolut sicher, daß ich ihn noch nie zuvor gesehen habe, und ich glaube, daß ich ein recht gutes Gedächtnis für Gesichter habe. Wie schade, daß Ihr

Onkel Jem nicht hier ist. Er kennt einfach jeden und verwechselt nie irgendwelche Namen oder Gesichter. Oh, wir halten an. Gott sei Dank, das wurde auch höchste Zeit.«

Kapitel 7

Alles in allem waren sie weniger als zwei Stunden Passagiere des Zuges gewesen, doch die Zeit war ihnen wie eine Ewigkeit vorgekommen. Niemand bestand beim Aussteigen auf Förmlichkeiten. Männer luden sich die Arme voll Mäntel und verteilten sie wie Handzettel. Ein Paar ernannte sich kurzerhand zu Notschaffnern, öffnete die Türen und klappte die Stufen herunter. Max erinnerte sich, daß er Marcia Whets Begleiter war, und schaute sich suchend nach ihr um. Er stellte fest, daß sie bereits ihren Mantel und ihre Boa trug und den Muff sowie den inzwischen absurd wirkenden Riesenhut in der Hand hielt. Obed Ogham war an ihrer Seite, erstaunlich nüchtern und schweigsam für jemanden, der sich noch vor kurzem derart betrunken und ausgelassen aufgeführt hatte.

Die beiden blieben neben Hester Tolbathy stehen. »Hester, können wir noch irgend etwas tun?« fragte Marcia.

»Doch, das könnt ihr. Und zwar auf dem schnellsten Weg ins Haus gehen und einen Krankenwagen rufen. Obed, schnapp dir den Barkeeper, und nimm ihn mit. Zeige ihm, wo er alles aufstellen kann, und sorge dafür, daß er die Getränke ausschenkt. Sag Jessie, sie soll heißen Kaffee aufbrühen, und schick Rollo mit dem Handwagen her, den wir immer für das Putzzeug brauchen. Die Leute vom Party-Service können einen Teil ihrer Sachen daraufladen, und Rollo kann ihn zurückschieben. Sag ihm, er soll sich beeilen. Und um Gottes willen, Marcia, bestell unbedingt dem Krankenwagen, er soll so schnell wie möglich kommen. Mr. Wripps Farbe gefällt mir überhaupt nicht.«

»Hat mir noch nie gefallen«, bemerkte Ogham mit einem Anflug seines üblichen Charmes. »Mach dir keine Sorgen, Hester. Wripp wird uns noch alle überleben. Geh nur, Marcia. Ich werde dich schon einholen. Habt ihr auch genug Gesöff oben im Haus, Hester? Soll ich vielleicht noch eine Ladung Flaschen hier von der Bar mitnehmen?«

»Schaden kann es ja eigentlich nicht, wenn sie nur nicht alle kaputt sind. Falls die Gläser zerbrochen sind, ist das nicht so schlimm. Wir haben mehr als genug. Oh, und bestell den Leuten vom Party-Service, daß sie das Essen ins Haus bringen können, sobald der Handwagen kommt. Vielen Dank, Obed.«

Wirklich eine tüchtige Frau, dachte Max. Sie würden allerdings mehr als nur einen Krankenwagen brauchen, aber das konnte sie natürlich nicht ahnen. Er war sich darüber im klaren, daß er selbst mitgehen und mit der Polizei reden sollte, doch er hatte vor, noch ein wenig im Zug zu bleiben. Es gab diverse Dinge, die er herausfinden mußte, bevor die Wagen noch mehr in Unordnung gebracht wurden, als sie es ohnehin bereits waren.

Am dringlichsten war es natürlich, mehr über den Mann zu erfahren, der die Kaviarbüchse geöffnet hatte. Wenn er nicht zum Party-Service und auch nicht zum Hauspersonal der Tolbathys gehörte, wer konnte er *dann* sein, und wohin war er verschwunden?

Vielleicht war er aus dem Zug gesprungen, als sie im Wald gehalten hatten, überlegte Max. Falls dies der Fall war, mußte es jede Menge Fußspuren geben, wenngleich Tom Tolbathy behauptete, keine gesehen zu haben. Der Schnee war überall tief und unberührt, selbst neben den freigeräumten Gleisen. Er hätte natürlich auch auf den Gleisen laufen können, vorausgesetzt, er war schneller als der Zug. Doch warum hätte er das tun sollen? Die Gleise hätten ihn doch nur wieder zurück zum Bahnhof geführt.

Er hätte sich auch von einem Helikopter hochziehen lassen oder ein Lasso um einen Ast werfen und sich wie Tarzan daran fortschwingen können. Die Vorstellung, daß dieser geschniegelte Mann mit der Großen Kette der Brüder des Geselligen Kabeljaus um den Hals sich durch die Baumkronen schwang, erschien Max indes reichlich extravagant. An Schneemobile und Hundeschlitten vermochte er ebenfalls nicht so recht zu glauben.

Der Zug mußte die Schleife mindestens einmal ganz umrundet haben, bevor er mit einem Mal beschleunigt und dann angehalten hatte. Sie waren zwar die ganze Zeit recht langsam gefahren, aber doch nicht gerade im Schneckentempo. Das ließ sich sicher später mit Tom Tolbathys Hilfe nachprüfen. Es war jedenfalls durchaus möglich, daß der falsche Sommelier genau hier am Bahnhof abgesprungen war. Auf diese Weise hätte er keine auffälligen Spuren hinterlassen, doch dann mußte er den Zug bereits verlassen haben, als Wouter umgebracht worden war.

Aber warum war er überhaupt in dem Zug gewesen? Warum hatte er die Vorstellung mit dem Kaviar gegeben? Und wie hätte er den Zug unbemerkt verlassen können?

Zwei der drei Frauen vom Party-Service hatten sich im Speisewagen aufgehalten, als der Sommelier verschwunden war, die eine hatte gerade Cocktailhäppchen vorbereitet, die andere hatte sie den Gästen angeboten. Wo war die dritte Frau zu dem Zeitpunkt? Wenn sie ebenfalls nicht im Dienstabteil gewesen war, hätte der Mann die Außentüre öffnen und abspringen können.

Das klang ziemlich einfach, aber ließ es sich auch wirklich durchführen? Max wußte, daß Zugtüren während der Fahrt aus Sicherheitsgründen fest verschlossen gehalten werden mußten. Es war bestimmt nicht einfach, eine dieser schweren Türen bei starkem Gegenwind zu öffnen, und herauszuspringen war äußerst gefährlich. Man konnte Glück haben und in einer weichen Schneewehe landen, doch man konnte auch abrutschen, unter den Zug geraten und zermalmt werden.

Angenommen, man schaffte es, mit heiler Haut davonzukommen, wie konnte man dann die Tür hinter sich wieder verschließen? Würde der Luftstrom dazu führen, daß sie zuschlug und einschnappte, oder würde sie offen bleiben, als Beweis dafür, daß jemand den Zug verlassen hatte?

Aus dem Speisewagen oder dem Salonwagen hätte er nicht so einfach aussteigen können; zu viele Gäste hatten sich dort aufgehalten, die ihn festgehalten und daran gehindert hätten, etwas so Verrücktes zu tun. Der sogenannte Kohlentender besaß keine Außentür, nur Verbindungstüren, die in den Lokführerstand und den Salonwagen führten. Das Fenster im Führerstand eignete sich am ehesten als Fluchtweg, man konnte einfach aussteigen, nachdem man den Lokführer umgebracht hatte.

Aber was konnte das Motiv sein? Man tötete schließlich nicht einfach ein Mitglied vom Club des Geselligen Kabeljaus, nur damit ihm nicht auffallen konnte, daß man sich als Sommelier verkleidet hatte, um den Gästen seines Bruders einen Streich zu spielen.

Oder vielleicht doch, wenn man sogar so weit ging, kaltblütig die Treppe eines anderen Kabeljaubruders mit Wachs zu präparieren. Aber wie hatte dieser gefährliche Witzbold die Große

Kette an sich bringen können, wenn er sie nicht während der letzten Zusammenkunft direkt von Jems Hals entwendet hatte? Oder hatte er sie lediglich von demjenigen bekommen, der sie zuvor gestohlen hatte? Wie war es ihm überhaupt möglich gewesen, die Kette in seine Gewalt zu bringen?

Doch nicht dieses Problem bereitete Max momentan Kopfzerbrechen. Es war klar, daß sich nur ein Mitglied der verschrobenen Fischkopfgesellschaft mit dem gewichtigen Spielzeug hatte davonmachen können, sofern man die Serviererin ausnahm, die beim Scrooge-Fest das Essen aufgetischt hatte und an deren Unschuld Jem nicht den geringsten Zweifel hegte. Da dieser Mensch offenbar zu den üblichen Gästen der Tolbathys gehörte, war er sicher auch zu der heutigen Party eingeladen worden und hatte von Hesters Kaviarzeremonie gewußt.

Es wäre bestimmt ganz einfach für ihn gewesen, den Leuten vom Party-Service vorzugaukeln, daß er damit betraut worden war, den Kaviar zu servieren, um danach seine kleine Vorstellung zu geben, die in erster Linie darin bestanden hatte, zwei Flaschen Champagner und eine Büchse Kaviar zu öffnen, untermalt von einigen dramatischen Gesten, die ihre Wirkung nicht verfehlten. Und es wäre ein Kinderspiel gewesen, sich anschließend scheinbar in Luft aufzulösen, indem er die Kette abnahm, sie irgendwo versteckte und sich wieder unter die übrigen Gäste mischte.

Doch wie hatte er es angestellt, daß ihn niemand erkannt hatte? Selbst die falschen Bärte hatten im Grunde niemanden täuschen können, oder wenigstens nur für kurze Zeit. Erstens konnte man ohne weiteres erkennen, daß sie falsch waren, und zweitens hatte der selbsternannte Sommelier gar keinen Bart getragen.

Er hatte elegante Koteletten gehabt und dichtes blondes Haar mit grauen Strähnen, doch dabei mochte es sich auch um eine Perücke gehandelt haben. Seine hellblauen Augen, derartige Einzelheiten fielen Max stets auf, waren etwas vorstehend gewesen. Seine Zähne ebenfalls. Größe und Körperbau waren durchschnittlich, sein Gesicht eher rund als länglich, und er mochte etwa fünfundfünfzig Jahre gezählt haben, was für einen Bruder vom Club des Geselligen Kabeljaus recht jugendlich war.

Andererseits war es nicht allzu schwer, bei den gegebenen Lichtverhältnissen zehn oder fünfzehn Jahre jünger auszusehen, wenn man sich eine Perücke aufsetzte, um damit einen kahlen Schädel zu verbergen, und sich etwas in die Backen stopfte, um die Haut glatter erscheinen zu lassen. Wenn er ohnehin falsche Zähne hatte, konnte er auch ein anderes Gebiß benutzt haben. Beispielsweise das seiner Großmutter. Ein echter alter Yankee warf grundsätzlich nichts fort, was er nicht eines Tages vielleicht noch brauchen würde; und nichts veränderte die Physiognomie eines Menschen mehr als ein schlecht sitzender Zahnersatz. Wenn er für gewöhnlich eine Brille trug, konnte er sie weggelassen haben, vorausgesetzt, er sah auch ohne Brille gut genug, um den Kaviar anzurichten und ein paar Gläser Champagner einzuschenken. Und dazu war er problemlos in der Lage gewesen, erinnerte sich Max. Außerdem hatte er saubere weiße Baumwollhandschuhe getragen, entweder weil sie zu seiner Verkleidung gehört hatten oder weil man einen Menschen an den Händen erkennen oder gar anhand von Fingerabdrücken identifizieren konnte.

Was die Kleidung betraf, so sah ein alter Smoking aus wie jeder andere, so daß er keinen Grund gehabt hatte, sich umzuziehen. Er hatte nicht einmal seine Stimme verstellen müssen, denn er hatte kein einziges Wort gesagt, außer zu den Leuten vom Party-Service, die ihn ohnehin nicht kannten. Nachdem seine kurze Vorstellung beendet war, brauchte er nur noch einen der Waschräume aufzusuchen, seine Perücke abzunehmen, seine Koteletten zu entfernen, die Handschuhe auszuziehen und möglicherweise auch das Gebiß auszutauschen, und schon hatte er sich wieder in den ursprünglichen Partygast zurückverwandelt. Die Große Kette hatte er vielleicht unter sein Hemd gestopft und war dann zurückgegangen, um sich Champagner und Kaviar zu nehmen, war weiter durch den Salonwagen geschlendert und von dort in den Tender, wo er seine Perücke, die Handschuhe und vielleicht sogar das falsche Gebiß in das Kanonenöfchen befördert sowie die Große Kette irgendwo versteckt hatte. Schließlich hatte er Wouter umgebracht.

Es war wirklich ein ausgezeichneter Plan. In der allgemeinen Verwirrung nach dem plötzlichen Ruck hätte er sich problemlos wieder unter die Gäste mischen und so tun können, als sei er genauso erschrocken wie alle übrigen. Alle waren derart aufgeregt gewesen, daß er sicher niemandem sonderlich aufgefallen wäre.

Falls die Große Kette später irgendwann auftauchen sollte, machte auch das weiter nichts, solange keine Fingerabdrücke daran zu finden waren. Wer auch immer auf sie stieß, würde wahrscheinlich glauben, daß irgendein Clubmitglied Jem Kelling einen Streich spielen wollte und die Kette zurückgelassen hatte, als er feststellen mußte, daß Jem sich gar nicht unter den Anwesenden befand und die Umstände sich nicht für einen derartigen Klamauk eigneten.

Es schien alles darauf hinzudeuten, daß der falsche Sommelier auch der Mörder war und aller Wahrscheinlichkeit nach dem Club des Geselligen Kabeljaus angehörte. Es stand sogar zu vermuten, daß er sich weiterhin unter den Partygästen befand, falls man hier überhaupt noch von einer Party sprechen konnte. Doch wer war er? Max beobachtete, wie die Fahrgäste den Zug verließen, und versuchte herauszufinden, wer die Rolle des Sommeliers gespielt haben konnte.

Teuflischerweise gab es einfach zu viele Kandidaten. Kaum einer der anwesenden Männer verfügte über besondere Kennzeichen, alle hatten sie eine relativ helle Gesichtsfarbe, waren von durchschnittlichem Wuchs und besaßen eine eher unauffällige Nase, wie ihm schon auf Jems Fotos aufgefallen war. Es gab zwar einige antiquierte Prinz-Albert-Typen, doch die Mehrzahl der Männer trug schlichte altmodische Frackhemden. Die meisten hatten immer noch ihre falschen Bärte im Gesicht, grimmig entschlossen, sie auch zu benutzen, wenn sie schon dafür Geld ausgegeben hatten – selbst wenn die festliche Stimmung verflogen war. Fast jeder war laut Tom Tolbathy in der Lage, die Lokomotive zu bedienen, hätte also Fahrt aufnehmen und plötzlich bremsen und so genügend Verwirrung stiften können, um im allgemeinen Trubel seinen Auftritt zu vertuschen.

Hester Tolbathy war immer noch mit dem alten Wripp beschäftigt und sah sich mit besorgter Miene suchend um. Sie fragte sich vermutlich, wo ihr Mann abgeblieben war. Und Tom, der arme Kerl, dachte sicher an Wouter. Max ging wieder nach vorn und steckte den Kopf in den Tender. Tolbathy war dort, half beim Austeilen der Mäntel und achtete darauf, daß keiner der Gäste versuchte, in den Führerstand zu gelangen.

Sie kamen zwar nicht umhin, die anderen so bald wie möglich über Wouters Tod zu informieren, doch es war bestimmt besser, damit noch zu warten, bis alle im Haus versammelt waren und die Polizei eingetroffen war. Max ging zurück und sprach Hester Tolbathy an.

»Ihr Mann sorgt dafür, daß die Leute den Zug verlassen. Warum gehen Sie nicht mit den anderen ins Haus? Ich kann hier bei Mr. Wripp bleiben, bis der Krankenwagen kommt. Ich schätze, er muß jeden Moment eintreffen.«

»Vielen Dank, Max. Sie sind wirklich eine große Hilfe.«

»Ich war früher Pfadfinder. Ich gehe nur rasch nachsehen, wie weit die Frauen mit dem Essen sind.«

Er lächelte Hester beruhigend zu und ging zurück in den Dienstwagen. Marge, Pam und Angie waren immer noch da, deckten Schüsseln und Platten mit Frischhaltefolie ab und reichten sie einem alten Herrn mit einem Handwagen, bei dem es sich um Rollo handeln mußte.

»Haben Sie den Mann, der Ihnen angeblich helfen sollte, inzwischen wiedergesehen?« fragte er Marge.

»Nein, wir haben uns die ganze Zeit schon gewundert, wo er hingegangen sein könnte. Wir können ihn nirgendwo finden.«

»Vielleicht ist er auf das Zugdach geklettert, wie in den alten Wildwestfilmen«, schlug Pam vor.

»In einem eleganten Anzug und in einer Nacht wie dieser? Da würde er sich ja glatt seinen Korkenzieher abfrieren«, spottete Angie.

»Hatte er einen Mantel an?« fragte Max.

»Wenn er einen hatte, dann hat er ihn jedenfalls nicht hier abgelegt. Da sind unsere, sehen Sie?« Angie zeigte auf einen Stapel Daunenjacken in leuchtenden Farben, die sie über eine Bank geworfen hatten. Andere Mäntel waren weit und breit nicht zu sehen.

»Gibt es hier im Dienstabteil irgendwo eine Möglichkeit, wo er sich hätte verstecken können, wenn auch nur für eine Minute oder so?«

»Klar. Da vorn ist der Waschraum, genau neben der Tür zum Verbindungsgang.«

»Fahrgästen ist der Zutritt nicht gestattet«, kicherte Pam.

Max inspizierte den Waschraum. Er war winzig und bot gerade Platz für ein Minibecken und die für Flugzeuge und Züge typische Toilette, war jedoch für einen schnellen Kleiderwechsel geradezu ideal. Die Tür ließ sich sogar nach außen zum Dienstabteil hin öffnen, so daß man beim Betreten und Verlassen vor neugierigen Blicken geschützt war. Und über dem Becken hing ein Spiegel. Dort hätte der Mann sein Gesicht wieder in Ordnung bringen können. Ein geeigneterer Ort wäre kaum denkbar, was er zweifellos schon vorher gewußt hatte.

»Wenn Sie meine Meinung hören wollen«, erklärte Max den drei Frauen, »gehörte Ihr Sommelier zu den Gästen und wollte den anderen einen Schabernack spielen. Ich würde nur zu gern wissen, wer es gewesen ist. Vielleicht können Sie mir helfen, das herauszufinden.«

»Klar«, sagte Marge. »Was sollen wir tun?«

»Halten Sie einfach drüben im Haus die Augen offen. Vielleicht können Sie jemanden entdecken, der Sie an den Mann erinnert, der so aussieht wie er, ähnlich spricht, sich so bewegt oder sonst irgendeine Ähnlichkeit mit ihm hat, auch wenn sie noch so gering sein sollte. Sobald Sie jemanden entdecken, der in Frage kommt, zeigen Sie ihn mir. Falls ich nicht da sein sollte, versuchen Sie bitte, seinen Namen zu erfahren.«

»Das dürfte kinderleicht sein«, meinte Pam. »Er ist der einzige hier ohne Bart. Ich habe noch nie so viele haarige Gesichter gesehen, seit die Hippies erwachsen geworden sind und gelernt haben, sich zu rasieren.«

»Die sind doch alle unecht, Hohlkopf«, sagte Angie. »Der Mann, den wir gesehen haben, hat seinen zum Servieren bestimmt abgenommen und dann wieder angeklebt, deshalb können wir ihn jetzt auch nicht mehr wiedererkennen.«

»Da muß er sich aber sehr viel Mühe gegeben haben«, lautete Marges logischer Einwurf, »sonst hätten ihn seine Freunde doch sofort erkannt. So, Mädels, am besten, wir beeilen uns jetzt mal ein bißchen. Du nimmst die Hühnchen in Aspik, Angie. Pam, könntest du das *Coulibac en croûte* tragen? Und Sie, Mr. Unbekannt, wie wär's, können wir Sie vielleicht überreden, diese große Schüssel Salat für uns zu transportieren?«

»Marge, das ist aber nicht sehr professionell«, tadelte Pam.

»Na und? Schließlich können wir ja nicht die ganze Nacht hin- und hermarschieren. Die Gäste sind bestimmt schon halb verhungert.«

»Allerdings«, sagte Max. »Ich selbst muß zwar leider hierbleiben und auf den Krankenwagen warten, aber ich kann versuchen, ein paar Helfer aufzutreiben.«

Es gab tatsächlich noch einige Nachzügler, die den Zug gerade erst verließen. Max fragte die etwas weniger Angeschlagenen, ob es ihnen etwas ausmachen würde, den Leuten vom Party-Service zur Hand zu gehen, überließ ihnen alles Weitere, sah nach dem alten Wripp, der nach den vielen Löffeln Brandy offenbar ein Verdauungsschläfchen hielt, und begab sich in den Kohlentender.

Tom Tolbathy war immer noch da und saß zusammengesunken auf einer Bank neben den jetzt beinahe leergeräumten Kleiderhaken. Er sah völlig erschöpft aus, doch er schaffte es, den Kopf zu heben, als Max hereinkam.

»Wie steht es, Max?«

»Wir haben die Situation wieder mehr oder weniger unter Kontrolle. Der Barkeeper ist schon oben im Haus, und die Leute vom Party-Service bereiten alles für das Abendessen vor. Ihre Frau ist mitgegangen, um nach dem Rechten zu sehen, und sie hat Marcia Whet gebeten, einen Krankenwagen für Mr. Wripp zu rufen.«

»Und was geschieht jetzt mit Wouter? Weiß sie noch nichts davon?«

»Ich habe ihr noch nichts gesagt. Ich hatte den Eindruck, daß sie ohnehin schon genug Probleme hat.«

»Mein Gott! Da haben Sie recht! Die arme Hester, dabei hat sie sich so auf diese Party gefreut. Ich mich übrigens auch. Wir müssen verrückt gewesen sein. Ist außer John Wripp sonst noch jemand schwer verletzt?«

»Nicht daß ich wüßte. Ein paar Verrenkungen und blaue Flekken und ein paar harmlose Schnittwunden von den Glasscherben. Es liegen überall Scherben herum.«

»Kann ich mir lebhaft vorstellen. Wie hält Hester sich?«

»Sie haben eine wirklich großartige Frau, Tom. Und wie geht es Ihnen?«

Tolbathy verzog das Gesicht. »Den Umständen entsprechend, nehme ich an. Max, die Sache – die Sache mit Wouter. Können Sie sich nicht doch geirrt haben?«

»Da bin ich überfragt. Irren ist menschlich. Ich kann nur sagen, wenn ich auch nur den kleinsten Zweifel hegte, hätte ich bestimmt den Mund gehalten. Glauben Sie mir, Tom, ich laufe nicht herum und rede von Mord, bloß weil es mir Spaß macht. Es interessiert Sie vielleicht, daß ich die Leute vom Party-Service nach dem Mann gefragt habe, der den Kaviar serviert hat und dabei die Große Kette trug. Alle drei haben keinen Schimmer, wer er gewesen sein könnte, und seit seinem Auftritt hat ihn keine der drei mehr gesehen. Sie dachten, er wäre Ihr Butler, aber Ihre Frau hat mir erzählt, daß Sie gar keinen Butler haben.«

»Selbstverständlich nicht. Wir führen ein recht bescheidenes Leben. Meine Mutter hatte natürlich einen, aber wir haben bloß den alten Rollo, der sich selbst am liebsten als Hausmeister sieht. Rollo ist auf seine Art ein liebenswürdiger alter Brummbär. Wouter und er waren immer dicke Freunde. Es wird ihn sehr – Wo zum Teufel bleibt bloß der Krankenwagen?«

»Ich glaube nicht, daß der Anruf schon länger als zehn Minuten her ist«, erinnerte Max den Feinkostimporteur.

Zu viel war in zu kurzer Zeit geschehen. Max hatte solche merkwürdigen Ballungen von Ereignissen schon zu oft erlebt. Ob Sarah wohl schon von ihrem Besuch in der Pension zurück war? Womit sie wohl gerade beschäftigt war? Hoffentlich vermißte sie ihn.

»Tom? He, Tom! Was zum Teufel ist hier los? Wo ist Wouter?«

Die Stimme gehörte Obed Ogham, der gerade in den Kohlentender stürmte. Dem Zustand seiner Hosenbeine nach zu urteilen, mußte er sich auf dem Rückweg zum Zug durch den Schnee gekämpft haben, statt auf dem freigeräumten Weg zu bleiben. Auf seinem roten Gesicht lag ein Ausdruck, den Max nicht zu deuten wußte.

»Wouter ist vorn im Führerstand«, teilte Tom Ogham wahrheitsgemäß mit. »Hast du eine Ahnung, ob der Krankenwagen inzwischen eingetroffen ist?«

»Sie haben gesagt, daß sie sofort kommen. Ich habe persönlich mit dem Mann gesprochen.«

»Dann sei bitte so gut und mach telefonisch noch ein bißchen Druck, ja? Wie läuft es denn oben im Haus?«

»Nicht besonders gut.« Ogham schien sich in der Rolle als Überbringer schlechter Nachrichten wohl zu fühlen. »Die Leute reagieren ziemlich seltsam auf Wouters vorgetäuschtes Zugunglück. Weißt du, Tom, ich fand das Ganze auch überhaupt nicht komisch. Abby Dork ist das Gebiß ins Klo gefallen, und Ed Ashbroom fühlt sich sterbenselend. Seiner Frau geht es noch miserabler, aber sie macht längst nicht so ein Theater wie er. Aber du kennst ja Ed. Jedenfalls klagen alle über Magenschmerzen und Brennen im Hals und schlagen sich darum, wer zuerst ins Bad darf. Wenn du es genau wissen willst, ich selbst fühle mich auch nicht besonders –«

Ogham bekräftigte diese Feststellung, indem er plötzlich aus dem Tender stürzte, um den Zug schnellstens zu verlassen. Als

Max und Tom ihn fanden, stand er zusammengekrümmt da und übergab sich in eine Schneewehe.

Tom Tolbathy sah sich das unerfreuliche Schauspiel entgeistert und mit schneeweißem Gesicht an. »Mein Gott, was geht hier bloß vor?«

»Wahrscheinlich eine Kombination aus Schock und zuviel Alkohol«, schlug Max vor. »Sie wissen ja, wie so etwas ist. Einer wird hysterisch, und der Rest zieht mit.«

Das war eine Lüge, und Max wußte es auch. Eine weniger hysterische Gesellschaft als diese hatte er selten zu Gesicht bekommen. Nachdem der Zug plötzlich gehalten hatte, war niemand in Panik geraten; lediglich vereinzelte vornehme Kraftausdrücke waren laut geworden, und hier und da war ein entrüstetes ›Also wirklich!‹ zu hören gewesen.

Was den Alkohol anbetraf, so hatten die meisten Gäste zwar tatsächlich erhebliche Mengen getrunken und erschreckend wenig gegessen – sofern man den Maßstab von Bittersohns eigener Familie anlegte. Doch hier handelte es sich um Jeremy Kellings Saufkumpane, und gemessen an dessen Rationen, das wußte Max, hatten sie gerade erst zu feiern begonnen.

Außerdem konnten Mägen, die an Baked Beans und kräftige neuenglische Eintopfgerichte gewöhnt waren, bestimmt einiges vertragen. Bisher hatte Max zahlreiche Mitglieder seiner angeheirateten Familie sowie deren Freunde in verliebtem, kriegerischem und schläfrigem Zustand gesehen, aber niemals war irgend jemand von Übelkeit befallen worden, es sei denn, er hatte sich über eine falsch zitierte Textstelle von John Greenleaf Whittier geärgert – oder über eine Lobeshymne auf Franklin Delano Roosevelt.

»Sollten wir ihm nicht irgendwie helfen?« fragte Tom nervös.

»Es wird ihm gleich wohler sein«, beschied ihn Max.

Nach ein oder zwei weiteren Würgekrämpfen rieb sich Ogham das Gesicht mit einer Handvoll Schnee ab und begann sich mit einem Taschentuch zu säubern.

»Keine Ahnung, was mit mir los ist«, murmelte er. »Am besten redest du mal ein ernstes Wort mit deinem Getränkehändler, Tom, oder du hörst auf, deinen eigenen Fusel zu brennen.«

Max betrachtete neugierig Oghams Gesicht im Licht der Lokomotivscheinwerfer. Es war immer noch purpurrot, die hellblauen Augen waren blutunterlaufen, doch sah er nicht ernsthaft krank aus. Und ganz sicher war er nicht im üblichen Sinne betrunken. Max fand nichts Außergewöhnliches in Oghams Gesicht. Ohne den üblichen arroganten Ausdruck unterschied es sich kaum von dem anderer Männer. Ein interessanter Gedanke. Max hatte Ogham bislang nicht zu den potentiellen Verdächtigen gezählt, doch tatsächlich hatte er ungefähr den richtigen Körperbau und war durchaus der richtige Typ. Er hätte sich leicht als Sommelier verkleiden können. Blieb nur noch die Frage zu klären, ob Ogham sein für gewöhnlich zur Schau getragenes selbstherrliches Gehabe freiwillig gegen das eines einfachen Kellners eingetauscht hätte.

Aber er hätte die Rolle ja nur ganz kurz spielen müssen. Außerdem konnte er sehr wohl Freude am Theaterspielen haben. Wenn der vermeintliche Sommelier wirklich einer der Kabeljaubrüder gewesen war, was der Besitz der Großen Kette vermuten ließ, mußte seine Boshaftigkeit grenzenlos sein, wenn er es fertiggebracht hatte, eine derartige Vorstellung vor seinen engsten Freunden zu geben. Ob Ogham Wouter ermordet haben konnte, würde sich zeigen, aber Max konnte in der ganzen Gesellschaft niemanden ausmachen, dem er die Tat lieber angehängt hätte.

»Obed, am besten gehst du rauf ins Haus und legst dich ein wenig hin«, schlug Tolbathy vor.

»Ich glaube, du hast recht.« Ogham hatte ungefähr zwei Drittel des Weges den Hang hinauf zurückgelegt, als ein Krankenwagen mit quietschenden Reifen die Auffahrt hochjagte.

»Ich gehe ihnen entgegen«, meinte Tom erleichtert. »Könnten Sie vielleicht bei Wouter bleiben, Max? Und bei John Wripp natürlich.«

»Sie bleiben wohl besser auch. Die Sanitäter sind schon auf dem Weg zum Zug.«

Ogham fuchtelte mit den Armen und rief: »Hierher!« Die Männer mit der Trage eilten auf ihn zu. Er drehte sich um und führte sie in Richtung Zug, das Gehen schien ihm jedoch sichtlich schwerzufallen. Die Sanitäter schoben sich an ihm vorbei, und er folgte ihnen in einiger Entfernung.

»Ich habe gehört, Sie haben ein Problem, Mr. Tolbathy!« rief der Mann, der zuerst bei ihnen ankam.

»Sogar ein ziemlich ernstes«, erwiderte Tolbathy und behielt dabei Ogham im Auge. »Obed, warum läßt du dich nicht von einem Sanitäter ins Haus begleiten? Vielleicht kann Hester dir etwas geben, damit dein Magen sich wieder – Obed, was hast du denn? So helfen Sie ihm doch!«

Ogham kniete auf dem Weg, griff sich an den Hals und stöhnte vor Schmerzen.

»Mac, Willy, legt ihn auf die Trage, schnell!« ordnete der Einsatzleiter an. »Bringt ihn hoch, und laßt euch über Funk vom Krankenhaus weitere Instruktionen geben. Willy, du bleibst bei ihm. Mac, du holst die andere Trage. Stimmt es, daß im Zug ein Mann mit einem gebrochenen Bein liegt, Mr. Tolbathy?«

»Wir wissen es nicht mit Sicherheit, aber es geht ihm offenbar sehr schlecht. Bitte folgen Sie mir.«

Inzwischen war Wripp kaum noch bei Bewußtsein, die braunen Altersflecken hoben sich deutlich von seiner gespannten gelben Haut ab und bildeten einen jämmerlichen Kontrast zu dem prächtigen karminroten Samtkissen und der Reisedecke, die Hester Tolbathy gebracht hatte, um es ihm ein wenig bequemer zu machen. Der Einsatzleiter hockte sich neben ihn auf den Boden und schüttelte den Kopf. »Er steht unter Schock. Sieht aus, als ob wir hier noch mehr Hilfe brauchen. Sobald Mac zurück ist, könnten Sie beide vielleicht die Trage unter den Mann schieben, während wir ihn hochheben? Wenn er sich wirklich den Oberschenkel gebrochen hat, dürfen wir ihn auf keinen Fall mehr bewegen als unbedingt nötig.«

»Natürlich«, entgegnete Tolbathy. Er klang erleichtert, offenbar war er froh, daß er endlich etwas unternehmen konnte. Als Mac keuchend mit der Trage erschien, kniete sich Tom vor Wripps Kopf und Max vor seine Füße.

»Sie geben uns Bescheid, wenn wir schieben sollen.«

Gemeinsam hoben die Männer Wripp auf die Trage, hüllten ihn in eine graue Decke und befestigten die Gurte.

»Bei einem Mann in seinem Alter kann man gar nicht vorsichtig genug sein«, sagte der Einsatzleiter. »Okay, das müßte eigentlich genügen. Das wäre dann alles, nicht wahr, Mr. Tolbathy?«

»Leider nicht. Mein Bruder liegt tot in der Lokomotive. Am besten lassen Sie noch einen Krankenwagen kommen.«

Kapitel 8

Inzwischen brauchten sie sogar eine ganze Krankenwagenflotte. Jemand im Haus hatte offensichtlich bereits Alarm geschlagen, denn zwei weitere Fahrzeuge rasten mit heulenden Sirenen und Blaulicht die Auffahrt hoch, während Max und Tom Tolbathy immer noch im Zug auf den Streifenwagen der Polizei warteten, den die erste Mannschaft zu schicken versprochen hatte.

»Max, gehen Sie um Gottes willen nachsehen, was los ist«, bat Tolbathy. »Ich weiß, daß ich das eigentlich selbst tun müßte, aber verdammt, ich kann doch Wouter hier nicht so einfach liegen lassen. Sagen Sie Hester Bescheid. Sie wird schon verstehen. Außerdem«, er verzog schmerzhaft das Gesicht und hielt sich den Bauch, genau wie Ogham es eben getan hatte, »weiß ich nicht, ob ich es überhaupt schaffen würde.«

»Oh Gott«, stöhnte Max und machte sich auf den Weg.

Was zum Teufel ging hier vor? Als er den Hügel hinaufeilte, auf dem die Villa lag, mußte er entdecken, daß die Frauen vom Party-Service und ein älteres Paar, offenbar Jessie und Rollo, die einzigen waren, die sich überhaupt noch auf den Beinen halten konnten. Hester Tolbathy versuchte zwar tapfer, die Stellung zu halten, doch Max konnte sehen, daß sie sich auch nicht viel besser fühlte als die meisten ihrer Gäste.

»Ich weiß nicht, was mit uns allen los ist«, klagte sie. »Wo ist Tom? Geht es ihm gut?«

Max antwortete ihr ausweichend. »Tom ist immer noch im Zug. Er hat mich hergeschickt, um Ihnen auszurichten, daß er bald selbst kommt. Es wird Sie sicher erleichtern, zu hören, daß Mr. Wripp inzwischen von einem Krankenwagen abgeholt worden ist.«

»Und Wouter?«

Glücklicherweise brauchte Max auch diese Frage nicht zu beantworten, denn in diesem Moment kam ein Mann, offenbar der

Hausarzt der Familie, auf Mrs. Tolbathy zugestürzt. Er wirkte erschöpft und ziemlich erregt.

»Mein Gott, Hester, was haben Sie diesen Leuten bloß zu essen gegeben?«

»Wir sind nur bis zum Kaviar gekommen. Warum fragen Sie, Fred? Was ist denn los?«

»Das kann ich erst dann mit Sicherheit sagen, wenn wir die üblichen Tests gemacht haben, aber die Leute hier zeigen alle Symptome einer akuten Arsenvergiftung.«

»Arsen? Aber wie ist denn das möglich? Oh mein Gott, Fred, bitte entschuldigen Sie mich!«

Die Hand fest gegen den Mund gepreßt, eilte Hester Tolbathy aus dem Zimmer. Der Arzt machte Anstalten, ihr zu folgen, doch Max hielt ihn am Ärmel fest.

»Einen Moment, Doktor. Tom Tolbathy hat mich geschickt, damit ich herausfinde, was hier vorgeht. Wie kommen Sie auf Arsenvergiftung?«

»Ich habe nicht behauptet, daß es Arsenvergiftung *ist*. Ich habe lediglich gesagt, daß alles darauf hindeutet. Erbrechen, Durchfall, Brennen im Hals und auf der Haut, extremes Schwächegefühl – das sind die typischen Symptome. Und wie fühlen Sie sich?«

»Gut«, teilte ihm Max mit.

»Aber Sie waren doch auch auf dieser Party. Haben Sie denn nicht dasselbe gegessen wie alle anderen?«

»Nein, das habe ich nicht. Ich hatte lediglich einen kleinen Scotch mit Soda. Die meisten Gäste tranken Champagner und aßen Kaviar, aber ich mache mir aus beidem nichts.«

»Und was ist mit den drei Serviererinnen oder wer immer sie sind? Die Frauen in den schwarzen Kleidern. Haben die davon gegessen?«

»Kann ich mir nicht vorstellen.«

Max beschrieb die Zeremonie mit dem Tafelaufsatz. Der Arzt griff sich Marge, die gerade mit einem Stapel sauberer weißer Handtücher an ihnen vorbeieilen wollte.

»Einen Augenblick. Haben Sie von dem Kaviar gegessen?«

»Wie bitte?« Marge blinzelte und schüttelte dann den Kopf. »Ach so, ich verstehe. Nein, ich habe davon nichts gegessen und bin mir ganz sicher, daß die beiden anderen ihn auch nicht angerührt haben. Die Büchse wurde ja erst vor den Augen der Gäste geöffnet, und der Kaviar wurde dann sofort serviert, wenn Sie wissen, was ich meine.«

»Verstehe. Wurde sonst noch etwas gereicht?«

»Nur Brot und Melba-Toast und die üblichen Beilagen. Süße Butter, gehackte Zwiebeln und passiertes Eigelb.«

»Haben Sie die Beilagen zubereitet?«

»Nein, Mrs. Tolbathy hatte alles servierfertig zum Zug gebracht, wir mußten es lediglich auf die Schüsseln verteilen.«

»Hätte sich jemand im Zug heimlich daran zu schaffen machen können?«

»Das glaube ich kaum. Alles war in luftdicht verschließbaren Plastikschüsseln verpackt, und die haben wir nicht aufgemacht, ehe wir mit dem Anrichten anfingen. Wir drei waren im selben Raum, wir haben alle im Dienstabteil gearbeitet, wo auch die Schüsseln standen. Außer dem Barkeeper hat niemand den Raum betreten. Er hat die Oliven, die Limonenscheiben und die Sachen für die Bar abgeholt, aber er ist nie in die Nähe der Speisen gekommen.«

»Oliven und Limonen zählen nicht zu den Speisen?«

»In diesem Fall wohl kaum. Er brauchte sie nur von einem besonderen Tablett am anderen Ende der Arbeitsfläche zu nehmen und wieder zu gehen. Ich glaube nicht, daß er viel von dem Zeug benutzt hat, aber Sie können ihn ja fragen.«

»Das werde ich. Und wer hat die Beilagen zum Kaviar serviert?«

»Das war ich. Das heißt, ich habe sie aus den Plastikbehältern in die Schüsseln umgefüllt, die auf den Tafelaufsatz paßten. Ein Mann, der sich als Sommelier ausgab, ist gekommen und hat sie in den Speisewagen getragen.«

»Haben Sie gesehen, wie er dort serviert hat?«

»Ich selbst leider nicht, aber meine beiden Kolleginnen haben es gesehen. Er hat übrigens gar nicht serviert, sondern nur die Schüsseln auf den Tafelaufsatz gestellt. Dann hat er den Kaviar aufgemacht und ist wieder gegangen. Eine meiner Kolleginnen hat die Cocktailhappen zubereitet, und die andere hat sie den Gästen gereicht. Doktor, Sie wollen doch damit nicht etwa sagen, daß eine von uns dreien etwas unter die Beilagen gemischt hat?«

»Keineswegs. Ich versuche nur, die mögliche Ursache für diese Epidemie hier herauszufinden, weil ich einen Bericht für die Polizei schreiben muß und wissen will, was sich abgespielt hat. Gehe ich recht in der Annahme, daß nicht alle Gäste die gleichen Beilagen zu ihrem Kaviar wünschten? Einige wollten wahrscheinlich lieber Ei, andere Zwiebeln, wieder andere von beidem etwas?«

»Genau. Und als die Mädchen einmal mit dem Servieren begonnen hatten, kamen auch Leute und haben sich ihre Teller nach eigenem Geschmack zusammengestellt. Sie wissen ja, wie das ist.«

»Ja, natürlich. Aber Kaviar haben alle genommen, nicht wahr?«

»Ich glaube schon. Wer will schon gern nur passiertes Eigelb? Jedenfalls war die Schüssel leer, als wir abgeräumt haben.«

»Es waren überhaupt keine Reste mehr da?«

»Bloß ein wenig Brot und etwas Butter. Und ein paar Scheiben Melba-Toast. Da bin ich mir ganz sicher, denn ich habe die Schüsseln selbst ausgewaschen. Angela hat sie leer ins Dienstabteil gebracht, und ich habe sie schnell saubergemacht, weil wir vorhatten, den Tafelaufsatz auf dem Desserttisch weiter zu benutzen. Für frisches Obst, Pfefferminztaler, gesalzene Nüsse, Pralinen –«

»Schon gut, aber was ist mit der leeren Dose?«

»Die habe ich auch ausgespült. Das machen wir aus Prinzip immer so. Alle leeren Behälter werden gespült. Wegen der Ratten, wissen Sie. Habe ich irgend etwas falsch gemacht?«

»Das konnten Sie ja schließlich nicht ahnen«, beruhigte sie der Arzt. »Ist Ihnen an der Dose irgend etwas Ungewöhnliches aufgefallen? War der Deckel vielleicht gewölbt oder so?«

»Wollen Sie damit sagen, ich wäre so dumm gewesen, den Kaviar unter diesen Umständen zu servieren?«

»Sie hatten Gelegenheit, sich die Dose genauer anzusehen, bevor sie geöffnet wurde?«

»Mehr als genug. Mrs. Tolbathy hat sie zusammen mit den Beilagen gebracht. Ich habe das Ding gesehen und meine Kolleginnen auch. Und alle anderen im Zug ebenfalls, wo wir schon dabei sind, weil der Sommelier die Dose hochgehalten hat, damit alle sie sehen konnten, bevor er sie aufgemacht hat.«

»Er hat den Kaviar im Beisein der Gäste aufgemacht?«

»Haargenau.«

»Aha. Das genügt, glaube ich. In Ordnung, vielen Dank für Ihre Hilfe. Ich muß unverzüglich wieder zurück zu meinen Patienten. Gott weiß, wie viele es inzwischen sind. Jedenfalls ist jetzt auch klar, warum es einigen so viel schlechter geht als anderen.

Ich vermute, das liegt an der Menge, die sie zu sich genommen haben. Diese verdammten Russen! Wenn sie uns auf die eine Weise nicht kriegen können, dann versuchen sie es eben auf die andere.«

Diese Möglichkeit hatte Max noch gar nicht in Betracht gezogen, und er hielt sie nicht für sehr wahrscheinlich. Gerade kam eine weitere Krankenwagenarmada die Auffahrt herauf. Er ließ die Sanitäter und Notärzte bei den Gästen zurück, die noch vor kurzer Zeit so ausgelassen und fröhlich gewesen waren, und ging wieder zum Zug.

Eigentlich hätte er sich denken können, daß unterdessen eine Menschenmenge zusammengelaufen war. Naturgemäß hatte die Kolonne aus heulenden Krankenwagen zahlreiche Schaulustige angelockt, sogar die Presse war bereits eingetroffen. Mehrere Polizisten, die sich unter normalen Umständen hier oben hätten nützlich machen können, waren daher gezwungen, unten an der Straße zu bleiben, um die Auffahrt freizuhalten, damit die Opfer ungehindert ins Krankenhaus transportiert werden konnten. Max fluchte, als er beinahe über einen Reporter, der eine Kamera auf der Schulter trug, und eine junge Frau, deren Gesicht er aus den Abendnachrichten kannte, stolperte. Sie stritten sich gerade mit einem uniformierten Polizisten, der die Stufen bewachte, die in den Salonwagen führten.

»Aber wir sind von CHANNEL THREE!«

»Ist mir völlig egal. Ich würde Sie auch nicht reinlassen, wenn Sie geradewegs aus dem Garten Eden kämen«, teilte ihnen der Polizist mit. »Ich habe strikte Anweisung, niemanden in den Zug zu lassen. Das gilt übrigens auch für Sie, Mister«, hielt er Max auf.

»Ich gehöre zu den Partygästen«, informierte ihn Max. »Mr. Tolbathy erwartet mich. Er hat mich persönlich ins Haus geschickt, um seiner Frau etwas auszurichten, und er wartet auf meine Antwort.«

»Da kann ja jeder kommen.«

»Wo zum Teufel ist Tom? Sagen Sie ihm, daß Max Bittersohn in den Zug kommen will.«

»Mr. Tolbathy spricht gerade mit dem Polizeichef.«

»Fein. Mit dem möchte ich nämlich ebenfalls reden.« Max nahm seine Brieftasche heraus und zeigte dem Mann seine Lizenz als Privatdetektiv.

Doch der Polizist schüttelte nur den Kopf. »Sie sehen aber gar nicht so aus wie auf dem Foto.«

»Meine Frau sagt auch immer, ich sei nicht fotogen. Ach ja!« Max hatte völlig vergessen, daß er noch den falschen Backenbart trug. Er nahm ihn ab. »Ist es so besser?«

»Nicht viel. Sie haben das ganze Gesicht voll Klebstoff.«

»Mein Gott, nun machen Sie doch endlich, wir verschwenden nur kostbare Zeit. Ich habe eine wichtige Information für den Polizeichef.«

»Ach ja? Und worum handelt es sich?«

»Darüber kann ich Ihnen keine Auskunft geben.«

Die Reporter fingen an, Max mit Fragen zu bombardieren. Er fuhr herum und starrte sie wütend an. Was sich allerdings als Fehler erwies, denn mehrere Fotografen zückten sofort ihre Kameras und fotografierten ihn – mitsamt dem Klebstoff.

»Um Himmels willen, so beeilen Sie sich doch«, flehte er den Polizisten an.

»Sekunde.«

Der Beamte wandte ihm den Rücken zu und sagte etwas zu einem anderen Mann im Zug. Offenbar erhielt er die richtige Antwort, denn er trat zur Seite und ließ Max hinein.

Im Salonwagen sah es aus wie nach einer Kneipenschlägerei. Tom Tolbathy stand mitten in dem Scherbenhaufen und sprach mit einem Mann in einer eleganteren Uniform, welcher der hiesige Polizeichef sein mußte. Als er Max erblickte, starrte er ihn an, als könne er sich nicht erinnern, wen er vor sich hatte. Dann blinzelte er verwundert und nickte ihm zu. »Oh, Max, Sie sind es. Was ist oben im Haus los? Wie geht es Hester?«

Für taktvolle Antworten war jetzt nicht der geeignete Zeitpunkt. »Sie läuft sich die Füße wund. Allen Gästen ist speiübel, der Arzt vermutet, daß der Kaviar mit Arsen vergiftet war.«

»Arsen? Das ist doch absurd. Und wieso der Kaviar?«

»Weil ich nichts davon gegessen habe und mir nicht übel ist, beispielsweise. Die Frauen vom Party-Service haben ebenfalls nichts davon angerührt, und ihnen fehlt auch nichts. Wie steht es denn mit Ihnen? Sie sagten doch vorhin, Sie würden sich auch nicht wohl fühlen.«

»Das tue ich auch nicht«, gab Tolbathy zu. »Ich fühle mich zwar nicht wirklich elend, aber ein seltsames Gefühl im Magen habe ich auch.«

»Haben Sie von dem Kaviar gegessen?«

»Ich habe nur ein wenig bei Hester probiert, mehr nicht. Mein Gott, ist Hester auch vergiftet?«

»Als ich sie zuletzt sah, war sie jedenfalls noch auf den Beinen.« Max hielt es für besser, Tom nicht zu berichten, wohin sie diese Beine gerade getragen hatten.

»Was sagen Sie da?« mischte sich der Polizeichef ein. »Woher stammte der Kaviar?«

»Der war ganz bestimmt einwandfrei«, beharrte Tolbathy. »Es war bester Beluga, eigens nach meinen persönlichen Anordnungen konserviert, und zwar von einem Lieferanten, mit dem wir bereits zusammengearbeitet haben, als mein Großvater noch lebte. Die Büchse wurde im Beisein von mir und allen Gästen geöffnet. Es ist völlig unmöglich, daß sich jemand daran zu schaffen gemacht haben kann.«

»Sie meinen, nachdem sie die Konservenfabrik verlassen hatte.«

»Nun ja, das habe ich wohl gemeint. Aber ich bin ganz sicher.« Tolbathy schüttelte den Kopf. »Nein, das ist einfach unmöglich.«

»Meinen Sie? Sie lesen doch Zeitung, Mr. Tolbathy, oder etwa nicht? Und sehen sich die Nachrichten im Fernsehen an?«

»Ja natürlich, aber – «

»Dann müssen Sie doch wissen, daß so etwas hier bei uns schon passiert ist, oder? Irgendein Wahnsinniger vergiftet Arzneikapseln mit Cyanid, bevor sie in den Handel kommen, oder Gläser mit Eingemachtem in den Ladenregalen. Was veranlaßt Sie zu der Annahme, daß es solche Irren nur in Amerika gibt? Ist von diesem Kaviar noch etwas übrig?«

»Das bezweifle ich«, erwiderte Tolbathy. »Für gewöhnlich gibt es keine Reste. Meine Gäste wissen, daß ich ihnen nur das Beste anbiete.«

»Hm. Und was ist mit der Büchse?«

»Ich vermute, die werden Sie im Dienstabteil beim Abfall finden«, erklärte Max. »Allerdings glaube ich kaum, daß Sie daran noch irgendwelche Spuren feststellen können. Eine der Frauen vom Party-Service hat mir erzählt, sie habe sie bereits gespült.«

»Gespült? Wozu denn das?«

»Sie sagt, das sei so üblich. Damit der Abfall die Ratten nicht anlockt. Was ich für eine gute Idee halte, meine Frau macht es genauso. Sie wissen ja, was Frauen von Ratten halten.«

Der Polizeichef sagte, er wisse, was Frauen von Ratten hielten. »Und wo ist Ihre Frau? Ist sie auch krank?«

»Sie war gar nicht eingeladen. Ich übrigens auch nicht. Ich vertrete nur meinen Onkel, der leider verhindert ist. Darüber wollte ich eigentlich auch noch mit Ihnen sprechen.«

Max erzählte ihm seine Geschichte, doch der Polizeichef schien nicht besonders überzeugt.

»Ich glaube, Sie machen da eine Menge Wirbel um nichts, wenn Sie mir meine Offenheit verzeihen, Mr. Bittersohn. Das dürfen Sie natürlich nicht ganz wörtlich nehmen, aber ich bin der Ansicht, daß wir es hier mit zwei völlig unabhängigen Vorfällen zu tun haben. Wie Sie den Club beschreiben, dem Ihr Onkel und Mr. Tolbathy angehören, handelt es sich offenbar lediglich um ein paar alte Knaben, die ab und an zusammenkommen, um ein bißchen Spaß zu haben. Habe ich recht, Mr. Tolbathy?«

»So ist es«, stimmte Tom zu.

»Nun ja, selbstverständlich spielt man sich in solch geselliger Runde hin und wieder einen harmlosen Streich. Aber Sie wollen mir erzählen, das Ganze wäre eine große Sache: Erst fällt Ihr Onkel und bricht sich die Hüfte, weil jemand Bohnerwachs auf eine Treppe geschmiert hat, die er sonst nie benutzt, und vorher hat jemand angerufen und ihm mitgeteilt, er könne seinen falschen Backenbart abholen. Ich könnte mir noch vorstellen, daß einer seiner Freunde aus dem Club ihn anruft und ihm diesen Streich mit dem falschen Bart spielt, aber der Rest Ihrer Geschichte klingt mir wirklich an den Haaren herbeigezogen.«

Der Polizeichef war offenbar mit seiner Interpretation der Ereignisse recht zufrieden. »Meiner Meinung nach hatte der Hausmeister die plötzliche Eingebung, das Treppenhaus mal wieder auf Hochglanz zu bringen. Oder vielleicht hat der Hausbesitzer es ihm auch aufgetragen. Also hat er ein bißchen Bohnerwachs auf die Stufen verteilt, damit sie mehr glänzen, wissen Sie. Er hat sich dabei nicht besonders angestrengt, weil er wußte, daß sowieso niemand die Treppe benutzt. Sie sagten ja selbst eben, daß alle den Aufzug nehmen, mit Ausnahme dieser beiden Dienstboten aus dem zweiten Stock, und die müssen über die Hintertreppe, zählen also ebenfalls nicht.«

»Aber Jeremy Kellings Kammerdiener hat den Hausmeister gefragt, und der behauptet, er habe die Stufen überhaupt nicht angerührt.«

»Was bleibt ihm auch sonst übrig? Er hat offenbar keine Lust, sich den Unfall anhängen zu lassen. Hätten Sie doch bestimmt auch nicht, oder?«

»Ich würde jedenfalls nicht lügen.«

»Na ja, jemand, der seinen Lebensunterhalt damit verdient, daß er anderer Leute Mülleimer leert, verfügt vielleicht über keine derart noble Gesinnung. Was meinen Sie, Mr. Tolbathy?«

Mr. Tolbathy wollte nicht so weit gehen, sich dieser Meinung anzuschließen, denn er hatte wenig Erfahrung mit Leuten, die ihren Lebensunterhalt mit dem Leeren von Mülleimern verdienen. Doch er war bereit, die Hypothese zu akzeptieren, denn es war höchst offensichtlich, daß der Polizeichef auf diese Art freundlicherweise anzudeuten versuchte, daß es sich bei Wouters Ableben wahrscheinlich ebenfalls um einen Unfall gehandelt hatte.

Max verstand seine Gründe. Tolbathy hatte einen ganzen Zug voller Gäste, die gerade weggebracht wurden, weil er ihnen angeblich vergifteten Kaviar vorgesetzt hatte, importiert von seiner eigenen Firma. Er hatte auch ohne einen Mord schon genug am Hals. Und Polizeichefs in noblen Vororten verdanken ihre Position schließlich nicht zuletzt der Tatsache, daß sie über das nötige Fingerspitzengefühl im Umgang mit den Problemen prominenter Bürger verfügen.

»Und was ist mit dem verschwundenen Mann, der den vergifteten Kaviar serviert hat und die silberne Kette trug, die während der Weihnachtsfeier im Club von Mr. Kellings Hals gestohlen wurde?« protestierte Max.

Statt zu antworten, wandte sich der Polizeichef erneut Tom Tolbathy zu. »Mr. Tolbathy, Sie sind selbst Mitglied dieses Clubs. Ich nehme an, Sie haben die Kette schon viele Male gesehen.«

»Sicher, ich habe sie sogar schon selbst getragen. Ich war der letzte, der das Amt bekleidet hat, das Jeremy Kelling jetzt innehat.«

»Haben Sie die Kette, die dieser Mann trug, ebenfalls als jene identifiziert, die Mr. Kelling gestohlen wurde?«

»Nein. Wenn ich ehrlich bin, kann ich das nicht behaupten. An der Großen Kette ist ein silberner Kabeljau befestigt, etwa zehn Zentimeter groß, wissen Sie. Wenn ich mich recht erinnere, trug der Mann an seiner Kette einen Korkenzieher. Das hat mir wahrscheinlich gereicht, nehme ich an, und ich habe nicht mehr hingesehen. Auf derartige Dinge achte ich sowieso nie.«

Der Polizeichef nickte. »Sie waren auch nicht das einzige Clubmitglied auf der Party, oder?«

»Ganz und gar nicht. Mein Bruder war auch Clubmitglied, aber er kann ja leider nicht mehr befragt werden. Aber es waren noch diverse andere Mitglieder da: Ogham, Dork, Durward, Billingsgate, Ashbroom, Wripp. Meine Frau kann Ihnen die Gästeliste zeigen, wenn Sie wollen.«

»Ich denke, das wird nicht nötig sein. Worauf ich hinauswill, Mr. Tolbathy, ist die Tatsache, daß auch keines der anderen Clubmitglieder diese Kette erkannt hat. Liege ich da richtig?«

»Wenn sie die Kette erkannt haben sollten, haben sie jedenfalls nichts davon gesagt.«

»Und nun zurück zu Ihnen, Mr. Bittersohn. Sie selbst gehören dem Club nicht an, nicht wahr?«

»Das stimmt, aber –«

»Sie waren auch noch nie als Gast bei einer der Versammlungen?«

»Wir laden niemals Gäste ein«, antwortete Tolbathy für ihn. »Eine dumme Regel, das gebe ich zu, aber so haben wir es immer gehalten.«

»Und Sie treten auch niemals in der Öffentlichkeit auf, oder so? Wie die SHRINERS beispielsweise.«

»Gütiger Gott, nein!«

»Würden Sie mir dann bitte erklären, Mr. Bittersohn, wie *Sie* in der Lage waren, die Kette zu identifizieren, da doch keines der Clubmitglieder sie erkannt hat? Wo haben Sie denn die Kette schon einmal gesehen?«

»Auf Fotografien, auf denen der Onkel meiner Frau sie trägt.«

»Ich verstehe.«

Damit war der Fall erledigt. Polizeichef Wieauchimmer scherte sich offenbar einen feuchten Kehricht darum, daß Max Bittersohn ein international anerkannter Experte für silberne Ketten und ähnliche Objekte war. Polizeichef Wieauchimmer war ausschließlich daran interessiert, Wouters plötzlichen gewaltsamen Tod unter den Teppich zu kehren und dafür zu sorgen, daß er dort auch blieb.

Doch da hatte er sich gewaltig geschnitten.

Kapitel 9

»Wo sollen wir Sie absetzen, Mr. Bittersohn?«

Es war Marge, die sich danach erkundigte. Sie und ihre Helferinnen fuhren das unberührte Essen und den unerwünschten Detektiv in ihrem Lieferwagen von dannen. Tom Tolbathy hatte sie, während er sich bereits vor Magenkrämpfen krümmte, unmißverständlich wissen lassen, daß es für keinen von ihnen auf seinem Anwesen mehr etwas zu tun gab. Wenn man die Umstände berücksichtigte, war seine Entschuldigung noch recht höflich ausgefallen.

Max hatte daraufhin nichts weiter tun können, als sich zu verabschieden, obwohl er innerlich vor Wut darüber kochte, daß Tom bei dieser Vertuschung mitmachte. Und er hatte keine Ahnung, wo er sich absetzen lassen sollte.

»Ich weiß auch nicht«, teilte er Marge mit. »Wissen Sie vielleicht irgendeinen Ort, wo ich telefonieren und warten kann, bis meine Frau mich abholt?«

»Na klar, kommen Sie doch einfach mit zu unserem Laden. Von da aus können Sie anrufen und einen Bissen essen, während Sie warten. Wir sind alle schon halb verhungert.«

»Sind Sie sicher, daß ich Ihnen damit keine Umstände mache? Sarah kommt aus Boston, es kann also eine ganze Weile dauern.«

»Das geht schon in Ordnung. Wir haben mehr als genug im Geschäft zu tun. Erst einmal müssen wir uns um das Essen kümmern. Wir können es ja wohl kaum einfach wegwerfen. Außerdem sind wir von den Tolbathys viel früher als erwartet zurück, also können wir die Zeit genausogut nutzen und Vorbereitungen für die nächsten Tage treffen. Wir haben um die Weihnachtszeit nicht oft Gelegenheit, ein bißchen aufzuholen. Jammerschade um die Party bei den Tolbathys. Es sind so nette Leute.«

Max teilte die Meinung, daß die Tolbathys nette Leute waren und daß es wirklich jammerschade um die Party war. Jammerschade war eine gewaltige Untertreibung angesichts dessen, was geschehen war, doch er würde sich hüten, sie darüber ins Bild zu setzen. Er lehnte sich zurück gegen den kalten Kunststoffbezug des Sitzes und dachte über die Sorte Menschen nach, die lieber einen Mord ignorierten, als Ärger zu riskieren, während die drei Damen vom Party-Service darüber plauderten, wie sich das üppige Buffet am besten wiederverwerten ließ, das sie den ganzen Abend hin- und hergetragen hatten und doch nie hatten servieren können.

Tolbathy würde ihnen sämtliche Kosten erstatten, das hatte er ihnen versichert, schließlich war es nicht ihre Schuld gewesen, daß sie ihren Auftrag nicht hatten ausführen können. Marge, Pam und Angela prüften ihr Gewissen, ob sie sein Geld auch annehmen konnten, obwohl sie selbst natürlich ihre Lieferanten bezahlen mußten. »Was meinen Sie dazu, Mr. Bittersohn?« wandte Pam sich schließlich an Max.

»Ich denke, Sie sind nicht bei Trost, wenn Sie das Angebot ausschlagen«, erwiderte er. »Erlassen Sie ihm einfach zwanzig Prozent, wenn das Ihr Gewissen beruhigt, sozusagen als Kulanz.«

»Ausgezeichnete Idee«, sagte Angela und fuhr fort, über die verschwendete Putermousse zu jammern.

Der Party-Service befand sich in einem behaglich aussehenden viktorianischen Puppenhaus, das wie ein Geburtstagskuchen ganz in Pink und Weiß gehalten war. »Früher war es mal ein Depot«, klärte Marge Max auf, »bis die Strecke stillgelegt wurde. Ach herrje, schon wieder die Eisenbahn! So, jetzt setzt euch aber alle hin. Ich hole die Flasche *Jack Daniels,* die wir letzte Woche für die *Bourbon Balls* aufgemacht haben, und wir genehmigen uns alle einen ordentlichen Drink.«

»Fein«, sagte Pamela. »Den kann ich wirklich gebrauchen. Angie, warum setzt du nicht den Kessel auf, und ich mache uns eine Kleinigkeit zu essen?«

Sie begann damit, einige der entbehrlicheren Delikatessen auf Teller zu verteilen. Max trank einen Schluck Bourbon und rief zu Hause an.

»Sarah? Was ist los? Mein Gott, haben sie es etwa schon in den Nachrichten gebracht? Wie hast du es dann erfahren? Ach so, Egbert hat angerufen. Heilfroh, daß Jem nicht dabei war, wette ich. Ja, offenbar war es der Kaviar, nein, ich glaube nicht, daß es die Russen waren. Nein, ich liege nicht im Krankenhaus; ich befinde mich im Geschäft vom Party-Service und bin umgeben von schönen Frauen, die es darauf angelegt haben, mich betrunken zu machen.«

Er trank noch einen Schluck Whiskey. »Vielen Dank, Marge, nächstes Mal lade ich Sie ein. Hör zu, Liebling, könntest du vielleicht – nein, nicht sie, ich meine natürlich dich, Herr im Himmel! Ich wollte dich eigentlich nur fragen, ob du dich ins Auto setzen und mich abholen möchtest. Ob ich dir sagen kann, wie du uns am besten findest? Einen Moment!«

Max reichte Marge das Telefon. »Würden Sie bitte meiner Frau beschreiben, wo sie mich finden kann?«

Amüsiert beschrieb Marge Sarah, wo sie ihren auf Abwege geratenen Gatten aufsammeln konnte. Dann übernahm Max wieder den Hörer und legte seiner Frau ans Herz, sich vom jungen Porter-Smith oder sonst jemandem zur Garage begleiten zu lassen, weil überall gefährliche Psychopathen herumlungerten und sein Bedarf an Katastrophen für diese Nacht bereits gedeckt war. Dann legte er auf und widmete sich seinem Abendessen.

»Meine Frau hat mir erzählt, daß sie das Fernsehprogramm bereits für Sondermeldungen unterbrechen«, teilte er den Frauen vom Party-Service zwischen zwei Bissen mit. »Die Tolbathys werden darüber bestimmt hocherfreut sein. Offenbar quasselt irgendein Politiker schon von einer russischen Verschwörung, um reiche Amerikaner zu vergiften, und fordert einen weltweiten Rückruf von russischem Kaviar.«

»Das können die doch nicht machen!« jammerte Pam. »Doch nicht über die Feiertage! Wir haben sechs Behälter mit Kaviarbutter im Gefrierraum stehen.«

»Aber es ist kein russischer Kaviar«, erinnerte sie Angela. »Für die Kaviarbutter benutzen wir immer roten Kaviar, und das ist bloß ein vornehmer Name für Lachsrogen.«

»Egal. Es ist trotzdem Kaviar, und wenn wir versuchen, ihn zu servieren, werden alle schreien, wir wären ein Haufen Massenmörder. Marge, es ist mir zwar zuwider, das Geld aus dem Fenster zu werfen, das uns die ganze Vorbereitung gekostet hat, aber so ein Risiko können wir unmöglich eingehen.«

»Nun mach dir mal wegen der Kaviarbutter keine Sorgen, Pam«, sagte Marge begütigend, trotz des Bourbon noch völlig nüchtern. »Mich beunruhigt viel mehr, wie sich das Ganze auf unser Geschäft auswirken wird.«

»Was willst du damit sagen?« protestierte Angela. »Wir haben doch den Kaviar bei den Tolbathys gar nicht serviert.«

»Aber wir waren dabei, als er von jemand anderem serviert wurde, und wir haben nichts unternommen, ihn daran zu hindern. Wie sagt man doch? Mitgefangen, mitgehangen. Du weißt doch, in welche Panik Leute geraten, wenn sie hören, daß irgendwo Gift in Lebensmitteln war. Ist ja auch verständlich. Es ist so heimtückisch. Man kann es nicht sehen, meistens kann man es nicht mal schmecken. Man weiß überhaupt nicht, daß man es zu sich genommen hat, bis – oh Gott, hoffentlich geht es den Leuten bald wieder gut.«

Max beschloß, daß er das, was Sarah ihm eben mitgeteilt hatte, besser für sich behielt. Offenbar schwebten nämlich die meisten Partygäste in Lebensgefahr, und außer Wouter gab es inzwischen ein weiteres Todesopfer. Höchstwahrscheinlich handelte es sich dabei um den alten Wripp, für den der Schock und die Verletzungen, die er sich bei seinem Sturz zugezogen hatte, wohl doch zuviel gewesen waren. Diese Tatsache würde gewiß nicht dazu beitragen, seine neuen Bekannten vom Delikatessenladen zu trösten, die so darum besorgt waren, ob ihre Weihnachtsfeiern sich in dieselben Alpträume verwandeln würden wie die Feier der Tolbathys.

An Marges Stelle würde er sich auch Sorgen machen. Jammerschade. Sie waren ausgesprochen nette Frauen und exzellente Köchinnen. Er nahm sogar ein wenig von Angelas Hühnchen in Aspik, obwohl er seine eigenen Vorstellungen hegte, was das Gelieren von unschuldigem Geflügel anging, und gab vor, daß es hervorragend schmeckte, weil er die gedrückte Stimmung der Anwesenden nicht noch schlimmer machen wollte, als sie bereits war.

»Was das Geschäft betrifft«, meinte er, dem Prinzip folgend, daß geteiltes Leid halbes Leid sei, »wenn Sie schon glauben, in Schwierigkeiten zu sein, was soll dann erst der arme Tom Tolbathy sagen? Er hat nicht nur zu befürchten, daß er um sein Weihnachtsgeschäft gebracht wird und möglicherweise sogar vor dem Ruin seiner Firma steht, sondern er kann nur hoffen, daß ihn seine Freunde nicht auch noch verklagen und eine Million Dollar Schadenersatz pro Nase fordern.«

»Du liebe Zeit«, sagte Marge. »Daran habe ich ja noch gar nicht gedacht.«

»Vielleicht hat Tolbathy daran auch noch nicht gedacht. Aber Sie können Ihre Töpfe und Kessel darauf wetten, daß es irgend jemandem bereits im Kopf herumspukt.«

Tatsächlich war Max bis zu diesem Augenblick selbst noch nicht darauf gekommen. Er war immer noch ganz in Gedanken versunken, als Sarah in dem wunderschönen Wagen vorfuhr, den er ihr zu chauffieren erlaubte, weil er sie noch mehr liebte als sein luxuriöses Fahrzeug, was natürlich eine Menge über seine Gefühle aussagte. Außerdem fuhr Sarah wesentlich besser als die meisten Frauen – und daher unendlich viel besser als die meisten Männer.

Seine Frau zeigte sich hocherfreut, Max' neue Freundinnen kennenzulernen. Sie ließ sich von Marge zu einer Tasse Tee überreden, von Pam zu einem Salat und von Angela zu einem kleinen Stück Aspik, da ihre Speisen einfach unwiderstehlich aussahen. Sie äußerte sich einige Minuten lang lobend über die Kochkünste ihrer neuen Bekannten, ganz der Gast, der weiß, was sich gehört, erkundigte sich mit genau dem richtigen Grad an schockiertem Interesse nach den Ereignissen des Abends, verabschiedete sich dann von den Damen und bedankte sich für deren Gastfreundschaft.

»Ich muß unbedingt diesen armen Kerl hier nach Hause bringen. Vielen Dank, daß Sie sich so nett um ihn gekümmert haben. Ich hoffe wirklich, daß wir uns bald wiedersehen. Am besten, du läßt mich fahren, meinst du nicht auch, Liebling? Du bist bestimmt hundemüde.«

Ehe Max noch Gelegenheit hatte, sie vom Gegenteil zu überzeugen, saß Sarah bereits wieder hinter dem Lenkrad. »Und wohin fahren wir jetzt?«

»Ich dachte, du wolltest nach Hause.«

»Nicht, wenn du heimlich planst, deine kleine Frau abzusetzen, um dich hinter ihrem Rücken wieder zu den Tolbathys zu schleichen. Das hast du doch vor, oder etwa nicht?«

»Sarah, zwei Menschen sind bereits tot.«

»Drei. Ich habe es vorhin im Autoradio gehört. Eine Mrs. Ashbroom ist das bislang letzte Opfer. Hast du sie auch kennengelernt?«

»Wahrscheinlich. So viel ich weiß, ist ihr Ehemann einer von Jems Freunden aus diesem verrückten gottverdammten Fischclub.«

»Natürlich! Onkel Jem ist hoffentlich nicht vollkommen ausgerastet und hat sich dabei die Hüfte verrenkt. Max, das ist alles so furchtbar. Hast du eine Ahnung, wie es überhaupt dazu kommen konnte?«

»Da gibt es eine Menge Möglichkeiten.« Er gab ihr eine kurze Zusammenfassung. »Aber meine ganzen Theorien nutzen mir herzlich wenig. Was wir brauchen, sind Beweise. Bieg bitte an der nächsten Ecke links ab, und dann immer geradeaus.«

»Bis wir den Zug sehen, richtig?«

»Du bist ein unwiderstehliches Weib, weißt du das?«

»Ich hatte schon befürchtet, du würdest nörgelndes Eheweib sagen. Da wir schon mal beim Thema sind, ich denke, ich könnte deiner Mutter eigentlich einen Teewärmer kaufen. Drüben im WOMAN'S EDUCATIONAL gibt es ein paar wunderschöne.«

»Klingt umwerfend.«

»Was?«

»Was du gerade gesagt hast.«

»Sie hat doch noch keinen, oder?«

»Und wenn schon. Dann kaufst du ihr eben noch einen.«

»Max, bist du auch ganz bestimmt in Ordnung?«

»Sarah, du weißt, daß ich nie Kaviar esse, wenn ich es irgendwie vermeiden kann. Ich hoffe nur, ich überlebe das Huhn. Warum müssen Frauen bloß immer alles, was sie in die Finger bekommen, in Aspik einlegen?«

»Warum müssen manche Männer immerzu den höflichen Gentleman spielen? Vorhin hast du noch so getan, als wäre dieses Hühnchen in Aspik die wundervollste Speise, die du je probiert hast.«

»Was hätte ich denn tun sollen? Mich schreiend am Boden herumwälzen?«

»Gibt es bei dir denn immer nur Extreme? Kannst du nicht mal den goldenen Mittelweg wählen?«

»Dabei würde ich mir vermutlich den Fuß verknacksen.«

»Das war nicht sehr komisch.«

»Deine Lippen haben aber gezuckt.«

»Woher willst du das wissen?«

»Deine Lippen sind mir recht vertraut, falls du das vergessen haben solltest.«

»Du könntest ja mit mir nach Hause fahren, um mein Gedächtnis ein wenig aufzufrischen, wenn du nicht so ein schreckliches

Arbeitstier wärst. Hat Tom Tolbathy dich gebeten, den Fall zu übernehmen?«

»Mr. Tolbathy hat mir außerordentlich höflich zu verstehen gegeben, daß ich verduften soll.«

»Und warum tust du es dann nicht?«

»Von wegen! Herr im Himmel, ich kann doch nicht tatenlos zusehen, wie das Geschäft dieser drei netten Hühnchen-in-Aspik-Damen flötengeht und Tolbathy dem völligen Ruin entgegentreibt. Irgend jemand muß sehr schnell etwas unternehmen. Die Polizei tut nämlich gar nichts, aus Rücksicht auf Toms Gefühle. Wouter Tolbathys Tod wird als Unfall zu den Akten gelegt und der Giftanschlag als russische Verschwörung abgehakt. Tom Tolbathy geht es momentan so schlecht, daß er nicht einmal mehr in der Lage ist, klar zu denken. Aber dazu wird er morgen um so mehr Gelegenheit haben, wenn das Gesundheitsamt die Rückrufaktion für seinen Kaviar einleitet.«

»Und da hast du beschlossen, für ihn mitzudenken und ihm die Rechnung später zu präsentieren. Was für ein cleveres kleines Kerlchen du doch bist!«

»Da bin ich nicht der einzige. Verdammt noch mal, Sarah, warum kann ich dich nicht rasch nach Hause bringen?«

»Kommt gar nicht in Frage. Der Mörder ist sowieso nicht mehr bei den Tolbathys.«

»Woher weißt du das denn so genau?«

»Kinderleicht, mein Schatz. Er oder sie liegt im Krankenhaus. Wärst du da nicht auch? Du hast bestimmt völlig recht mit deiner Vermutung, daß der Täter unter den Gästen zu suchen ist.«

»Und wie hat er den anderen das Gift untergejubelt?«

»Vielleicht ist er ein Zauberer und hat vor versammelter Mannschaft die gute Kaviarbüchse gegen eine vergiftete ausgetauscht? Du kennst doch den berühmten Trick mit dem Kaninchen und dem Zylinder. Wenn es ihm sogar gelungen ist, Onkel Jem die Kette vom Hals weg zu stehlen, muß er doch einiges Geschick besitzen, meinst du nicht?«

»An Kaninchen in Zylindern hatte ich allerdings noch nicht gedacht«, gab Max zu. »Wenn er also das Gift hatte –«

»Er selbst hat natürlich auch eine winzige Menge davon zu sich genommen, um sich so schnell und auffällig wie möglich übergeben zu müssen, hat über ein Brennen im Hals geklagt – oder was weiß ich – und sich dann unter großem Hallo mit dem Krankenwagen abtransportieren lassen. Falls die Ärzte im Hospital in seinem Magen keine Giftspuren mehr finden konnten, hätte er ihnen weismachen können, er mache gerade eine Diät und habe überhaupt nur etwas von dem Kaviar gegessen, um nicht unhöflich zu erscheinen.«

Ich habe nur kurz bei meiner Frau probiert, hatte Tom Tolbathy gesagt, und jetzt wurde ihm wie den übrigen Gästen der Magen ausgepumpt. Gütiger Gott, überlegte Max, hatte Tom Tolbathy etwa höchstselbst diese grausige Farce inszeniert?

Möglicherweise hatte er seinen Bruder Wouter als falschen Sommelier benutzt und ihm eingeredet, es handele sich dabei bloß um einen Streich, den sie den Gästen spielen wollten. Dann hatte er Wouter ermordet, damit er nicht herausfinden konnte, daß es kein Schabernack gewesen war.

So konnte er es gemacht haben. Tatsächlich hatte Tom Tolbathy vor allen anderen die beste Gelegenheit gehabt, einen derartigen Plan auszuführen. Er hatte bestimmt gewußt, wie das Servieren des Kaviars vonstatten gehen sollte, und Wouter wahrscheinlich ebenfalls. Sie waren beide an dem Abend anwesend gewesen, als Jems Kette verschwunden war. War es nicht möglich, daß der eine sie gestohlen hatte, während der andere mit irgendeinem Trick Jems Aufmerksamkeit auf sich gelenkt hatte?

»Noch ein Kaninchen im Zylinder«, bemerkte Max finster. »Ich verstehe bloß nicht, warum man dafür die Kette stehlen mußte. Es sei denn, der Kaviarmensch gehörte gar nicht zum Club und wollte damit die anderen täuschen. Falls das zutrifft, ist sein Plan jedenfalls gescheitert. Offenbar bin ich der einzige, der die Kette erkannt hat – und dafür mußte ich mich auch noch als Lügner beschimpfen lassen.«

»Vielleicht wollten die Tolbathys kein Geld für eine Kette ausgeben, die sie ohnehin nur ein einziges Mal benutzen wollten«, schlug Sarah vor.

»Sarah, du sprichst über zwei Männer, die genug Geld haben, sich aus purem Jux ihre eigene Eisenbahn zu bauen.«

»Aber die Eisenbahn war ihr Geld auch wert.«

Sarah wunderte sich, daß sie Max etwas so Selbstverständliches überhaupt erklären mußte. Cousin Dolph hätte sie sofort verstanden, und Dolph war weiß Gott nicht der schnellste in ihrer Familie. Alexander hätte es auch verstanden, doch das behielt sie besser für sich.

Max zuckte die Achseln. »Wenn dir das plausibel erscheint, dann vielleicht auch Tom Tolbathy. Gut, nehmen wir also an, daß Wouter der Sommelier war. Hört sich gar nicht so schlecht an. Das würde bedeuten, daß Tom die Lok gefahren hat, während Wouter seine Rolle im Speisewagen spielte. Könnte möglich sein. Als ich Wouter zum ersten Mal sah, trug er zwar einen gestreiften Lokomotivführeroverall, doch er hätte leicht mit seinem Bruder die Kleider tauschen können. Sie waren annähernd gleich groß. Wouter hätte genügend Zeit gehabt, die Perücke aufzusetzen und sein Gesicht irgendwie zu verändern, vermutlich mit Toms Unterstützung. Und auf seinem Weg zurück in den Führerstand hätte Wouter dann die Perücke und das andere Zeug in den Ofen werfen können.«

»Was die Kette angeht«, warf Sarah ein, »hat Tom sie ihm vielleicht abgenommen und sich selbst umgehängt, als sie wieder die Kleider getauscht haben. Er hat Wouter erst nach dem Kleidertausch getötet, würde ich sagen, damit er ihm nicht umständlich den Overall anziehen mußte. Vielleicht hat Tom die Kette sogar unter seiner Kleidung getragen, als du von dieser Flasche von Polizeichef ausgelacht worden bist.«

»Und Tom war so liebenswürdig, mir in den Rücken zu fallen, indem er behauptete, daß er derartige Dinge gar nicht bemerkt. Und weiter? Tom hätte problemlos fünf Minuten oder mehr im Führerstand zubringen können, ohne daß ihn jemand vermißt hätte. Als Gastgeber ist er sowieso ziemlich viel hin und her gelaufen. Wäre er tatsächlich vermißt worden, hätte man ihn bestimmt im anderen Wagen vermutet. Selbst wenn jemand zufällig in den Lokomotivführerstand gekommen wäre und Tom am Schaltpult gesehen hätte, wäre das nicht verwunderlich gewesen. Tom hätte einfach behaupten können, alles sei nur ein Scherz gewesen, und die Ermordung auf einen günstigeren Zeitpunkt verschieben und irgendwie verhindern können, daß die Gäste das Gift zu sich nahmen.«

»Beispielsweise?«

»Er hätte den angeblich beschädigten Zug früher als geplant zum Bahnhof zurückfahren können. Oder er hätte angehalten, wäre in den Speisewagen gestürzt und hätte eine *Marx Brothers*-Nummer hingelegt, wobei er sich den Kaviar geschnappt und sich damit aus dem Staub gemacht hätte – irgend etwas in der Art. Als Importeur hat er bestimmt noch ein paar andere Büchsen parat, also hätte er Wouter schnell eine völlig unberührte gereicht, und das ganze Spiel hätte von vorn begonnen. Ich will damit nicht sagen, daß es so war, aber so hätte es sein können.«

Was die Ermordung eines geliebten Bruders betraf, hatte Max schon viel erlebt. Wie viele seiner meist flüchtigen beruflichen Bekannten hatten ebenfalls zutiefst bedauert, daß ihnen keine andere Wahl geblieben war, als einen geliebten Menschen um die Ecke zu bringen, und all ihre Skrupel hatten sie nicht davon abbringen können, ihr Vorhaben in die Tat umzusetzen. Vielleicht war Tom ja tatsächlich so erschüttert, wie es den Anschein hatte. Wie viele starke Männer waren schon in Tränen ausgebrochen, nachdem sie ihren Lieblingshund hatten einschläfern lassen oder ihre Liebste erstochen hatten?

»Nimm nur Don José«, überlegte Max laut.

»Wie? Was denn?« wunderte sich Sarah natürlich.

»Entschuldige. Ich habe bloß gerade nachgedacht.«

»Über Don José? Du meinst doch nicht etwa den Don José aus *Carmen?*«

»Wen sonst?«

»Was hat denn ein liebeskranker Tenor mit einem Zug voller Menschen zu tun, die vergifteten Kaviar löffeln?«

»Das weiß ich auch nicht. Wie gut kennst du eigentlich Tom Tolbathy?«

»Überhaupt nicht. Für mich ist er nur einer von vielen Namen auf Onkel Jems Liste von Saufkumpanen. Ich glaube, Alexander hat Tante Caroline mal zu einer Benefizveranstaltung oder so hier draußen chauffiert.«

»Hat er etwa auch zu diesem Kabeljauclub gehört?«

»Um Gottes willen, natürlich nicht. Alexander hatte nicht viel übrig für alberne Späße und Streiche. Das solltest du inzwischen eigentlich wissen.«

»Wieso kommen wir eigentlich früher oder später immer auf Alexander zu sprechen?«

»Tun wir gar nicht. Du bist lediglich ein bißchen sauer, weil ich dich nicht die Vaterrolle spielen lasse wie ihn früher. Aber ich habe in meinem Leben schon zu viele Vaterfiguren ertragen müssen, ich habe genug davon. Ist das die Auffahrt der Tolbathys? Auf dem Briefkasten ist eine Lokomotive aufgemalt. Du hast mir übrigens immer noch nicht gesagt, warum du eben Don José erwähnt hast.«

»Sarah, meine bezaubernde Herzallerliebste, ich habe wirklich keinen Schimmer, warum ich eben auf Don José gekommen bin. Wahrscheinlich habe ich bloß im Schlaf gesprochen – ja, das ist das Tolbathy-Grundstück. Fahr einfach weiter, bis du einen Zug siehst, dann hältst du an.«

Kapitel 10

»Max, ich glaube, ich muß jetzt anhalten.«

»Und warum?« murmelte Max, ohne die Augen zu öffnen.

»Der Polizist da vorne schneidet schreckliche Grimassen.«

»Was? Oh!«

Max setzte sich gerade hin, drückte auf den elektrischen Fensterheber, ließ das Fenster herunter und streckte seinen Kopf nach draußen. »Guten Abend, Officer. Ich erwarte noch einen weiteren Beamten vom Gesundheitsamt. Ist er bereits eingetroffen?«

»Nein.« Der Streifenpolizist zögerte einen Moment und fügte dann ein ›Sir‹ hinzu.

»Verdammt, wieso ist er denn noch nicht hier? Mrs. Bittersohn, haben Sie Fothergill denn nicht ausdrücklich zu verstehen gegeben, daß es sich um einen Notfall handelt? Nichts für ungut, Officer, ich verstehe natürlich, daß es nicht Ihre Schuld ist. Wenn er kommt, würden Sie ihm dann bitte ausrichten, daß ich nicht warten konnte und schon vorausgefahren bin? Wissen Sie, wo ich Mr. Tolbathy finden kann?«

»Ich glaube, er ist ins Krankenhaus gebracht worden, Mr. –«

»Und wo kann ich seinen Hausmeister finden – Rollo? Im Zug oder im Haus?«

»Das weiß ich leider auch nicht, Sir.«

»In diesem Fall werde ich ihn wohl selbst suchen müssen. Sie bleiben am besten hier. Sie lassen hoffentlich niemanden auf das Grundstück?«

Bevor der Polizist sich entschließen konnte, ob er Bittersohn durchlassen wollte, hatte Sarah schon Gas gegeben und war an ihm vorbeigefahren. »So macht man das also«, bemerkte sie.

»Na ja, gelegentlich«, räumte Max ein. »Tolbathy ist also mit den anderen abtransportiert worden. Verdammt, ich frage mich allmählich, ob überhaupt noch jemand da ist. Du kannst nicht zufällig eine Lokomotive fahren, *Kätzele?*«

»Kommt auf den Versuch an.«

»Hoffentlich bleibt uns das erspart. Da steht sie ja, dort drüben.«

»Vielen Dank für die Information«, bemerkte Sarah mit zukkersüßer Stimme.

»Wer wird denn gleich eingeschnappt sein?«

»Nun ja, es ist wirklich ziemlich schwer, einen Zug zu übersehen, Schatz. Falls du nach Spuren suchen willst, befürchte ich allerdings, daß du etwas zu spät kommst.«

Eine gebeugte Gestalt erschien gerade in der offenen Tür des Salonwagens und leerte ein volles Kehrblech in eine große Mülltonne, die neben dem Trittbrett bereitstand. Rollo, oder wer auch immer, reinigte offenbar die Abteile.

»Ich suche gar keine Spuren«, sagte Max. »Falls es irgendwo im Zug noch Kaviarreste gegeben haben sollte, hat die Polizei sie bestimmt gefunden, bevor sie wieder abgezogen ist. Und wenn diese Silberkette aufgetaucht ist, was ich allerdings stark bezweifle, war Rollo bestimmt nicht so dumm, sie wegzuwerfen. Komm, wir fragen ihn einfach. Ist dir auch warm genug?«

Er legte für alle Fälle den Arm um Sarah und holte ein wenig verlorene Schmusezeit nach, unter dem Vorwand, ihr über den Weg zu helfen, der inzwischen völlig verharscht war. Rollo sah sie kommen und beäugte sie mißtrauisch, wobei er beiläufig seinen Besen als Absperrung vor den Eingang hielt.

»Diesmal möchte ich es versuchen«, murmelte Sarah.

Als sie den Aufgang erreichten, blickte sie zu dem Mann hoch und lächelte ihn an. »Guten Abend. Sie müssen Rollo sein. Ich bin Jeremy Kellings Nichte Sarah. Sie kennen sicher Onkel Jem, nicht wahr?«

Der Hausmeister belohnte sie mit einem flüchtigen Aufblitzen seines stark verfärbten Gebisses. »Hat sich die Hüfte zertrümmert«, knurrte er.

»Stimmt. Er liegt immer noch im Krankenhaus und geht den Krankenschwestern auf die Nerven, wie Sie sich bestimmt vorstellen können. Darf ich Ihnen meinen Mann Max vorstellen? Er war heute abend hier auf der Party. Hätten Sie etwas dagegen, wenn wir zu Ihnen in den Zug kommen?«

»Ich darf hier niemand reinlassen.«

»Das hat wahrscheinlich wieder diese idiotische Polizei veranlaßt. Erwartet, daß ein einziger Mann mit so einem Schlamassel allein fertig wird. So, ich nehme mir den Besen hier, und du gehst nach vorn, Max, und schaust nach, was im Tender noch zu tun ist. Rollo, Sie kommen am besten nach draußen und heben die Scherben auf, die hier neben der Mülltonne liegen, sonst rutscht noch jemand aus und schneidet sich. Mrs. Tolbathy wäre bestimmt ganz und gar nicht erfreut, wenn sie wüßte, daß Sie sich hier mutterseelenallein um diese Zeit abrackern müssen. Wie geht es ihr übrigens? Haben Sie noch etwas gehört?«

Irgendwie war es Sarah gelungen, zur Familie zu gehören. Rollo tat demütig alles, was sie ihm auftrug, während Max sich im Zug umschaute. Seine Suche blieb jedoch ohne Erfolg.

Nach einer Weile kam er wieder hinaus zu Sarah und Rollo, die immer noch Glasscherben zusammenkehrten.

»Im Tender war nichts. Rollo, hat die Polizei eigentlich Giftspuren gefunden?«

»Die und was finden?« Rollo schnaubte verächtlich. »Die können doch nicht mal ihren eigenen –« Er blickte zu Sarah hinüber und hielt es für besser, den Satz nicht zu beenden. »Teufel auch, die haben überhaupt nix gefunden. Nicht mal, wer Mr. Wouter umgebracht hat. Behaupten, daß es 'n Unfall war. Von wegen Unfall! Wie soll 'n Mann umfallen und sich 'n Adamsapfel einschlagen, wenn's nix gibt, woran er ihn sich hätte einschlagen können? Das soll mir erst mal einer erklären.«

»Ich passe«, sagte Max.

»Und außerdem, Mr. Wouter wär' nicht blöd genug gewesen, im Führerstand so 'nen Unfall zu haben. Das soll nicht heißen, daß Mr. Wouter nicht ab und zu komische Sachen gemacht hat, nee, welcher Mann tut das nicht? Teufel auch, wenn sich jemand als Bläßhuhn verkleiden will, wenn er schwimmen geht, soll er's doch machen! Ich würd' ja was sagen, wenn er sich wie 'n Truthahn anziehen tät' oder wie 'n Renn-Kuckuck aus der Wüste. Aber Bläßhuhn und Wasser paßt doch gut, oder? Das hätte wenigstens Mr. Wouter gemeint. Wissen Sie, so war Mr. Wouter nun mal.«

Rollo hatte sich inzwischen an die rote Damastwand gelehnt, ganz zufrieden damit, daß Sarah den Besen schwang und Max ihr das Kehrblech hielt. »Wie ich gesagt hab', wenn Mr. Wouter was gemacht hat, war das immer vernünftig. Jedenfalls von seinem

Standpunkt aus. Aber es ist ganz und gar nicht vernünftig, wenn 'n Mann mit 'm Gas rumspielt und so 'ne scheußliche Schweinerei anrichtet wie die hier. Und sich dann auch noch umbringen läßt, ohne 'nen verdammten Grund. Ich hab' also versucht, den Bullen klarzumachen, was ich Ihnen gerade klarmachen will, daß es nämlich so nicht gewesen ist.«

»Sie meinen, Wouter hätte nie den Zug beschleunigt und dann plötzlich gebremst, nicht mal im Scherz?«

»Von wegen Scherz! Man spielt nicht mit fahrenden Zügen. Mr. Wouter hat diesen Zug hier gehütet wie seinen Augapfel. Hat sich immer genauso ans Schaltpult gekuschelt wie Sie sich eben an Ihre Frau, als Sie den Weg raufgekommen sind. Ich hab' Sie genau gesehen, das können Sie mir ruhig glauben«, grinste Rollo vielsagend. »In meinem Alter kennt man sich aus.«

Rollo hatte offenbar nicht nur die Scherben entsorgt, sondern auch die Whiskeyreste, mutmaßte Max. Wahrscheinlich war er nicht gerade betrunken, doch nüchtern war er ganz gewiß auch nicht. Vielleicht war dies genau der richtige Zeitpunkt, ihm eine kleine Zugfahrt vorzuschlagen.

»Ich nehme an, Sie können mit dem Zug so gut umgehen wie Wouter«, bemerkte er taktisch geschickt. »Ich wollte, ich könnte das auch. Meinen Sie, daß Sie meine Frau und mich ein wenig herumfahren könnten?«

»Kann ich machen. Sobald hier alles sauber ist.« Rollo war leider weit weniger benebelt, als Max angenommen hatte. Sie mußten noch mindestens fünfzehn Minuten das Kehrblech schwingen, ehe er bereit war, mit ihnen aufzubrechen.

Doch die Fahrt erwies sich als Zeitverschwendung. Sie zockelten mit einer Geschwindigkeit von fünfzehn Stundenkilometern durch schneebedeckte Wälder, deren Anblick nach kurzer Zeit bereits eintönig wurde. Max stand neben Rollo, denn er traute dem verräterischen Glitzern in den Augen des alten Schwerenöters nicht und sorgte dafür, daß Sarah sich außer Greifweite auf der anderen Seite des Lokomotivführerstandes aufhielt.

»Achte auf Fußabdrücke und andere Spuren im Schnee«, hatte er sie gebeten, aber es gab nichts zu sehen. Alles war glatt und glänzend wie der Zuckerguß auf den Schokoladentorten von Cousine Theonia, mit Ausnahme eines dramatischen kleinen Fleckchens, wo Kaninchenspuren in einer aufgewühlten Stelle endeten. Die Spuren eines großen Greifvogels und einige kleine Blutspritzer zeugten davon, daß Wouter Tolbathy nicht der einzige war, der in dieser Nacht hier draußen eines gewaltsamen Todes gestorben war. Doch sie konnten nirgends auch nur den kleinsten Hinweis darauf finden, daß der Mann mit der Kette hier irgendwo vom Zug gesprungen war. Max hatte nichts anderes erwartet; er hatte sich dennoch verpflichtet gefühlt, alles zu überprüfen, bevor andere hier ihre Fußspuren hinterließen und alles zerstörten, was hier vorher zu entdecken gewesen sein mochte.

Jetzt blieb nichts weiter zu tun, als Rollo für den kleinen Ausflug zu danken und zurück nach Hause zu fahren. Zuerst jedoch benutzte Max die Sprechanlage in dem winzigen Bahnhof, um sich im Haus nach den neuesten Nachrichten aus dem Hospital zu erkundigen.

»Gott sei Dank keine weiteren Todesfälle«, berichtete er. »Aber Ihre Frau, wenn sie das war, scheint schrecklich betroffen über die Sache mit Wripp.«

»Ha. Kein Wunder.« Nach dieser vielleicht nicht sonderlich orakelhaften Bemerkung stapfte Rollo in Richtung Haus davon. Sarah und Max gingen zurück zu ihrem Wagen.

»Wahrscheinlich hat der alte Wripp früher ordentlich auf den Putz gehauen, meinst du nicht?« murmelte Sarah. »Ich nehme an, er ist in einer Zeit groß geworden, als man es noch besonders fesch fand, die Hausmädchen zu verführen. Und ich könnte mir denken, eine Frau, die mit Rollo verheiratet ist, läßt sich gern mal ab und zu verführen.«

»Wer weiß«, sagte Max. »Vielleicht verbringt Rollo ja auch seine Freizeit im Gartenhäuschen mit der Dame von nebenan.«

»Wenn das wahr ist, kann sie auf keinen Fall eine Dame sein. Gemeiner alter Schuft, wegen ihm habe ich mich die ganze Zeit mit dem Besen abrackern müssen.«

»Armes *Fischele*. Diesmal fahre ich. Warum machst du nicht einfach die Augen zu und hältst ein kleines Nickerchen? Du kannst auch ruhig deinen Kopf auf meine Schulter legen«, schlug er großzügig vor.

»Vielen Dank, Liebling.« Sarah fand das Angebot zwar unwiderstehlich, wußte aber genau, daß sie nicht schlafen konnte. »Was haben wir denn bis jetzt überhaupt erreicht?«

»Immerhin haben wir Rollo geholfen, den Zug sauberzumachen. Und wir können jetzt so gut wie sicher sein, daß der falsche Sommelier einer der Gäste war. Das habe ich zwar schon die ganze Zeit vermutet, aber man sollte trotzdem immer alles nachprüfen. Du hast übrigens auch eine tolle Nummer abgezogen, als du Rollo um den Finger gewickelt hast. Alle Achtung. Ich werde dich dafür auf meine Lohnliste setzen.«

»Nett von dir. Und was machen wir jetzt?«

»Nach Hause fahren und ins Bett gehen.«

»Du hast wirklich reizvolle Ideen. Schatz, bist du sicher, daß ein Teewärmer das Richtige ist?«

»Ich bin sicher, daß wir ins Bett gehen sollten.«

»Wann bist du das nicht? Aber es ist trotzdem lieb von dir, daß du es sagst.«

Sarah entspannte sich in der beheizten Dunkelheit und genoß das Gefühl, Max' Mantelärmel an ihrer Wange zu spüren. »Für deine Schwester Miriam habe ich eine wirklich hübsche Soufflé-form aus Porzellan gekauft«, sagte sie nach einer Weile. »Und Cousine Theonia gibt mir ihr Geheimrezept für ein Spinatsoufflé dazu, das todsicher nicht zusammenfällt.«

»Mag ich denn überhaupt Spinatsoufflé?«

»Wer sagt denn, daß du was davon abbekommst? Außerdem muß Miriam die Form nicht unbedingt für Soufflés benutzen, wenn sie nicht möchte.«

»Wozu denn sonst?«

»Ihr wird bestimmt was einfallen, zerbrich dir darüber bloß nicht den Kopf.«

Max' ältere Schwester kochte fast noch besser als Cousine Theonia, doch Max zog trotzdem Sarahs Kochkünste vor, denn sie war die einzige, die ihm seine Spiegeleier genau so braten konnte, wie er sie am liebsten hatte.

Am nächsten Morgen war sie gerade damit beschäftigt, seine Frühstückseier zu braten, als sie bemerkte: »Ich glaube, ich sollte möglichst schnell ins Krankenhaus fahren. Das EDUCATIONAL ist heute mittag geöffnet, und ich wollte doch einen handgestrickten Teewärmer für deine Mutter kaufen, bevor sie alle weg sind.«

»Weißt du was?« fragte Max, den Mund voll Grapefruitsaft. »Du holst den Teewärmer, und ich besuche Jem.«

»Bist du sicher, daß du das wirklich möchtest? Gestern hatte er doch schon so schrecklich schlechte Laune.«

»Mich kann er damit nicht einschüchtern. Soll ich ihm einen Flachmann voll Martini ins Zimmer schmuggeln?«

»Ich mache ihm einen Eggnog, wie Tante Appie ihn immer für Onkel Samuel gemacht hat, zur Hälfte aus Milch und Eiern, zur Hälfte aus Brandy. Gestern war er stinksauer, weil man ihm keinen Gin in den Orangensaft getan hat. Ich weiß nie genau, ob Onkel Jem Alkoholiker ist oder bloß ein komischer alter Kauz aus einer anderen Zeit.«

»Wenn du mich fragst, ich halte ihn für ein mythisches Ungeheuer. Wann machst du den Eggnog?«

»Jetzt sofort.«

Sarah goß Milch in den neuen Mixer, den Max ihr geschenkt hatte, schlug ein Ei auf, fügte Milch und Brandy hinzu und drückte auf gut Glück auf einen der vierzehn Knöpfe. Sie war das erste Mitglied des Kelling-Clans, das jemals ein derartiges Gerät besessen hatte. Insgeheim dachte sie, daß der alte Schneebesen ihrer Großmutter auch genügt hätte, doch um nichts auf der Welt hätte sie Max das verraten. Vor ihrer Heirat hatte sie nicht damit gerechnet, daß er so sehr darauf erpicht war, sie mit den Errungenschaften des zwanzigsten Jahrhunderts vertraut zu machen, solange in diesem noch Zeit genug blieb, derartige Dinge zu genießen.

Immerhin produzierte die Küchenmaschine einen perfekten Eggnog, obwohl Onkel Jem sicher auch mit einem weniger perfekten zufrieden gewesen wäre, solange sie nicht an Brandy sparte. Sie fügte noch ein wenig Zucker und eine Prise Muskat hinzu und goß die schaumige Mischung in einen Kühlbehälter aus Plastik, den ihre Schwiegermutter ihr voll Karotten-*Zimmes* geschickt hatte, in der Absicht, auf Beacon Hill ein Mindestmaß an Kultur einzuführen. Mutter Bittersohn war zutiefst schockiert gewesen, als sie erfahren hatte, daß weder Sarah noch einer ihrer Verwandten jemals *Zimmes* gegessen hatten und, was noch schlimmer war, es nicht einmal kannten.

Eine Thermosflasche wäre zwar ein eleganteres Behältnis gewesen, doch Sarah wußte genau, daß Max vergessen würde, sie wieder mitzubringen; und die einzige Thermosflasche, die sie besaß, war ein altes Familienerbstück, das ihr Vater immer zum Pilzesammeln bei sich getragen hatte.

Cousine Mabel hatte zwar immer behauptet, daß Walter in der Thermosflasche Brechwurz aufbewahrt habe, für den Fall, daß er aus Versehen einen Giftpilz erwischte, aber das war typisch Cousine Mabel. Niemand hatte ihr daher Beachtung geschenkt, am wenigsten von allen Walter Kelling. Sein einziges Kind hatte er allerdings auch kaum beachtet, wenn man schon einmal beim Thema war. Trotzdem waren Sarahs Tochtergefühle zu ausgeprägt, um dieses persönliche Andenken an ihren Vater an einen Ort zu schicken, von dem noch nie eine Thermosflasche zurückgekehrt war.

Kapitel 11

Max weigerte sich entschieden, mit einem umgerüsteten *Zimmes*-Behälter über die Charles Street zu wandern, doch er willigte schließlich ein, als Sarah den Behälter in einer kleinen braunen Papiertüte verschwinden ließ. Dann küßte er seine Frau wie üblich zum Abschied und machte sich auf den Weg zum Krankenhaus, wo er Jeremy Kelling Zeter und Mordio schreiend und auf diverse Kissen gestützt in seinem Bett vorfand.

»Hallo, Jem«, begrüßte er ihn. »Wie ich sehe, bist du heute gut bei Stimme. Sarah schickt dir ein kleines Stärkungsmittel.«

»Gott sei Dank gibt es wenigstens eine Frau auf dieser Welt, die noch einen Funken Mitgefühl im Leib hat«, knurrte Jem.

»Sie brauchen mich gar nicht so anzustarren«, sagte die diensthabende Krankenschwester. »Wenn ich noch Mitgefühl im Leib hätte, würde mir das von den Patienten todsicher schleunigst ausgetrieben. Haben Sie übrigens heute morgen schon Wasser gelassen?«

»Wie überaus taktvoll von Ihnen, diese Frage im Beisein von Besuchern zu stellen. Selbstverständlich habe ich das. Glauben Sie vielleicht, ich bin ein gottverdammtes Kamel?«

»Soll das heißen, daß Kamele kein Wasser lassen?«

»Woher soll ich das wissen? Es ist lediglich eine Redensart. Und jetzt verschwinden Sie endlich.«

Die Krankenschwester ging, drohte jedoch, bald wiederzukommen, um ihn mit weiteren Erniedrigungen heimzusuchen. Jeremy Kelling erwiderte: »Pah!« und widmete sich seinem Eggnog. Max Bittersohn schaute ihm zu, bis Jems Stimmung sich allmählich zu bessern schien, öffnete dann einen großen Umschlag aus Manilapapier und zog daraus das Gruppenfoto hervor, das er aus Jems Album genommen hatte und das die Brüder vom Club des Geselligen Kabeljaus zeigte.

»Was ist denn das?« wollte der Allerwerteste Fischkopf wissen. »Eine Karte mit Genesungswünschen von meinen alten Saufkumpanen? Das ist aber nett von den alten Halunken! Wie war übrigens die Party? Hast du auch allen meine herzlichsten Grüße und besten Wünsche für einen scheußlichen Abend ohne mich ausgerichtet? Und haben sie auch alle unter dem Tisch gelegen, nachdem sie ihren Spaß hatten? ›Und wer zuletzt vom Stuhle fällt, soll unser König sein‹, wie es der Dichter Burns so trefflich in Worte gekleidet hat. Bestimmt ging mal wieder alles drunter und drüber, und es gab eine Riesenschlemmerei, kann ich mir vorstellen.«

»Drunter und drüber ja, Schlemmerei nein«, korrigierte ihn Max. »Du hast offenbar noch keine Nachrichten gehört.«

»Spielst du etwa auf die abscheuliche Flimmerkiste da an?«

Jem knurrte wütend das Fernsehgerät an, das man in der Annahme vor seinem Lager aufgestellt hatte, ihn damit aufzuheitern, wo er es doch viel mehr genoß, sich nach Kräften aufzuregen. Dann sah er Max an, und seine Miene, die eben erst begonnen hatte, sich ein wenig aufzuhellen, verdüsterte sich wieder.

»Was willst du damit sagen?«

»Soweit ich weiß, war ich der einzige, der noch aufrecht stehen konnte«, sagte Max. »Die übrigen Gäste mußten allesamt ins Krankenhaus eingeliefert werden.«

»Warum das denn, um Gottes willen?«

»Verdacht auf Arsenvergiftung. So lautete jedenfalls die Diagnose, als sie anfingen, die Krankenwagen zu beladen. Hier, lies selbst, ich habe dir die neueste Ausgabe des GLOBE mitgebracht.«

»Verdammtes demokratisches Käseblatt.« Jem hielt die Zeitung auf Armeslänge von sich und kniff die Augen zusammen. »Beim großen Joschafat! MORD IM OKZIDENTEXPRESS. HIGH-SOCIETY-GÄSTE IN LUXUSZUG LIESSEN SICH VERGIFTETEN KAVIAR SCHMECKEN, WÄHREND DER CHAMPAGNER IN STRÖMEN FLOSS. DREI TOTE, FÜNF PERSONEN SCHWEBEN IN LEBENSGEFAHR.«

Er las weiter, wobei ihm die Augen fast aus dem Kopf traten. »Von Arsen steht hier aber nichts. Die schreiben von – was zum Henker ist denn das für ein Zeug?«

Max schaute ihm über die Schulter. »Colchicin? Davon habe ich auch noch nie gehört.«

»Das wird zur Behandlung von Gicht verwendet«, informierte sie die Krankenschwester, die zurückgekehrt war, um Jem ein Thermometer in den Mund zu stecken und den Blutdruck zu messen. »Ist das nicht eine seltsame Geschichte mit diesen Leuten in dem Zug? Kennen Sie vielleicht zufällig einen von ihnen?«

Jem riß sich das Thermometer aus dem Mund. »Wenn ich mir nicht meine verdammte Hüfte zertrümmert hätte, wäre ich auch in diesem Zug gewesen. Aber so war ich gezwungen, diesen einfältigen Knaben hier als meinen Stellvertreter zu schicken.« Er wies mit dem Thermometer verächtlich auf Max. »Und Sie sehen ja selbst, was dabei rausgekommen ist.«

Die Krankenschwester nahm ihm das zerbrechliche Instrument ab und plazierte es wieder unter seiner Zunge. »Das ist noch gar nichts im Vergleich zu dem, was Ihnen hier alles blüht, wenn Sie sich nicht ruhig und gesittet verhalten. Sie sollten wirklich froh sein, daß Sie nicht dabei waren. Colchicin kann eine verheerende Wirkung haben, wenn man zuviel davon nimmt.«

»Warum?« fragte Jem, das Thermometer noch im Mund. »Was passiert denn dann?«

»Magendarmblutungen, Schwächeanfälle, Bauchschmerzen, Erbrechen, Kollaps und Atemlähmung, mitunter auch noch weitere Symptome. Wenn man es überlebt, kann man immer noch kaputte Nieren davontragen«, fügte sie mit der klinischen Distanz hinzu, die angeblich so beruhigend auf Laien wirkt.

Sie hielt Jems Handgelenk und schaute dabei auf ihre Armbanduhr. »Aber wenn die Leute die nächsten Tage überstehen, denke ich, daß die meisten von ihnen sich wieder erholen werden. Im Zug muß es ja entsetzlich ausgesehen haben, als das Zeug anfing zu wirken. Du liebe Güte, bin ich froh, daß ich da nicht saubermachen mußte.«

Die Krankenschwester ließ Jems Handgelenk los, legte ihm die Blutdruckmanschette an, pumpte sie auf, beobachtete, wie die Nadel sank, zuckte die Achseln und trug Zahlen in Jems Krankenblatt ein. »Wenn Sie auch auf der Party waren«, erkundigte sie sich bei Max, »wie kommt es dann, daß Sie nicht vergiftet worden sind?«

»Der einzige Grund, der mir einfällt, ist der, daß ich keinen Kaviar mag. Ich glaube, ich war der einzige, der davon nichts angerührt hat.«

»Sehr überzeugend. Wer's glaubt, wird selig.«

Nach diesem Scherz nahm die Krankenschwester das Thermometer aus Jems Mund.

»Wieviel?« verlangte Jem zu wissen.

»Normal, selbstverständlich. Genau wie Ihr Blutdruck. Meinen eigenen wage ich inzwischen schon gar nicht mehr zu messen, seit ich Sie hier versorgen muß. Schönen Tag noch!«

Sie schenkte ihnen ein knappes Lächeln und eilte von dannen, um mit ihrer Barmherzigkeit ein anderes Opfer zu beglücken. Max griff wieder nach dem Foto.

»Okay, Jem. Machen wir uns an die Arbeit.«

»Das soll wohl ein Witz sein. In meinem Zustand kann ich doch nicht arbeiten. Verdammt, wie kannst du ein derart unanständiges Wort in meiner Gegenwart und zu einem solchen Zeitpunkt auch nur in den Mund nehmen? Meine ältesten Freunde sterben schließlich gerade wie die Fliegen. Obed Ogham gehört wohl nicht zufällig zu den Opfern?« erkundigte sich Jem in dem verzweifelten Versuch, wenigstens einen Silberstreif am Horizont auszumachen.

»Als ich Ogham das letzte Mal sah, hielt er sich den Bauch und kotzte den Rasen vor Tolbathys Haus voll«, erwiderte Max. »Muntert dich das ein wenig auf?«

»Ein bißchen. Glaub aber ja nicht, daß ich diesem abscheulichen Hornochsen irgend etwas Schlimmes wünsche. Ich dachte gerade nur an den Schaden, den er seinen Mitmenschen zufügt. Was hat er denn letzte Nacht so alles über mich gesagt?«

»Eigentlich gar nichts. Er hat mir nur ziemlich deutlich zu verstehen gegeben, daß die Kellings für ihn Luft sind. Sag mal, Jem, wie gut kennst du die Tolbathys?«

»Wie gut ich sie kenne? Mein Gott, Wouter und ich sind zusammen vom PHILLIPS ANDOVER geflogen. Derartige Erlebnisse verbinden schließlich, wie du dir sicher denken kannst. Wir waren schon miteinander befreundet, als wir noch quäkende Babys waren. Ich nehme jedenfalls an, daß ich auch gequäkt habe. Bei Wouter bin ich mir da völlig sicher. Wie geht es dem alten Gauner übrigens?«

»Ich fürchte, du hast den Artikel noch nicht zu Ende gelesen.«

»Was willst du damit sagen? Wouters Magenwände sind sozusagen aus solidem Kesselblech, der verträgt alles. Um Wouter umzuhauen, braucht es schon mehr als einen Schluck Gichtmedizin.«

»Da hast du allerdings recht. Es tut mir leid, Jem, aber es ist ihm etwas zugestoßen. Wouter wurde im Lokführerstand umgebracht. Meiner Meinung nach durch einen Karateschlag gegen den Kehlkopf. Die Polizei ist allerdings der Ansicht, daß es sich um einen Unfall handelt, aber wenn du weiterliest, wirst du feststellen, daß sie gar nicht erst versuchen, diesen Unfall näher zu klären. Gibt es in eurem Kabeljauclub jemand, der mal Nahkampfspezialist war?«

»Nahkampf?« Es dauerte eine ganze Weile, bis Jem den Schock über Wouters Tod einigermaßen überwunden hatte. Dann seufzte er und schüttelte den Kopf, als müsse er sein Gehirn erst wieder in Gang bringen. »Oh, jetzt verstehe ich, was du meinst. Die Geschichte mit dem Zungenbein. Die kennen wir alle. Ogham hat uns die Methode mal bei einem unserer Treffen vorgeführt, als er gut aufgelegt war. Ogham war selbst früher Nahkampfspezialist – oder behauptet es jedenfalls.«

»Wenn er es selbst nicht getan hat, muß seine Demonstration jedenfalls ziemlich lehrreich gewesen sein. Ich würde sagen, der Schlag war absolut professionell ausgeführt. Gibt es noch jemanden in eurem Club mit einer derartigen Ausbildung?«

»Würde mich nicht wundern«, meinte Jem. »Die meisten von uns haben immerhin den Zweiten Weltkrieg mitgemacht. Einige Veteranen waren sogar schon beim Ersten Weltkrieg dabei. Hast du gesagt, Wouter stand am Schaltpult, als es passiert ist?«

»Ich nehme an, daß er dort war. Bis es geschah, sind wir ganz ruhig und gemütlich gefahren, aber dann wurde der Zug auf einmal immer schneller und kam dann plötzlich zum Stehen.«

»Und alle sind durcheinandergewirbelt und ordentlich auf die Nase gefallen, was?«

»Genau. Einige sind böse gestürzt, überall lag zerbrochenes Glas herum. Tom Tolbathy und ich sind nach vorne, um zu sehen, was passiert war, und haben Wouter tot auf dem Boden gefunden.«

»Mein Gott, ein schwerer Schlag für Tom. Er und Wouter waren – ich kann mir den einen gar nicht ohne den anderen vorstellen. Das ist, als würde man Wermut ohne Gin trinken. Verdammt, Max, wenn ich dieses Schwein je zu packen bekomme, das den armen Wouter umgebracht hat –«

»Du könntest mir vielleicht helfen, ihn zu finden.«

»Wie denn?«

»Jem, Wouters Tod war nicht der erste Zwischenfall an diesem Abend. Vorher ist auch noch deine Silberkette aufgetaucht.«

»Was? Die Große Kette? Gütiger Herrgott, und wo ist sie jetzt?«

»Keine Ahnung. Die Kette ist wieder verschwunden. Und mit ihr der Mann, der sie getragen hat.«

Max beschrieb den denkwürdigen Auftritt des Sommeliers, der eigentlich gar nicht existierte. »Ich schließe daraus«, fuhr er fort, »daß der Mann entweder zu eurem Club gehört oder der Komplize eines Clubmitglieds ist. Jedenfalls ist es so gut wie sicher, daß er einer der Partygäste gewesen sein muß. Deshalb habe ich auch das Foto mitgebracht. Einige der Männer auf dem Bild könnten aufgrund ihrer Größe und Erscheinung möglicherweise als Sommelier aufgetreten sein. Von dir möchte ich alles erfahren, was du über sie weißt. Wer sie sind, was sie machen. Das könnte bei den Nachforschungen hilfreich sein. Hast du Lust, es zu versuchen?«

»Natürlich. Wer ist der erste Verdächtige?«

»Wouter Tolbathy.«

»Bist du völlig übergeschnappt? Wouter hat sich doch wohl nicht selbst den Kehlkopf eingeschlagen!«

»Das hat ja auch niemand behauptet. Aber er hätte durchaus den Sommelier spielen können.«

Max erläuterte die Gründe für diese Theorie. Jem hörte ihm zu, bis er ausgeredet hatte, erstaunlicherweise, ohne ihn zu unterbrechen. Dann schüttelte er den Kopf.

»Ich verstehe zwar, was du damit sagen willst, aber ich kann mir einfach nicht vorstellen, daß du recht hast. Damit will ich allerdings nicht ausschließen, daß Wouter den Sommelier tatsächlich dargestellt haben könnte. Teufel auch, ich hätte ihn sogar selbst gespielt, wenn ich diesen Einfall gehabt und die Sache irgendwie amüsant gefunden hätte, was aber, ehrlich gesagt, nicht der Fall ist. Was meinst du übrigens damit, daß dieser komische Vogel den Kabeljau von der Großen Kette genommen hat und durch einen Korkenzieher ersetzt hat? Der Kabeljau war doch für die verdammte Ewigkeit daran befestigt.«

»Ich bin absolut sicher, daß du dich irrst«, entgegnete Max. »Höchstwahrscheinlich war er nur durch einen kleinen Silberring mit der Kette verbunden. Sonst hätte er doch völlig steif daran gehangen, und das hätte unmöglich ausgesehen. Ich möchte sogar behaupten, daß jeder, der mit Werkzeugen umgehen kann, ihn problemlos austauschen konnte.«

Jeremy Kelling machte ein finsteres Gesicht. »Schon wieder eine Illusion zum Teufel. Aber ich kann mir nicht vorstellen, daß irgend jemand verrückt genug wäre, Wouter so eine Nummer aufführen zu lassen.«

»Willst du damit andeuten, daß man sich auf Wouter nicht verlassen konnte?«

»Doch, er war schon zuverlässig. Allerdings auf seine eigene, merkwürdige Art. Ich meine damit, wenn Wouter sagte, daß er etwas tun würde, dann tat er es auch. Das Problem war nur, man konnte nie sicher sein, was dabei herauskam. Wouter lebte in einer völlig anderen Welt. Hätte man ihn beispielsweise gebeten, den Kaviar zu servieren, wäre er höchstwahrscheinlich mit einem quicklebendigen Stör in einem Goldfischglas hereingewatschelt. Ich nehme an, dieser nachgemachte Korkenzieherklau hat keine komischen Nummern abgezogen?«

»Offen gesagt ist mir die ganze Vorstellung wie eine komische Nummer vorgekommen«, erwiderte Max. »Aber die Frauen vom Party-Service haben mir erzählt, daß Hester Tolbathy den Tafelaufsatz und den Eisschwan persönlich zur Verfügung gestellt hat.«

»Worauf du dich verlassen kannst. So etwas gehört bei den Tolbathys einfach dazu. Hester hat diesen Tafelaufsatz von ihrer Großtante geerbt und will ihn natürlich auch benutzen. Warum soll man auch so ein Ding herumstehen haben und ein Vermögen an Silberputzmitteln dafür ausgeben, wenn man nichts damit anfangen kann?«

»Sarah denkt, genau das sei auch der Grund, warum einer deiner Clubbrüder die Große Kette stibitzt hat, statt sich selbst eine zuzulegen.«

»Unsinn. Diese Kette hat sich doch längst bezahlt gemacht. Immerhin trägt sie der Allerwerteste Fischkopf bei jeder Zusammenkunft.«

»Mag sein, aber betrachte die Sache mal von der anderen Seite. Sarah meint, daß dieser Bursche einfach keine Kette kaufen wollte, die er danach nie mehr würde benutzen können. Irgendwie klingt das logisch, finde ich. Wie oft verkleidet sich schon jemand als Sommelier, um eine ganze Zugladung Menschen umzubringen, die sich als Diamond Jim Brady und Lillian Russell verkleidet haben?«

»Von diesem Blickwinkel aus könnte sie recht haben«, gab Jem zu. »Aber ich will hier mit allem Nachdruck erklären, daß ich dieses Verhalten für unvereinbar mit dem wahren Geist von Geselligkeit und unseren festgelegten Clubregeln halte. Außerdem werde ich bei unserem nächsten Treffen ein unanfechtbares Mißtrauensvotum einbringen, verdammt noch mal.«

»Gegen wen?«

»Gegen den hundsgemeinen Schweinehund, der meine geheiligten Amtsinsignien für einen derart unehrenhaften Zweck mißbraucht hat, damit du es weißt. Und du sorgst schnellstens dafür, daß er die Sachen wieder herausrückt, inklusive Kabeljau, weil ich zum Donnerwetter noch mal das rosa Valentinsherz nicht aufspießen werde, wenn ich dabei meine Insignien nicht trage. Darauf kannst du dich verlassen.«

»Dann machen wir am besten mit unserer Arbeit weiter! Du behauptest also, daß wir Wouter Tolbathy abhaken können, weil sich kein halbwegs vernünftiger Mensch Wouter als Komplizen für einen Mord ausgesucht hätte, denn er hätte damit rechnen müssen, daß Wouter die Sache irgendwie verpatzen würde. Richtig?«

Jem versuchte seine Stellung zu verändern, verspürte jedoch einen heftigen Schmerz und begann zu fluchen. »Wenn ich die Angelegenheit noch einmal ganz nüchtern betrachte, auch wenn ich das Wort noch so hasse, könnte Wouter möglicherweise doch alles versaut haben. Wouter litt nämlich gelegentlich an Gichtanfällen.«

»Gütiger Gott«, stöhnte Max. »Daran habe ich noch gar nicht gedacht. Du willst also andeuten, daß Wouter es geschafft haben könnte, entweder absichtlich oder zufällig seine Gichtmedizin unter den Kaviar zu mischen, und daß derjenige, der ihn als Sommelier engagiert hatte, ihm aus Wut darüber, daß er ihm den Spaß versaut hat, einen Schlag gegen den Hals versetzte? Habe ich dich richtig verstanden?«

»Klingt doch einleuchtend, oder?«

»Für mich klingt das verflixt unlogisch. Wenn Wouter tatsächlich die Gäste seines Bruders vergiftet haben sollte, wäre die einzig angemessene Reaktion darauf gewesen, es den Gästen mitzuteilen und Brechwurz an alle zu verteilen.«

»Mußt du wirklich so scheußliche Dinge von dir geben? Bin ich nicht schon krank genug?«

»Du könntest noch verdammt viel kränker sein«, erinnerte ihn Max mitleidlos. »Jem, hast du mal daran gedacht, daß vielleicht jemand versucht hat, auch dich umzubringen?«

»Wovon sprichst du überhaupt?«

»Dein Sturz auf der Treppe war nämlich gar kein Unfall. Egbert und ich haben den Beweis dafür gefunden. Du bist nur ausgerutscht, weil jemand die Stufen eingewachst und den Strom abgeschaltet hatte, damit du den Aufzug nicht benutzen konntest. Der angebliche Anruf von FUZZLEYS' war eine Falle, weil der Anrufer wußte, daß du sofort losrennen würdest wie ein angeschossener Wasserbüffel, und genau das hast du ja dann auch getan.«

»Aber warum sollte jemand versuchen, mich umzubringen?«

»Offenbar, um dich von der Tolbathy-Party fernzuhalten.«

Kapitel 12

»Da bin ich aber platt.«

Merkwürdigerweise schien Jeremy Kelling an Max' Mitteilung nicht nur interessiert, sondern fühlte sich sogar geschmeichelt. »Natürlich. Was sollte man auch anderes erwarten? Selbstverständlich würde nur ein absoluter Schwachkopf dumm genug sein, in meiner Gegenwart ein krummes Ding zu drehen.«

»Das hat man mir auch schon gesagt.«

»Tatsächlich?« Jem war mit einem Mal wieder guter Dinge. »Und wer zum Beispiel?«

»Zum Beispiel deine Freundin Marcia Whet. Sie behauptet, du hättest die unglaubliche Fähigkeit, jeden Menschen sofort zu identifizieren, auch wenn du ihn nur flüchtig kennst. Und du könntest jede Verkleidung sofort durchschauen.«

»Da hat Marcia vollkommen recht. Ich kann jeden auf eine Meile Entfernung erkennen. Das ist einfach eine Begabung. Genau wie Mozart, weißt du. Der konnte auch *Cosi fan tutte* mit der einen Hand niederschreiben, während er sich mit der anderen eine neue Lage Martinis mixte.«

»Ich bin nur nicht sicher, ob Mozart Martinis getrunken hat«, gab Max zu bedenken.

»Ist doch völlig egal, oder? Irgend etwas hat er todsicher getrunken. Oder kennst du etwa ein Genie, das Antialkoholiker ist?«

»Meine Erfahrungen mit Genies sind sehr begrenzt«, gestand Max. »Du bist jedenfalls der Meinung, daß dein besonderes Genie unter deinen Freunden allgemein bekannt ist?«

»Und ob, sie machen sich sogar einen Spaß daraus, mich dauernd irgendwie auf die Probe zu stellen. Bisher habe ich mich noch nie geirrt.«

»Wäre das denn nicht Grund genug, dich von der Party fernzuhalten? Der Mensch, der die Stufen eingewachst hat, hat sich offenbar keinen Deut darum geschert, ob du dir nur das Bein oder gleich das Genick brichst. Er wollte dich unbedingt für eine Weile oder auch für immer außer Gefecht setzen. Wenn er es getan hat, damit du die Große Kette nicht erkennen solltest, und außer mir ist sie offenbar wirklich keinem aufgefallen, erscheint mir seine Methode allerdings mehr als drastisch. Daher gehe ich zunächst davon aus, daß die Kette nicht so wichtig war und daß seine kleine Vorstellung keineswegs ein Scherz, sondern ein sorgfältig geplanter Massenmordversuch war. Kannst du mir folgen?«

»Ich bin dir sogar um Längen voraus. Du kannst auf mich zählen, mein Junge. Aber du darfst nicht vergessen, daß es noch eine ganze Zeit dauern kann, bis ich in der Lage sein werde, auch nur einen Schritt ohne diesen verdammten Vogelkäfig hier zu tun.« Jem warf einen grimmigen Blick auf die Gehhilfe aus Aluminium, die in der Ecke neben seinem Bett stand. »Und auch nicht ohne irgendeine meckernde Ziege am Hals. Versuch mal, den angeblichen Sommelier zu beschreiben, ja?«

»Er war etwa ein Meter fünfundsiebzig bis ein Meter achtzig groß, wenn man mögliche Abweichungen durch Einlagen oder Absätze mitberücksichtigt. Durchschnittliche Erscheinung, relativ helle Gesichtsfarbe, denn ich wage zu bezweifeln, daß er sich in der Eile auch noch schminken konnte. Zwischen fünfundfünfzig und fünfundsechzig Jahre alt, möglicherweise älter, aber nicht irgendwie gebeugt oder sonderlich runzlig im Gesicht. Helle blaue Augen, keine Brille. Graublondes Haar, mit ziemlicher Sicherheit eine Perücke. Lange, dazu passende Koteletten, die zweifellos auch unecht waren. Kein Schnauzbart, seinen Mund hatte er möglicherweise durch falsche Zähne, die nicht richtig paßten, verändert. Wir können demnach vermuten, daß er glattrasiert ist, wenigstens teilweise kahlköpfig und ein Gebiß trägt –«

»Pah! Das nennst du eine Beschreibung? Was hat er denn angehabt?«

»Einen gewöhnlichen Smoking, relativ abgetragen, mit Satinaufschlägen und Satinstreifen am Hosenbein. Ganz gewöhnliche Kragen- und Manschettenknöpfe aus Perlmutt. Und er trug Handschuhe.«

»Warum zum Teufel hat er denn Handschuhe getragen? Wie sahen sie aus?«

»Weiß, wie die von Sarahs Butler. Damit niemand seine Hände sehen konnte, weil sie ihn vielleicht verraten hätten. Oder weil er keine Fingerabdrücke hinterlassen wollte. Oder weil er glaubte, daß sie zur Rolle gehörten. Keine Ahnung. Such dir das Passende aus.«

»So ein gerissener Hund. Vielleicht war's Dork. Er hat schon seit ewigen Zeiten einen Niednagel am linken Zeigefinger. Ich würde Dorks Niednagel jederzeit erkennen.«

»Weiß er das?«

»Nehme ich an. Aber es gehört sich nicht, über den Niednagel eines Menschen zu sprechen. Das habe ich in FESSENDEN gelernt. Bevor sie mich rausgeworfen haben, selbstverständlich. Hatte er Haare in den Nasenlöchern? Waren sie gekräuselt, oder standen sie einfach gerade ab?«

»Das habe ich beim besten Willen nicht sehen können«, gestand Max. »Das Licht im Zug war ziemlich schummerig.«

»Hm. Das Ganze ist schwieriger, als ich gedacht habe. Verdammt, Junge, hast du denn keine Augen im Kopf?«

»Jem, wie viele Glieder hat die Große Kette?«

»Glieder? Was soll denn das schon wieder? Woher zum Teufel soll ich das wissen?«

»Kannst du mir wenigstens sagen, was darauf eingraviert ist?«

»Honi soit qui mal y pense?«

»Die Kette besteht aus zweiundzwanzig Gliedern, jeweils aus massiven Silberplatten, die ungefähr fünf Zentimeter lang und dreieinhalb Zentimeter breit sind und um abgeflachte Silberringe mit einem Durchmesser von ungefähr vier Zentimetern gefaltet sind. Sie tragen ein eingraviertes Motiv, das meiner Meinung nach an stilisierte Algen erinnert, mit hübschen Verzierungen an den Rändern. Die Kette ist ein gelungenes Beispiel für echtes Kunsthandwerk, völlig fehl am Platz bei einem Haufen von Kulturbanausen, also komm mir bloß nicht noch mal mit irgendwelchen Haaren in anderer Leute Nasenlöchern.«

»Du brauchst nicht gleich eingeschnappt zu sein, Himmel noch mal. *Chacun à sa gout,* und damit gut.« Jem fand sein Wortspiel offenbar äußerst geistreich. »Ist dir denn außer der Augenfarbe an diesem widerlichen Schurken gar nichts aufgefallen? Verflucht, deine Beschreibung könnte auf die Hälfte meiner Clubbrüder zutreffen.«

»Ich habe dieses Problem bereits erwähnt, als wir angefangen haben. Warum gehen wir nicht einfach die ganze Liste durch? Du erzählst mir soviel wie möglich über die einzelnen Kandidaten, und ich sehe zu, was ich damit anfangen kann. Wie steht es denn eigentlich mit Dork, da du ihn gerade erwähnt hast? Warum hat er den Niednagel am linken Zeigefinger und nicht am rechten? Ist er Linkshänder?«

»Nicht schlecht für den Anfang, mein Junge. Aber natürlich liegst du völlig falsch. Dorks Niednagel befindet sich an seiner linken Hand, weil er Gärtner ist. Er hat ein Gewächshaus, das ungefähr so groß ist wie das Harvard-Stadion, und dort widmet er sich seinen Pflanzen. Mit seinem linken Zeigefinger bohrt er Löcher in die Blumenerde und steckt dann mit der rechten Hand die Sämlinge rein. Verteufelt monotone Angelegenheit, wenn man ihm dabei zusieht, das kann ich dir aus leidvoller Erfahrung versichern. Falls du planst, Dork näher zu überprüfen, solltest du verflucht auf der Hut sein. Ehe du dich versiehst, hat er dich nämlich schon in die Ecke gedrängt und hält dir einen ellenlangen Vortrag über seinen Komposthaufen.«

»Das gehört bei mir zum Berufsrisiko. Was züchtet denn Dork in seinem Gewächshaus?«

»Pflanzen, nehme ich an. Wozu soll so ein Ding denn sonst gut sein?«

Max beschloß, nicht weiter nachzuhaken. »Was macht Dork denn, wenn er gerade keine Sämlinge setzt?«

»Bücher über Pflanzen schreiben. Wie komme ich meinen Kakteen näher, in der Art. Ich kann mir zwar nicht vorstellen, daß irgend jemand sie liest, aber was soll's. Dork hat die Hälfte des Vermögens geerbt, das seine Familie mit Düngemitteln gemacht hat, und dann seine Cousine dritten Grades geheiratet und sich damit die andere Hälfte auch noch unter den Nagel gerissen. Dotty Dork ist ebenfalls eine leidenschaftliche Gärtnerin. Er züchtet die Dinger, und sie pflanzt sie ein.«

»Klingt nach einer idealen Ehe. Irgendwelche Tendenzen zu Gewalttätigkeiten in der Familie?«

Jeremy Kelling zuckte die Achseln. »Wer weiß? Die gibt es doch in jeder Familie, oder? Bei Dork habe ich jedoch bisher in der Richtung noch keinerlei Symptome festgestellt, falls du darauf anspielst. Wenn er allerdings eines Tages kein Material mehr für seinen Komposthaufen hat – das wäre zwar ein recht fadenscheiniges Motiv, aber man kann ja nie wissen.«

»Da hast du nur zu recht«, stimmte Max zu. »Fällt dir sonst noch etwas zu Dork ein, das ich unbedingt wissen müßte? Ist er beispielsweise genau so vernarrt in Eisenbahnen wie die Tolbathys?«

»Könnte man sagen, wenn auch nur im weiteren Sinne. Soviel ich weiß, hat Dork Tom und Wouter als Landschaftsgärtner beratend zur Seite gestanden, als sie ihren Bahnhof gebaut haben. Bahnhofsgärten sind Dorks große Leidenschaft. Immer wenn es nichts mehr zu pflanzen gibt, setzen sich Dork und Dotty nach Großbritannien ab und zockeln in irgendwelchen Bummelzügen durch die Gegend. Sie steigen an jedem Bahnhof aus und plaudern mit dem Bahnhofsvorsteher, bewundern seine Blattläuse und klären ihn darüber auf, welche Pflanzen und Blumen zu seinem Bahnhof passen. Sie verbreiten sozusagen überall Freundlichkeit und Wärme. Früher haben sie dasselbe hierzulande gemacht, aber heute gibt es nur noch so wenige Bahnhöfe, daß es sich nicht mehr lohnt. Dork lamentiert ständig über den Verfall der Bahnhofskultur.«

»Aber er würde doch nicht etwa stinkwütend reagieren und sich rächen wollen, falls Tom und Wouter seine Ratschläge nicht befolgten und beispielsweise statt Rosen oder weiß der Himmel was Tulpen gepflanzt hätten?«

»Woher zum Henker soll ich das wissen, Max? Ich würde es allerdings für ziemlich unwahrscheinlich halten. Aber ich finde es ebenso unwahrscheinlich, daß jemand meine Treppe mit Wachs einschmiert, um mein Ableben zu beschleunigen, und du siehst ja selbst, was passiert ist. Jetzt liege ich hier wie ein gefällter Riese, mit einem Pingpongball aus Stahl im Hintern. Und der arme Wouter versucht verzweifelt, *Fair Harvard* auf seiner nagelneuen Harfe zu spielen, mit einem schräg sitzenden Heiligenschein über dem Kopf und den Flügeln verkehrt herum auf dem Rücken. Und ich fürchte, ich kann nicht mal mit der Großen Kette um den Hals an seiner Beerdigung teilnehmen, wie es mein Amt verlangt.«

Jem war nahe daran, in Tränen auszubrechen. Max lenkte ihn ab, indem er ihn auf das Gesicht neben Dork aufmerksam machte. »Und wer ist dieser Kerl hier? Der war auch im Zug.«

»Ed Ashbroom? Gütiger Herrgott, stand da nicht eben in der Zeitung, daß Ed tot ist?«

»Nicht er, seine Frau.«

»Ach ja?« Jeremy Kelling setzte die geheimnisvollste Miene auf, die sein trügerisch unschuldiges Gesicht ihm erlaubte. »Das ist ja hochinteressant.«

»Wieso?«

»Max, du kannst wirklich nicht erwarten, daß ich mich dazu äußere. Wer einen Kumpel in die Pfanne haut, ist ein gemeiner Schuft.«

»Mit anderen Worten, Edward Ashbroom befand sich auf Abwegen.«

»Das hast du gesagt. Nicht ich.«

»Hat die Frau verlangt, daß er sie heiratet?«

»Woher zum Teufel soll ich das wissen? Ich schleiche ja schließlich nicht herum und spähe durch Schlüssellöcher.«

»Mein Gott, Jem! Jetzt reicht es aber langsam! Das ist wirklich nicht der richtige Zeitpunkt, mit deinen Skrupeln zu kokettieren. Wie ernst ist diese Affäre denn nun wirklich?«

»Ich habe keine Ahnung. Ich weiß bloß, daß Ed und seine Frau seit Jahren in einer Art Waffenstillstand leben, und man munkelt, daß Ed sich anderswo Trost sucht. Verschiedene Anderswos, nehme ich an, aber im allgemeinen nie mehrere gleichzeitig. Ed ist nicht der Typ, der leichtfertig Kopf und Kragen riskiert.«

»War eine Scheidung im Gespräch?«

»Soweit ich weiß, noch nie.«

»Warum nicht?«

»Aus finanziellen Erwägungen, vermute ich. Darauf läuft es doch letzten Endes fast immer hinaus, oder?«

»Und wem von beiden gehört der größere Batzen?«

»Wahrscheinlich handelt es sich um gemeinsame Vermögenswerte. Es gab zwar keine Familienverflechtungen wie bei den Dorks, aber die Großväter von Ed und Edith waren Geschäftspartner. Sie hatten ihre Finanzen derart phantastisch miteinander verwoben, daß ihre jeweiligen Söhne es einfacher fanden, so weiterzumachen wie ihre Väter. Das machte die Sache natürlich nur noch schlimmer. Als schließlich Ed und Edith an der Reihe waren, beschlossen sie, daß es besser wäre zu heiraten, anstatt das ganze Chaos zu entwirren. Beide taten es höchst ungern und machten jeweils den anderen dafür verantwortlich, daß sie einander nicht ausstehen konnten.«

»Jetzt kann Ed also das gesamte Geld allein einstecken.«

»Eine ziemlich unfreundliche Formulierung, aber ich denke, daß es darauf hinausläuft.«

»Hat Ashbroom irgendeine andere Einnahmequelle – außer seinem Erbe?«

»Sei bitte nicht vulgär. Edward Ashbroom arbeitet nicht und spinnet nicht. Doch er betrachtet die Lilien auf dem Felde. Ed ist nämlich auch Gärtner, genau wie Dork.«

»Warum nennst du eigentlich Ashbroom Ed und Dork Dork?«

»Weil Dorks Vorname zufällig Donald lautet.«

»Mein Gott!«

»Das konnten seine Eltern damals natürlich nicht ahnen«, meinte Jem entschuldigend. »Aber es ist wirklich ein schweres Kreuz. Dork ist sich dessen schmerzhaft bewußt. Ich habe gehört, daß seine Söhne ihren Kindern nicht einmal erlauben, Plastikenten im Badezimmer zu haben, aus Angst, daß ihr Großvater sie deshalb enterben könnte.«

»Ein harter Brocken, wie?«

»Er ist dafür bekannt, daß er sehr unangenehm werden kann, wenn man ihn provoziert. Aber wer zum Henker kann das nicht?«

Jem versuchte erneut, sein Gewicht zu verlagern, belastete jedoch mit einer falschen Bewegung seine Hüfte und ließ seiner Wut über den Schmerz freien Lauf.

»Möchtest du vielleicht, daß ich dir das Bett etwas verstelle?« bot Max an.

»Lieber nicht. Dieser weibliche Savonarola kommt bestimmt sofort angerannt und kurbelt es wieder runter, aus reiner Freude daran, mich leiden und in Schmerzen winden zu sehen. Es wundert mich, daß sie nicht auch noch einen Satz Daumenschrauben an ihrem Stethoskop baumeln hat. Wo waren wir stehengeblieben?«

»Bei der Aufstellung der Hypothese, daß dein Clubbruder Ashbroom nicht unbedingt daran zerbricht, daß er jetzt keine Ehefrau mehr sein eigen nennt und dafür der alleinige Besitzer des ehemals gemeinsamen Vermögens ist. Du hattest gerade angefangen, mir von seinem Gärtnerleben zu berichten. Was treibt e r denn so?«

»Das übliche, denke ich. Ed pflanzt Sachen ein, die wachsen. Oder auch nicht, je nachdem.«

»Und wo pflanzt er sie ein?« Max pflegte eine Engelsgeduld an den Tag zu legen, wenn er an einem Fall arbeitete.

»In seinem Garten, selbstverständlich. Ach so, jetzt verstehe ich, was du meinst. Er ist ein Nachbar der Tolbathys draußen in Bexhill. Besitzt armselige zwei Hektar oder so. Ich nehme an, das reicht aus, um errötende Rosen und keusche Veilchen zu züchten.«

»Zweifellos. Und wohin pflanzt er seine Passionsblume, wenn er sich gerade mit den keuschen Veilchen abgibt?«

»Nicht übel, mein Junge. Ich kann dir allerdings nicht sagen, ob es sich wirklich um eine Passionsblume oder nur um ein Schlinggewächs handelt, beispielsweise eine Studentin von RADCLIFFE, könnte ich mir vorstellen.

Ich bin in den eleganteren einschlägigen Etablissements schon auf viele kultivierte und gebildete Damen gestoßen, damals in den guten alten Zeiten, die jetzt leider für immer *perdu* sind. Habe ich dir übrigens schon mal von Mildred erzählt?«

»Nein, und falls du vorhast, mir diese Geschichte ausgerechnet jetzt mitzuteilen, vergiß es. Wir haben ein wichtiges Problem zu lösen, falls dir das entfallen sein sollte. Wir müssen unverzüglich weitermachen. Kommen wir also lieber wieder auf Ashbrooms kultivierte und gebildete Dame zu sprechen. Wohnt sie auch in Bexhill?«

»Alle Wetter, Mann, du hegst ja wirklich merkwürdige Vorstellungen von unseren Vororten. Aber vielleicht liegst du gar nicht mal so falsch. Ich vermute, daß Eds momentane Herzensdame hier irgendwo auf dem Hill wohnt oder vielleicht drüben in der Back Bay. Man hat die beiden zusammen im COPLEY PLAZA und in der Bar vom RITZ gesehen. Den Gerüchten zufolge eine Rothaarige, sehr sinnlich und ungefähr vierzig Jahre jünger als Ed, aber wir wissen ja, daß das Alter einer Dame immer ein Geheimnis bleibt. Genau wie die Phantasien einiger Clubmitglieder, wie ich zugeben muß. Ganz zu schweigen von ihrer Sehkraft.«

»Apropos Sehkraft«, unterbrach ihn Max. »Was ist eigentlich mit diesem Durward? Ist er tatsächlich so blind, wie es den Anschein hat?«

»Für wie blind hältst du ihn denn?«

»Nun ja, er hat mich beispielsweise mit jemandem namens Ernest verwechselt, mit dem er mal im Chor gesungen hat.«

»Das war nur einer seiner Tricks. Quent Durward hat dich mit niemandem verwechselt. Er hat dich mit Sicherheit atmen hören und konnte kein Make-up riechen. Daraus hat er messerscharf schließen können, daß du anwesend, lebendig und aller Wahrscheinlichkeit nach männlichen Geschlechts warst, und dann hat er sozusagen einen Schuß ins Dunkel abgefeuert. Er wollte dich zum Reden bringen, um dich an deiner Stimme identifizieren zu können. Quent hat massenhaft raffinierte Tricks auf Lager. Die meisten führen sein Verhalten auf seine Kurzsichtigkeit zurück und ahnen nicht, daß sie in Wirklichkeit der List und Tücke eines eitlen alten Knaben zum Opfer fallen, der einfach nicht zugeben will, daß er bereits seit 1963 blind wie ein Maulwurf ist. Deshalb ist Quent auch todsicher der Mann, den du suchst.«

»Wie kommst du denn darauf?«

»Logik, mein Junge. Reine Logik. Es ist immer der, von dem man es am wenigsten annimmt. Aus irgendeinem lächerlich einfachen Grund, sobald der *Modus operandi* erst einmal klar ist. Bestimmt hatte Quent irgendwo im Zug einen Blindenhund versteckt, der ihn zu dem Kaviar geführt hat. In seinem Fall wird es ein russischer Wolfshund gewesen sein, würde ich sagen.«

»Klingt einleuchtend«, gab Max zu. »Können russische Wolfshunde auch zum Lokomotivführer ausgebildet werden?«

»Verdammt, Max, benutz doch mal deinen Verstand! Er hat sich am Geruch des Maschinenöls orientiert und konnte so das Schaltpult ganz einfach finden. Dann ist der Hund aus dem Lokfenster gesprungen und vor dem Zug hergelaufen, hat gebellt oder geknurrt oder die *Internationale* geheult – oder was weiß ich, was russische Wolfshunde sonst noch anstellen –, so daß Quent dem Geräusch folgen konnte.«

»Verflucht, darauf bin ich noch gar nicht gekommen. Aber wo ist der Hund abgeblieben, als der Zug gehalten hat?«

»Er ist weggehoppelt, um sich mit einer roten Setterhündin zu treffen. Verschone mich bitte mit derartigen Nebensächlichkeiten.«

»Und aus welchem Motiv hätten sich Durward und der Wolfshund derartig ins Zeug legen sollen?«

»Gute Frage. Ich werde darüber nachdenken, wenn diese verteufelten Schmerzen in meiner Hüfte endlich aufhören. Er hatte bestimmt einen triftigen Grund, da kannst du sicher sein. Quent ist ein scharfsinniger Kopf.«

»Und was tut er, wenn er mal nicht denkt?«

»Das, was jeder vernünftige Mensch macht, nehme ich an. Sich einen Martini mixen; Baumfrösche auf Band aufnehmen.«

»Würdest du den letzten Teil bitte noch einmal wiederholen?«

»Ich sagte, er nimmt Baumfrösche auf. Das ist doch wirklich nichts Besonderes. Wasserpfeifer, du weißt schon, die mit ihrem Gequake den Frühling ankündigen. Die kleinen Biester, die in Tümpeln hocken und einen Höllenlärm veranstalten. Quent zieht nachts mit dem Tonbandgerät los und läßt sie in sein Mikrofon quaken. Und dann spielt er dir die Bänder vor, sofern du ihn nicht mit Gewalt davon abhältst. Er kann angeblich verstehen, was sie ihm vorquaken. Ich persönlich kann mir beim besten Willen nicht erklären, warum er das überhaupt wissen will. Was zum Teufel wird ein Baumfrosch schon zu sagen haben?«

Max fiel keine bessere Antwort ein als: »Haben wir das Thema Baumfrösche damit erschöpft?«

»Einen Baumfrosch zu erschöpfen, dauert nach meiner Erfahrung verdammt lange. Die gräßlichen Biester quaken ununterbrochen bis in die Puppen. Wenn endlich einer aufhört, legt schon der nächste los. Okay, okay, schau mich bitte nicht so sauer an. Welchen meiner Busenfreunde soll ich dir jetzt ans Messer liefern?«

Kapitel 13

»Wie wär's mit deinem Freund Ogham?« schlug Max vor.

»Aha, das klingt schon besser. Jetzt wirst du endlich vernünftig. Wenn du nach einem wirklich gemeinen, niederträchtigen Menschen suchst, hast du mit diesem Mistkerl genau den Richtigen erwischt. Ihm strömt die Boshaftigkeit sozusagen aus allen Poren.«

»Und wie steht es mit der Falschheit?«

»Ogham?« schnaubte Jeremy Kelling. »Für Falschheit braucht man zumindest einen Funken Intelligenz.«

»Bist du der Meinung, daß diese Schlußfolgerung eher auf Tatsachen oder auf Vorurteilen beruht?«

»Ich vermute, sie beruht auf Vorurteilen«, räumte Jem ein. »Wenn es allerdings darum geht, irgendwelche schlimmen Gemeinheiten auszuhecken, bin ich überzeugt, daß Ogham auch ganz schön falsch sein kann.«

»Aber warum sollte er seine Gemeinheit an den Tolbathys auslassen? Ich dachte, sie seien miteinander verwandt?«

»Er ist nur mit Hester verwandt, nicht mit Tom. Hester besitzt ziemlich viel Geld, und Obed würde nichts lieber tun, als sie in seinem Sinne zu beeinflussen. Was er aber niemals schaffen wird, solange Tom Tolbathy lebt, weil Tom viel zu intelligent ist, um diesem Schweinehund auch nur einen Millimeter weiter zu trauen, als er ihn werfen kann. Was er, ganz *entre nous,* natürlich liebend gern tun würde.«

»Und warum macht er es nicht?«

»Weil Hester dem Kerl auf ihre herzliche, wenn auch völlig unsinnige Weise zugetan ist. Er ist der einzige Sohn ihrer Lieblingstante oder so was Ähnliches. Tom ist seiner Gattin treu ergeben, und so erträgt er Obed nur Hester zuliebe.«

»Angenommen, beide Tolbathy-Brüder wären von der Bildfläche verschwunden, hätte Ogham dann eine realistische Chance, in den Genuß von Hesters Geld zu kommen?«

»Das denke ich schon. Hesters Vater gehörte noch zur alten Schule und war daher überzeugt, daß es sich für eine Frau nicht schickt, sich mit geschäftlichen Dingen abzugeben, und Hester neigt immer noch zu dem Glauben, daß ihr Papa alles am besten wußte. Recht charmant, finde ich, in diesen Zeiten des zügellosen Feminismus.«

»Du meinst wohl, ziemlich gefährlich«, murmelte Max. »Gäbe es denn für sie irgendeine Möglichkeit, nicht von Ogham ausgenommen zu werden?«

»Bloß wenn ihre Kinder eingreifen, aber die würden wahrscheinlich erst davon erfahren, wenn es bereits zu spät wäre. Sie würde bestimmt glauben, daß sie Obed Loyalität schuldet, auch wenn sie ihm nie einen Pfifferling bedeutet hat. In meiner übergroßen Voreingenommenheit würde ich sogar behaupten, daß Obed Ogham für keinen einzigen Menschen außer für sich selbst irgendwelche Gefühle hegt. Seine Mutter hat ihn nach Strich und Faden verwöhnt, als er noch ein Balg war, und er ist in der Überzeugung aufgewachsen, daß er die Perle ist und der Rest der Menschheit seine Muschel. Ich habe ihm zu diesem Thema bereits den Kopf zurechtgerückt, als wir noch beide Internatsschüler in Rivers waren.«

»Bevor man dich rausgeworfen hat?«

»Merkwürdigerweise hat man mich dort gar nicht rausgeworfen. Den Grund kenne ich allerdings selbst nicht. Im großen und ganzen war die Schulleitung nämlich nicht gerade zimperlich. Jedenfalls hat Ogham seitdem kein Wort mehr mit mir wechseln wollen, und ich muß sagen, daß die Abneigung auf Gegenseitigkeit beruht. Du hast doch gestern abend nicht den Fehler gemacht, dich auf irgendeine Weise versöhnlich zu zeigen?«

»Ich dachte, ich hätte dir bereits klargemacht, daß ich dazu gar keine Gelegenheit hatte, selbst wenn ich gewollt hätte«, beruhigte ihn Max. »Wir sind uns nicht einmal vorgestellt worden.«

»Das war sicher Marcia Whets Verdienst, nehme ich an. Aus Achtung vor mir hat sie dafür gesorgt, daß du vor der Schande bewahrt worden bist, mit diesem Abschaum der menschlichen Spezies Höflichkeiten austauschen zu müssen. Eine wunderbare Frau, diese Marcia Whet. Oh Gott, ich hoffe bloß, sie wird schnell wieder gesund.«

»Das hoffe ich auch«, sagte Max und erinnerte sich mit wachsendem Unbehagen daran, mit welchem Enthusiasmus sie dem

Kaviar zugesprochen hatte. »Na, immerhin wird sie in der Zeitung nicht unter den Opfern genannt.«

»Das heißt gar nichts«, knurrte Jem. »Diese Morgenausgaben gehen noch vor Mitternacht in Druck. Du kannst dir gar nicht vorstellen, wie es früher in der Newspaper Row herging, als der GLOBE und die POST noch dort erschienen. In den alten Holzhäusern ratterten die ganze Nacht die Druckerpressen, und irgendein junger Spund rannte nach draußen auf den Bürgersteig und schrieb mit Kreide die letzten Meldungen auf Riesentafeln. Wir standen herum und haben sie gelesen und sind dann runter ins PIE ALLEY gegangen und haben mit den Zeitungsfritzen einen gehoben. Tom, Wouter und ich. Und jetzt ist Wouter tot, Tom steht das Wasser bis zum Hals, und ich liege hier und kann mich nicht mehr regen. Verdammter Mist, Max, du mußt unbedingt etwas unternehmen!«

»Deshalb bin ich ja hier«, erinnerte ihn Max mit bewundernswerter Geduld. »Was Ogham angeht, frage ich mich allerdings, ob er es überhaupt schaffen würde, sein großes Maul lange genug zu halten, um eine derartige Vorstellung durchzustehen. Der angebliche Sommelier hat nämlich keinen Ton gesagt, außer zu den Frauen vom Party-Service im Dienstabteil, und die konnten seine Stimme nicht identifizieren.«

»Wie lange hat diese Vorstellung denn etwa gedauert?«

»Nicht länger als fünf Minuten, würde ich sagen.«

»Fünf Minuten, das ist nicht gerade lang. Ich vermute, Ogham wäre durchaus in der Lage, sich für diese Zeitspanne zusammenzureißen. Seine Motive müßten nur niederträchtig genug sein. Was sein schauspielerisches Talent betrifft, wäre ihm auch das zuzutrauen. Ogham ist Anwalt oder war es zumindest. Ich möchte wetten, daß man ihn inzwischen wegen irgendeiner schmutzigen Sache aus der Anwaltskammer ausgeschlossen hat, aber ich habe gehört, daß er für seine dramatischen Einlagen vor Gericht berühmt war.«

»Wundert mich kein bißchen. Das paßt zu ihm. Aber wie hätte er die Große Kette in seinen Besitz bringen können? Da ihr ja beide miteinander in Fehde liegt, wäre es doch sicher überaus schwierig für ihn gewesen, sie dir wegzunehmen?«

»Ich kann mir beim besten Willen nicht vorstellen, wie überhaupt irgendeiner die Kette hätte stehlen können. Aber da es nun einmal so gekommen ist, muß ich gezwungenermaßen zugeben, daß Ogham dazu soviel Gelegenheit hatte wie jeder andere auch. Er war eine grauenhafte Fehlbesetzung als Geist der gegenwärtigen Weihnacht, was bedeutet, daß er meinem Platz sehr viel öfter nahekommen konnte, als mir lieb war, das kannst du mir glauben.«

»Wer hat denn die Rolle fehlbesetzt?«

»Bruder Billingsgate hat in diesem Jahr unserem Fehlbesetzungskomitee vorgestanden.«

»Ich erinnere mich, daß einige Billingsgates im Zug waren. Welcher ist es denn?«

»Dieser hier, direkt neben Wouter.«

Max seufzte. »Ach herrje, schon wieder ein Klon. Wie macht ihr das eigentlich? Sucht ihr euch ein Musterexemplar aus und bestellt sie dann im Dutzend?«

»Die Ähnlichkeit hängt sicher damit zusammen, daß alle auf irgendeine Weise miteinander verwandt sind. Billingsgate ist ein Neffe vom armen alten John Wripp, der wieder irgendwie mit Hester und Obed verwandt war. Bill ist kein schlechter Kerl, außer daß ihm eine fatale Neigung eigen ist, gute Taten zu begehen. Um diese Jahreszeit fängt er damit an, überall Freundlichkeit und Wärme zu verbreiten und uns damit zu nerven, daß wir spenden sollen, um Witwen und Waisen Geschenke zukommen zu lassen. Habe ich dir übrigens schon mal von Imogene erzählt?«

»War das nicht die Dame, die einen Vergißmeinnichtkranz um ihren Bauchnabel tätowiert hatte?«

»Nein, das war Isabelle. Ah! Das war vielleicht eine tolle Frau!«

»Waren sie das nicht alle? Ist Billingsgate übrigens verheiratet?«

»Natürlich. Bill ist der Meinung, daß es besser ist zu heiraten, als zu brennen, wie es der Heilige Paulus so treffend formuliert hat. Bills Gattin ist übrigens Edith Ashbrooms Cousine zweiten Grades. Oder war es zumindest bis vor kurzem noch.«

»Mein Gott.«

»Nette Frau. Sie heißt Abigail. Sie züchtet Bienen.«

»Sind sie wenigstens kess?«

»Was soll der Quatsch, die sitzen doch die meiste Zeit in ihren Bienenstöcken oder arbeiten! Verdammt, Max, das ist jetzt wirklich nicht der richtige Zeitpunkt für dumme Witze. Abigail hat ganze Felder voll Heidekraut oder Gänseblümchen oder was weiß ich für Blumen, auf die sie dann ihre Bienen losläßt. Die summen herum, das ganze Hinterteil voll Pollen, und sammeln Honig. Aus dem Honig braut Abigail dann ihren Honigwein. Wirklich guter Stoff, dieser Honigwein. Hast du schon mal welchen getrunken? Haut dich glatt um. Sie verkauft ihn an irgendeinen Verein, der mittelalterliche Orgien veranstaltet.«

»Wie geschäftstüchtig von Abigail. Stellt sie ihn illegal her oder mit einer Lizenz?«

»Oh, ich nehme schon an, daß alles seinen geordneten Gang geht. Bill ist viel zu anständig, um zuzulassen, daß seine Frau sich auf irgend etwas Illegales einläßt. Ich hätte ehrlich gesagt selbst auch nichts dagegen, ein bißchen Honigwein zu produzieren, wenn ich jünger und besser zu Fuß wäre. Und gegen die Teilnahme an einer dieser Orgien hätte ich auch nichts einzuwenden, obwohl ich mir vorstellen kann, daß sie ganz und gar nichts Orgiastisches an sich haben. Irgend jemand reicht dir ein Hühnerbein zum Abnagen und erlaubt dir, den Knochen auf den Boden zu werfen, und das war's dann auch schon, nehme ich an. Was ist da denn schon dabei?«

»Hängt ganz davon ab, wer hinter dir steht, wenn du den Knochen zückst. Wie kommt es denn überhaupt, daß Billingsgate nachgemachte Orgien unterstützt, wenn er so ein Ehrenmann ist?«

»Er nennt das zweifellos kulturelle Erfahrungen. Außerdem unterstützt Bill nicht sie, sondern sie ihn, finanziell. Oder zumindest die Bienen. Die beiden brauchen das Honigweingeld, um die Steuern für die Kleefelder zu bezahlen.«

»Sagtest du nicht eben Heidekraut?«

»Schon möglich, aber ich sehe nicht ein, warum wir uns darüber streiten sollten. Was zum Teufel verstehen Bienen schon von Botanik?«

»Bestimmt mehr als du. Also zurück zu Billingsgate. Womit beschäftigt er sich, wenn er nicht gerade Honigwein verkauft? Bedient er den Destillierapparat, oder spricht er mit den Bienen?«

»Bill besitzt ein paar unglaublich anspruchsvolle Radiostationen. Sie senden Dichterlesungen, Orgelmusik, lehrreiche Vorträge und so weiter. Bill gibt sich auch ab und zu selbst die Ehre und läßt sich über irgendein Spezialgebiet aus.«

»Macht ihm bestimmt großen Spaß, hört sich aber nicht so an, als ob man damit das große Geld machen könnte.«

»Nun ja, da gibt es schließlich auch noch die Werbung für die mittelalterlichen Orgien und einiges mehr. Ich nehme an, das bringt schon ein paar Dollar ein. Im großen und ganzen geht es Bill eigentlich recht gut. Er hat bei unserer Zusammenkunft erwähnt, daß er Abigail zu Weihnachten noch einen Rolls-Royce schenken wollte.«

»Um damit die Bienen zu jagen?«

»Nein. Wahrscheinlich stellt sie ihn einfach ins Kutscherhaus zu den anderen.«

»Zu welchen anderen? Wie viele von den Dingern haben die beiden denn in Gottes Namen?«

»Sechs oder acht. Alte, natürlich. Bill wäre nie so vulgär, sich einen neuen Rolls zuzulegen. Sie nehmen damit an Oldtimer-Ralleys teil. Bill vertritt den Standpunkt, daß antike Autos eine stabile Investition darstellen.«

»Damit hat er recht, wenn man es sich leisten kann, sein Geld auf diese Weise anzulegen. Kann Billingsgate genausogut mit Zügen umgehen wie mit alten Autos?«

»Ich bin sicher, daß er in der Lage ist, Tom Tolbathys Zug zu fahren, wenn du das meinst. Er spielt nämlich auch gern mit Modelleisenbahnen. Für mich völlig unbegreiflich. Wenn ich schon herumspiele, ziehe ich es vor, wenn das betreffende Objekt auch ein bißchen mitspielt.«

Jem war drauf und dran, wieder in Erinnerungen zu schwelgen, so daß Max sich gezwungen sah, eisern durchzugreifen.

»Jem, ich bin momentan an deiner schlüpfrigen Vergangenheit nicht interessiert. Bleib bitte in der traurigen Gegenwart! Wer ist denn dieser Mann hier am Ende der Reihe?«

»Ach der. Das ist Gerry Whet. Den kannst du abhaken. Der ist immer noch in Nairobi.«

»Bist du dir da ganz sicher? Was macht er denn dort?«

»Kauft irgend etwas auf. Diamanten, Mangan, Tigerfelle. Wer weiß?«

»Falls es sich um Tigerfelle handelt, haben das die Wildhüter inzwischen sicher spitzgekriegt, und er sitzt höchstwahrscheinlich längst im Knast.«

»Moment mal«, rief Jem. »Jetzt erinnere ich mich wieder. Es ist Pyrethrum. Das Zeug, das man in Insektenvertilgungsmittel tut.

Es wird aus irgendeiner ekelhaften rosa Gänseblümchenart gewonnen. Marcia hatte auf der Party anläßlich seiner Abreise ein Sträußchen von den verdammten Dingern angesteckt. Sie hat behauptet, Gerry habe es ihr gekauft, damit sie es trägt, während er fort ist, weil ihr Keuschheitsgürtel ausgeleiert sei. Stinken scheußlich, diese Blumen. Ich wette, sie hat sie im Zug nicht getragen.«

»Sie trug eine Menge anderer Sachen, aber ich kann mich beim besten Willen nicht an rosa Gänseblümchen erinnern. Was macht Whet mit dem Pyrethrum?«

»Hab' ich dir doch schon gesagt, es dient der Schädlingsbekämpfung. Gerry stellt Spritzmittel her. Du weißt schon, das Zeug, das man auf Kohlköpfe sprüht, damit die Schädlinge sie nicht verkimmeln. Gerry ist sehr umweltbewußt, daher experimentiert er mit natürlichen Pflanzengiften. Pyrethrum ist ein altbewährtes Mittel, glaub' ich, aber er hantiert in seinen Gewächshäusern auch mit Eisenhut und Rattengift, murmelt Beschwörungsformeln an den Mond, wenn er zwischen voll und halb steht – jedenfalls behauptet das Marcia. Gerry findet diesen Mumpitz großartig. Kann nicht behaupten, daß ich den Drang verspüre, es ihm nachzutun.«

»Wenn man die gegenwärtigen Umstände in Betracht zieht, ist es bestimmt ratsam, daß du keine exotischen Gifte zusammenbraust. Verdammtes Glück für ihn, daß er noch in Nairobi ist, falls das überhaupt stimmt. Wann erwartet man ihn denn zurück?«

»Nachdem er mit dem Gänseblümchenpflücken fertig ist, nehme ich an. Aber ganz sicher noch vor Weihnachten. Gerry und Marcia machen immer einen Riesenwirbel um die Feiertage. Enkelkinderchen tanzen um den Weihnachtsbaum, am Kamin werden Strümpfe aufgehängt, das übliche Tamtam. Ich vermute, du und Sarah werdet auch – oder nicht?«

»Wir versuchen es sogar dreigleisig. Sarah brütet mit meiner Schwester zusammen etwas für *Chanukka* aus, mit Brooks und Theonia für Weihnachten und Gott weiß was mit Mary und Dolph für Silvester. Soweit ich es mitbekommen habe, borgt sich Dolph Cousin Fredericks 1933er Marmon, wir quetschen uns alle hinein, fahren zu Anora Protheroe und hören uns Georges Bärengeschichte an.«

»Großer Gott! Brich dir die Hüfte, mein Junge. Das ist der einzige Ausweg.«

»Freu dich nicht zu früh. Die jüngste Ergänzung der Festlichkeiten war eine Willkommensparty für dich, also sieh zu, daß du deine Kräfte schonst, solange du noch Gelegenheit dazu hast. Sag bloß, du bekommst jetzt schon dein Mittagessen?« fügte Max hinzu, als der Geruch von Speisen in das Zimmer drang und auf dem Korridor das Klirren von Geschirr zu vernehmen war.

»Da wir gerade von Gift sprachen«, begann Jem düster, aber Max fiel ihm ins Wort.

»Ich muß mich jetzt unbedingt um den Fall kümmern. Dazu brauche ich noch ein paar Adressen.«

Er trug sie rasch in sein kleines schwarzes Notizbuch ein, das er immer bei sich hatte, eilte dann hinaus und ließ Jem mit der Aussicht auf Rindfleischstreifen in Rahmsauce auf Toast zurück, leider ohne den gewohnten Martini, mit dem er sein Mahl hätte herunterspülen können.

Kapitel 14

Max war sich nicht sicher, ob die Adressen ihm überhaupt helfen würden. Jene, die er aufsuchen wollte, lagen wahrscheinlich ohnehin noch im Krankenhaus oder waren sogar schon auf dem Weg in die Leichenhalle. Und die Möglichkeit, im Krankenhaus anzurufen, um Genaueres herauszufinden, durfte er getrost vergessen. Entweder war die Zentrale nicht in der Lage, sich vor Anrufen zu retten oder hatte inzwischen dichtgemacht. Sicher standen Polizisten vor den Eingängen und hinderten alle außer den nächsten Angehörigen daran, die Opfer einer derart spektakulären Massenvergiftung zu behelligen. Statt den ganzen Weg nach Bexhill umsonst zurückzulegen, konnte er genausogut die Kandidaten aufsuchen, die leichter zu erreichen waren.

Edward Ashbrooms Zweitwohnung ausfindig zu machen schien nicht aussichtsloser als alles andere auch. Im Telefonbuch war sie nicht aufgeführt, aber das hatte Max auch gar nicht erwartet. Jem hatte gemeint, die Wohnung müsse sich irgendwo in der Joy Street befinden. Die Nummer hatte er nicht gewußt, doch die Straße war nicht besonders lang. Max erwartete nicht, Ashbroom persönlich anzutreffen, doch er hoffte, daß vielleicht seine Freundin daheim sein würde. Er schmunzelte, als er daran dachte, welchen Freuden diese Straße ihren Namen verdankte, damals in den schlimmen Tagen, als es noch keine Bars für einsame Herzen gab. Ashbroom war offenbar ein echter Traditionalist.

Wie viele Gesetzgeber mit steifen Kragen hatten sich wohl in all den Jahren klammheimlich durch die Hintertür aus dem State House davongestohlen, um sich zwischen der Ablehnung städtischer Verbesserungen und der Befürwortung ihrer eigenen Gehaltserhöhung hier einen Augenblick unschuldigen Vergnügens zu gönnen? Heute gab es dergleichen natürlich nicht mehr. Mit einem Gouverneur, der lieber mit der U-Bahn fuhr als mit seiner Staatslimousine und dessen Vorstellung von bacchantischer

Schwelgerei sich darin erschöpfte, sich ein Sandwich mit Corned Beef und kostenlosen Pickles bringen zu lassen. Ein wahrhaft untadeliger Charakter, dachte Max. Möge seine Wählerschaft niemals dahinschwinden. Er schickte sein stummes Gebet in Richtung der Goldenen Rathauskuppel, die einst die Skyline von Boston dominiert hatte und sich heute so winzig zwischen all den Glas- und Betonpalästen ausnahm.

Max ging die Cambridge Street hoch und dachte dabei über die entsetzlichen Ereignisse des vergangenen Abends nach. Er versuchte sich die Telefonate ins Gedächtnis zu rufen, die er noch mit einigen seiner Kontaktleute in den unterschiedlichsten Ländern zu erledigen hatte, und wünschte sich, er hätte eine Stunde länger im Bett bleiben können, als ihm plötzlich etwas ins Auge flog. Es war ein Staubkorn, das durch den schnellen Schritt eines Mannes, der genau vor ihm herging, vom Bürgersteig hochgewirbelt worden war. Max zückte sein Taschentuch und zupfte an seinen Wimpern, wie er es bei den Pfadfindern gelernt hatte, um das Augenlid hochzuziehen, und blinzelte heftig, um den ärgerlichen Fremdkörper loszuwerden.

Als er sein Auge endlich befreit hatte, war der Mann bereits weit voraus, einer von vielen dunklen Mänteln in der Ferne. Doch irgendwie kam ihm der Gang dieses Mannes bekannt vor. Max erinnerte sich an Jems Lektion über Haare in der Nase und beschleunigte seine Schritte.

Er war seit jeher gut zu Fuß gewesen. Wenn er einen Spurt einlegte, vermochte er fast jeden Jogger abzuhängen. Es dauerte daher gar nicht lange, bis er den anderen Mann eingeholt hatte.

»Entschuldigen Sie bitte –«

Weiter kam er nicht. Eine junge Frau von der Heilsarmee stand mit ihrer Sammelbüchse neben ihm auf dem Bürgersteig. Mit einem Mal fand sich Max mit der Frau, ihrer Sammelbüchse und dem Tambourin am Boden wieder. Zu Ehren der hingebungsvollen Armee des Herrn muß allerdings gesagt werden, daß die junge Frau beinahe ebenso um das Wohlergehen von Max besorgt war wie um die überall umherrollenden Münzen.

»Gott segne Sie! Haben Sie sich weh getan?«

»Gott segne Sie ebenfalls«, entgegnete Max höflich, als sie sich gegenseitig aufhalfen und das Gestell mit den drei Beinen, das die Sammelbüchse gehalten hatte, wieder aufrichteten. »Nein, ich habe mir nichts getan. Und Sie?«

»Nicht genug, um als Märtyrerin anerkannt zu werden«, erwiderte sie fröhlich und rückte ihr marineblaues Cape mit dem roten Besatz wieder zurecht, das sie über diversen Lagen Winterkleidung trug. Eigentlich war sie gar kein junges Mädchen mehr, sondern eine Frau in mittleren Jahren, deren Gesicht gerötet war von der Kälte zahlreicher Straßenecken an zahlreichen Weihnachtstagen und deren Lächeln nachsichtig geworden war, wie es bei derartigen Menschen oft vorkommt, damit es nicht vollends erlischt. Max erwiderte ihr Lächeln, als er ihr galant das Tambourin reichte.

»Haben Sie zufällig den Mann bemerkt, der mich in Ihre Sammelbüchse gestoßen hat?« fragte er.

»Ach so, das war's also!« Sie schüttelte versuchsweise ihr Tambourin, um zu sehen, ob es noch funktionierte. »Ich habe mich schon gefragt, was Sie wohl zum Straucheln gebracht haben könnte, Sie hatten einen so sicheren Schritt. Nein, tut mir leid, ich hab' nicht besonders auf ihn geachtet. Ich habe mich mehr für Sie interessiert und mich gefragt, wen Sie wohl verfolgten.«

»War das so offensichtlich?«

»Die meisten Leute hätten es wohl nicht bemerkt, aber ich glaube, ich habe ein sehr geübtes Auge. Hier draußen auf den Straßen müssen wir immer auf der Hut sein, wissen Sie, denn es gibt viele verirrte Seelen, die sich manchmal recht unberechenbar verhalten. Wir würden zwar lieber von allen Menschen nur das Beste glauben, aber wir müssen sie halt nehmen, wie sie sind, nicht, wie wir sie gerne hätten. Daher legen wir auch Maschendraht über unsere Sammelbüchsen«, fügte sie hinzu und drückte eine Dollarnote, die zu entkommen versuchte, wieder nach unten.

Max verstand den Wink und suchte in seiner Tasche nach Kleingeld. »Ich bin ihm gefolgt, weil ich ihn für einen Bekannten gehalten habe.«

»Wie Sie meinen, Bruder. Mich geht es nichts an.«

»Wenn er derjenige ist, für den ich ihn halte, habe ich ihn gestern abend in Bexhill in einem Zug kennengelernt. Hilft das Ihrem Gedächtnis vielleicht ein wenig auf die Sprünge?«

»Sie sind von der Polizei, nicht? Wundert mich gar nicht. Ich habe mir schon gedacht, daß die Sache mit dem russischen Komplott ziemlicher Unfug ist.«

Sie dachte einen Augenblick nach, schüttelte ihr Häubchen, hob ihre dickgepolsterten Schultern und versuchte mit den Achseln zu zucken. »Ich würde Ihnen gerne behilflich sein, aber er war bloß ein ganz gewöhnlicher Mann. Vielleicht so alt wie ich oder ein wenig älter, glatt rasiert, helle Gesichtsfarbe, gut angezogen, aber nicht auffällig, sah recht seriös aus. Ich hatte gehofft, er würde einen Dollar geben, aber er hat mir deutlich gezeigt, daß ich für ihn gar nicht existiere. Vielleicht hat er mich auch tatsächlich nicht gesehen. ›Richte nicht, auf daß du nicht gerichtet werdest!‹ Oh, und er trug eine dunkle Sonnenbrille, so eine kleine, runde, wie sie die Hippies früher hatten. Das kam mir irgendwie ungewöhnlich vor an einem Tag wie heute. Es ist doch gar nicht so hell hier draußen. Oh, vielen Dank! Fröhliche Weihnachten!«

Max sorgte dafür, daß der zusammengefaltete Fünfdollarschein seinen Weg durch den Draht fand und sicher bei den Münzen landete, die er bereits hineingeworfen hatte. »Ihnen auch, und vielen Dank für Ihre Hilfe.«

Sein Opfer war natürlich unterdessen längst über alle Berge. Es war eine effektvolle Abwehr gewesen, ihn gegen die Frau mit der Geldbüchse zu stoßen, doch wie zum Teufel hatte es der Kerl geschafft, ihm genau im richtigen Moment einen geschickt plazierten Stoß mit dem Ellenbogen zu versetzen? Max hätte schwören können, daß er sich nicht einmal umgedreht hatte, um herauszufinden, wer ihn verfolgte.

Gleichwohl hätte er Max bereits bemerkt haben können, als der ihn noch gar nicht gesehen hatte. Vom Fluß bis zum Corn Hill stieg die Straße ziemlich steil an. Max hatte die Fußgängerbrücke benutzt, um von der Westseite auf die Beacon-Hill-Seite zu wechseln, ehe er sich an den Aufstieg gemacht hatte. Wenn sich der Mann nun umgedreht hatte, als Max gerade die Stufen hinunterstieg, hätte er ihn leicht ausmachen können. Max wurde immer sofort erkannt, obwohl er selbst nicht genau sagen konnte, woran das lag.

Der Unbekannte hatte offenbar verflixt scharfe Augen, doch ältere Menschen sind oft weitsichtig, und vielleicht hatte die Sonnenbrille ihren Teil dazu beigetragen, falls sie beispielsweise besondere, ärztlich verordnete Gläser hatte.

Vielleicht verfügte der Mann auch über ein gutes Gehör und hatte die raschen Schritte seines Verfolgers vernommen; jedenfalls waren seine Reflexe ausgezeichnet. Der knappe Stoß in die Rippen paßte hervorragend zu jemandem, der in der Lage war, einem Mann in einem fahrenden Zug einen perfekten Karateschlag zu verpassen.

Max überlegte. Vielleicht war er tatsächlich gerade eben auf der Cambridge Street einem Mörder dicht auf den Fersen gewesen, am hellichten Tag und direkt vor den Augen der Heilsarmee.

Kapitel 15

War es wirklich nur ein Zufall gewesen, daß der Zusammenstoß sich ausgerechnet an der Ecke Temple Street zugetragen hatte? Die Temple Street war zwar keine Hauptverkehrsstraße, doch sie führte zum State House, und man konnte von dort aus entweder um das State House herumgehen oder die Abkürzung durch das Gebäude nehmen, um auf diese Weise leicht zu anderen Teilen des Hills zu gelangen. Beispielsweise zur Beacon Street und auch zur Charles Street. Aber auch zur Joy Street.

Max war ohnehin auf dem Weg dorthin gewesen. Ihm fiel auch jetzt kein besseres Ziel ein. Außerdem lag die Joy Street in der Nähe der Tulip Street, in der sich auch ihr neues Apartment befand, in das Sarah unterdessen vielleicht schon zurückgekehrt war, voller Stolz auf den schönsten aller Teewärmer. Max bog in die Temple Street ein.

Dieser Weg war allerdings nicht ganz ungefährlich. Wie alle anderen Straßen auf dem Hill war die Temple Street kaum breit genug für eine Fahrspur und halb verstopft von parkenden Autos. Sie war überdies auf der weniger vornehmen Seite des Hills gelegen, wo es die Leute mit dem Standort ihrer Mülltonnen nicht so genau nahmen. Außerdem schien es hier eine unverhältnismäßig große Zahl unvermuteter Gäßchen und dunkler Keller zu geben. Max war froh, daß Sarah ihn nicht ohne seinen dicken Schal ins Freie gelassen hatte.

Dieser Schal war ein besonders schönes Exemplar, das Tante Emma ihm zum Geburtstag gestrickt hatte, aus einer federleichten, aber wunderbar dicken und elastischen Wolle. Er würde ein gutes Schutzpolster für seinen Kehlkopf abgeben, falls der Mann, der in Kampftechniken so wohlbewandert war, auftauchen und ihm einen Schlag versetzen sollte. Max verspürte nämlich nicht die geringste Lust, sich umbringen zu lassen. Er wollte unbedingt dabeisein und das Gesicht seiner Mutter sehen, wenn sie Sarahs Weihnachtsgeschenk auspackte.

Er hielt sich in der Mitte der Straße und ging recht schnell, selbst für seine Verhältnisse. Als er sicher am Ende angekommen und um das State House herumgegangen war, atmete er tief durch.

Als er zur Kreuzung Mount Vermont und Joy Street kam, stellte er erleichtert fest, daß er sich umsonst gesorgt hatte. Der Mann, der ihn in die Sammelbüchse gestoßen hatte, lag hinter keiner der Mülltonnen auf der Lauer, um ihm im nächsten Moment an den Kragen zu springen. Er war einfach weitergegangen und verschwand gerade in einem Hauseingang einige Häuser weiter in der Joy Street.

Angenehm überrascht, mehr oder minder intuitiv genau die richtige Wahl getroffen zu haben, prägte sich Max ein, um welches Haus es sich handelte, und verbarg sich schnell wieder hinter einer Ecke. Als der Mann außer Sicht war, schlenderte er ebenfalls zu jenem Haus und stieg die Stufen zur Eingangstür hinauf. Zuerst suchte er an den Türklingeln nach Ashbrooms Namen, als er ihn jedoch nicht fand, drückte er auf gut Glück eine der Klingeln und hoffte, daß der dazu passende Hausbewohner, wer immer dies auch sein mochte, verwegen genug sein würde, ihn einzulassen.

Doch war dieser Mieter entweder vorsichtig oder abwesend, also versuchte er es im Erdgeschoß. Diesmal summte nicht nur der Türöffner, sondern es erschien außerdem ein atemberaubender Rotschopf in einer engen grünen Hose, hochhackigen roten Sandalen und einem riesigen, weitmaschigen grünen Pullover, unter dem die junge Dame außer sich selbst nichts trug. Sie war offenbar als Weihnachtsgeschenk für jemanden herausgeputzt, dachte Max. Wahrscheinlich hatte sie ihn für den angehenden glücklichen Empfänger gehalten, sonst wäre sie sicher nicht so schnell höchstpersönlich an die Tür gekommen.

Max erwartete, gleich wieder hinausgeworfen zu werden oder aber eine Preisliste vorgelegt zu bekommen, doch der Rotschopf überraschte ihn ein weiteres Mal.

»Hallo! Ich wette, Eddie hat Sie geschickt! Kommen Sie rein, und erzählen Sie, was passiert ist. Alles, was ich von dem verdammten Krankenhaus erfahren konnte, kam von einer Stimme auf Band, die ständig wiederholte, daß nur die engsten Angehörigen zu den Patienten vorgelassen würden und die Zentrale außerstande sei, auf weitere Anfragen Auskunft zu geben.«

»Das war zu erwarten«, sagte Max und folgte ihr in das Apartment, bevor sie ihre Meinung ändern konnte. »Seien Sie froh, daß Sie nicht durchgekommen sind. Ed Ashbroom ist im Moment in einer schwierigen Situation, wie Sie sicher schon gehört haben.«

»In den Nachrichten habe ich gehört, daß seine Frau tot ist, wenn Sie das meinen. Da hat die Ärmste leider Pech gehabt. Falls Sie allerdings ein Bulle oder von der Zeitung sind, habe ich das natürlich nie gesagt. Und bevor ich mich noch weiter verplappere, könnten Sie mich ja vielleicht mal aufklären, mit wem ich das Vergnügen habe.«

»Ich bin Jeremy Kellings Neffe Max.« Gestern abend hatte diese Zauberformel ihm sämtliche Türen geöffnet. Heute klappte es offenbar auch. »Sie kennen doch sicher Jem?«

»Nicht persönlich, aber Eddie hat mir schon viel von ihm erzählt. Er scheint ein echter Knüller zu sein.«

»Das ist er auch und noch vieles mehr. Und Sie müssen Miss Moriston sein.« Dieser Name hatte auf ihrem Klingelschild gestanden. »Ich komme gerade vom Krankenhaus«, fügte er hinzu, als sie nicht bestritt, Miss Moriston zu sein.

»Haben Sie Eddie dort gesehen? Wie geht es ihm?«

Max hätte vielleicht Miss Moristons verständlichen Irrtum korrigieren können, welches Krankenhaus er gerade besucht hatte, doch er unterließ es. »Den Umständen entsprechend«, klang eigentlich ganz passabel.

»Hat ihn sonst noch jemand besucht?« fragte sie spitz.

Die Polizei ganz bestimmt. Max wich auch dieser Frage aus. »Das Besuchsverbot wird strikt eingehalten.«

»Wieso das? Den Blödsinn mit den russischen Terroristen glaubt doch wohl niemand, oder?«

»Sie glauben also nicht daran?«

»Sie machen wohl Witze«, schnaubte sie, schien ihre heftige Reaktion jedoch sofort zu bereuen. »Keine Ahnung. Sollte ich denn?«

Er zuckte die Achseln. »Ich möchte mich da nicht festlegen. Sie kennen Ed Ashbroom schließlich bedeutend besser als ich. Hat man mir jedenfalls erzählt.«

»Das kann ich mir lebhaft vorstellen.«

Miss Moriston schenkte Max einen langen, nachdenklichen Blick, der von seinem gutgeschnittenen Gesicht auf seinen maßgeschneiderten Anzug wanderte, welcher unter dem nicht minder eleganten Tweedmantel zum Vorschein kam, als er ihn aufknöpfte. Daraufhin zupfte sie ihren durchsichtigen Pullover zurecht, um ihrem Gegenüber einen noch besseren Einblick zu gewähren, und schlenderte zu einer Bar, die irgendein böswilliger Innenarchitekt aus einer ehemals vermutlich eleganten Melodiumorgel aus Rosenholz hatte anfertigen lassen. Max fragte sich, ob es an den hochhackigen Sandalen lag oder ob diese Frau immer so ging.

»Hätten Sie vielleicht Lust, mir bei einem kleinen Weihnachtsdrink Gesellschaft zu leisten?« schnurrte sie mit einer Stimme, die hervorragend zu ihrem Pullover paßte.

»Ich möchte Ihnen nicht die Stimmung verderben«, erwiderte Max, »aber ich glaube, es ist noch ein wenig zu früh zum Feiern.«

»Wie meinen Sie das? Du liebe Zeit, Eddie wird doch nicht etwa sterben, oder? Doch nicht jetzt! Er hat doch noch nicht mal unterschrieben – ach, was rede ich denn da schon wieder? Hören Sie gar nicht hin. Ich bin zur Zeit schrecklich durcheinander.«

Miss Moriston goß sich ein Cocktailglas voll Gin, fügte vorsichtig zwei Tropfen Wermut hinzu und sagte mechanisch: »Möchten Sie wirklich nichts?« und trank etwa das halbe Glas leer.

Nach einer Weile kam sie wieder zu Atem. »Ich bin verrückt nach Eddie. Ich habe Furchtbares durchgemacht. Das müssen Sie ihm unbedingt sagen, wenn Sie ihn das nächste Mal sehen, ja? Sagen Sie ihm, daß ich außer mir bin. Wann gehen Sie wieder zum Krankenhaus?«

»Das hängt von vielen Dingen ab«, teilte ihr Max mit. »Vielleicht trinke ich doch einen kleinen Scotch. Nein, *Sie* setzen sich hin und beruhigen sich wieder. Ich mache ihn mir selbst. Wo haben Sie das Eis? Hier drin?«

»Nein!«

Ehe Max noch die Tür zur Küche öffnen konnte, stand sie schon vor ihm und blockierte mit wogendem Pullover den Weg.

»Gehen Sie da bloß nicht rein! Da drin ist ein furchtbares Durcheinander; ich war viel zu aufgeregt, um aufzuräumen. Hören Sie, ich will nicht unhöflich sein, aber vielleicht sollten wir den Drink doch lieber auf ein anderes Mal verschieben, ja? Ich fühle mich auf einmal so schrecklich schwach. Ich muß mich unbedingt einen Moment hinlegen. Das ist bestimmt der Schock. Das verstehen Sie doch, oder?«

»Sicher verstehe ich das.«

Max hätte sogar schwören können, daß er dafür vollstes Verständnis hatte, doch dann hörte er, wie die Eingangstür zuschlug, und bemerkte, wie Miss Moriston die Ohren spitzte.

»Ist da nicht gerade jemand gegangen? Und ich dachte – oh.«

Ihr Erkerfenster ging zur Straße hinaus. Max konnte einen Mann die Eingangsstufen hinuntergehen sehen. Er hielt das Gesicht abgewandt, doch zwischen der heruntergezogenen Krempe seines dunklen Filzhutes und dem hochgeschlagenen Kragen seines dunklen Wollmantels war ein Teil seiner Sonnenbrille zu sehen. Max erkannte den Mantel. Es war derselbe, den er den ganzen Weg von der Cambridge Street bis hierher verfolgt hatte. Jetzt verstand er gar nichts mehr, also verabschiedete er sich rasch von Miss Moriston und verließ das Haus.

Der Mann lief jetzt wieder die Joy Street hinauf, bog zuerst in die Mount Vernon Street, dann in die Walnut Street ein und kam schließlich die Chestnut Street wieder hinunter. Falls er bemerkt hatte, daß ihm jemand folgte, ließ er es sich nicht anmerken. Zwar beschleunigte er seine Schritte, als er die Chestnut Street hinunterging, doch da die Straße steil abfiel, war es schwierig, dort langsam zu gehen, so daß Max nicht wußte, ob er dem irgendeine Bedeutung zumessen sollte. Jedenfalls ging der Mann zügig, aber keineswegs in Eile über die Charles Street in Richtung Fluß, bis er ein Haus erreichte, das Max bekannt vorkam.

Hier hatte er erst gestern Marcia Whet, ihre Tournüre und ihren ausgestopften Fasan abgeholt. Konnte der Mann Gerry Whet sein, der gerade aus Nairobi zurückgekehrt war? Falls ja, was führte Mr. Whet im Schilde, daß er sich aus Miss Moristons Haus geschlichen hatte? Dieser Spaziergang wurde immer interessanter.

Auf diesem Teil des Hill gab es elegante Häuser, und auch das der Whets war alles andere als bescheiden. Die Gestalt, wer auch immer sie sein mochte, vermied den imposanten Vordereingang, verschwand in einem Säulengang und entzog sich Max' Blicken. In Ermangelung einer besseren Idee ging dieser geradewegs zum Eingang und klingelte. Dasselbe ältliche Hausmädchen, das gestern Marcias Cape gehalten hatte, öffnete ihm die Tür.

»Ich hätte gern Mr. Whet gesprochen«, eröffnete er ihr.

»Oh.« Das Hausmädchen verbrachte eine geraume Zeit damit, ihn eingehend von Kopf bis Fuß durch ihre Dreistufenbrille zu mustern, und gewährte ihm dann ein gnädiges Nicken. »Sie sind Mr. – eh – der Herr, der Mrs. Whet zur Party begleitet hat.«

»Richtig. Jem Kellings Neffe Max.« Der Mann mit den tausend angeheirateten Verwandten.

Wieder hatte er offenbar die richtige Zauberformel aufgesagt. Jetzt lächelte die Dame sogar. »Oh, Mr. Jem. Er ist ein guter Freund der Familie. Wie geht es seiner Hüfte?«

»Sie schmerzt. Ich komme gerade vom Krankenhaus, wo ich ihn besucht habe. Sie können sich vorstellen, wie er dort die Stimmung hebt.«

»Hält die Schwestern bestimmt ganz schön auf Trab, wette ich. Kommen Sie rein, Mr. Max. Geben Sie mir doch Ihren Mantel. Ich schaue mal nach, ob Mr. Whet schon auf ist. Woher haben Sie übrigens gewußt, daß er zu Hause ist? Ich hatte selbst gar keine Ahnung, bis ich heute morgen die Fensterläden aufmachen wollte und ihn schlafend in seinem Bett fand. Ich hab' es nicht übers Herz gebracht, ihn aufzuwecken. Ist das nicht schrecklich mit Mrs. Whet? Ich bin froh, daß Sie derjenige sind, der es ihm beibringt, und nicht ich.«

»Ihm *was* beibringt?« Max fühlte so etwas wie Panik in sich aufsteigen. »Wie lautete denn die letzte Nachricht aus dem Krankenhaus?«

»Daß sie immer noch in Lebensgefahr schwebt und man alles unternimmt, um sie zu retten. Ich hatte gehofft, Sie hätten vielleicht etwas Positiveres gehört.«

»Ich wünschte wirklich, es wäre so. Wie lange ist es denn her, daß Sie bei Mr. Whet hereingeschaut haben?«

»Das war gegen halb zehn, um ehrlich zu sein. Ich war heute morgen schrecklich spät dran. Ich bin nämlich so lange aufgeblieben letzte Nacht, weil ich sehen wollte, ob sie noch irgend etwas Neues über Mrs. Whet und die anderen in den Nachrichten bringen würden. Und dann konnte ich nicht einschlafen, weil ich die ganze Zeit daran denken mußte. Die Tolbathys und meine Herrschaft sind eng befreundet, wissen Sie. Sie kommen oft her zu Besuch. Und Mr. Jem natürlich auch, aber das brauche ich Ihnen sicher nicht zu sagen. Er ist große Klasse, wenn es darauf ankommt, Schwung in eine Dinnerparty zu bringen. Und die Geschichten, die er immer erzählt! Mr. Whet sagt, Mr. Jem sei der einzige Mann, dem er Mrs. Whet anvertraut, wenn er unterwegs ist, weil Mr. Jem nie lange genug bei ein und derselben Frau bleibt, um gefährlich zu werden. Aber das hätte ich vor Ihnen vielleicht lieber nicht sagen sollen.«

»Warum nicht? Ich habe ihm schon viel schlimmere Dinge mitten ins Gesicht gesagt. Jem Kelling redet viel, wenn der Tag lang ist, wenn Sie meine ganz persönliche Meinung hören wollen.«

Max schaute auf seine Uhr. Fast eins. Whet hätte also genügend Zeit gehabt, sich anzukleiden, aus dem Haus zu schleichen und das zu tun, was zum Teufel er vorgehabt haben mochte, rechtzeitig zurückzukommen und wieder ins Bett zu schlüpfen.

Das Hausmädchen mußte seinen Blick als Aufforderung gedeutet haben. »Gut, ich sehe am besten mal nach, ob er schon wach ist. Es ist sowieso schon höchste Zeit. Er wird bestimmt ärgerlich sein, daß ich ihn noch nicht geweckt habe, wo doch Mrs. Whet so krank ist, und er ahnt es nicht einmal. Es macht Ihnen doch nichts aus, Mr. Max, oder?«

Damit meinte sie offenbar die Rolle als Überbringer schlechter Nachrichten, die sie ihm zugedacht hatte, was ihm wiederum einen guten Grund für sein Hiersein verschaffte. So sagte er, nein, es mache ihm nicht das geringste aus.

Sie entschuldigte sich weit liebenswürdiger, als sie ihn empfangen hatte, ließ ihn sogar ganz allein in dem Raum, der augenscheinlich das private Wohnzimmer der Whets war. Durch eine offene Tür konnte er in ein weiteres, offizielleres Wohnzimmer sehen, das in blassen Gelbtönen gehalten war und an diesem rauhen, verhangenen Dezembertag sehr kühl wirkte. Die weißen Christsterne auf dem Kaminsims aus weißem Marmor ließen den Raum nicht eben freundlicher wirken.

Doch in dem Zimmer, in dem er sich befand, gab es leuchtendbunte Sofakissen und rote Christsterne, und der Kaminsims war mit goldenen Kugeln und rotem Samtband dekoriert. Überall sah er Fotografien in Silberrahmen, auf denen eine junge, ätherische Marcia als Braut hinter einer Wolke aus Tüll zu erkennen war. Marcia mit einem Baby im Arm und zwei kleinen Kindern, die sich an ihre Knie schmiegten. Marcia in einem langen Kleid mit Ansteckbouquet neben ihrer Tochter im Brautkleid und mit einem großen weißen Hut. Daneben der Gerry Whet von Jems Foto im Stresemann, an seiner Seite offenbar sein Sohn, ein noch unfertiger zukünftiger Kabeljaubruder, der seinem Vater aufs Haar glich, sowie ein weiterer junger Mann, der gleichzeitig förmlich, glücklich und furchtbar aufgeregt aussah und höchstwahrscheinlich der frischgebackene Schwiegersohn war.

Es gab auch aktuellere Fotos von Marcia Whet, auf denen sie wirkte wie bei ihrer Begegnung mit Max, ein wenig mehr Matrone zwar, aber immer noch sehr charmant, umgeben von einer offenbar stetig wachsenden Zahl von jungen Menschen, Kindern und noch mehr Babys. Gerry Whet war auf zahlreichen Bildern neben ihr zu sehen. Ein Familienvater, wie er im Buche stand, konnte man meinen, zufrieden mit sich, mit seiner Gattin, seinen Kindern und Enkelkindern und mit seinem Platz im Leben. Und dazu mochte man ihm auch allen Grund zubilligen, angesichts dieser in Bildern eingefangenen glücklichen Erinnerungen in diesem behaglichen Raum in diesem hübschen Haus in dieser überaus vornehmen Wohngegend. Geldsorgen hatte er höchstwahrscheinlich keine, wenn man bedachte, was es kostete, heutzutage in Boston einen Besitz dieser Größe zu unterhalten.

Apropos Besitz. Das brachte Max auf einen Gedanken. Wo war das Gewächshaus? Er dachte gerade über Whet und seinen Eisenhut nach, als das Hausmädchen auf einem silbernen Tablett eine Karaffe Sherry und einen Teller Plätzchen hereintrug.

»Mr. Whet sagt, er ist in ein paar Minuten bei Ihnen, wenn es Ihnen nichts ausmacht, so lange zu warten. Der Kaffee ist auch gleich fertig, falls Sie lieber Kaffee möchten.«

»Sherry wäre wunderbar, vielen Dank.«

Heute schien man ihm überall einen Drink anzubieten. Am besten, er nahm diesen an, bevor das Hausmädchen seine Meinung ändern konnte, wie es eben Ashbrooms Miss Moriston getan hatte. Die Karaffe, stellte er fest, war eine Waterford-Karaffe. Sarah hatte auch Waterford-Karaffen benutzt, um ihre Pensionsgäste von dem billigen Sherry abzulenken, den sie darin zu servieren pflegte. Davon konnte hier keine Rede sein. Der Sherry war, wie alles bei den Whets, teuer und schmeckte vorzüglich.

Max war müde. Bis jetzt hatte er noch gar nicht gemerkt, wie müde er war. Der ausgezeichnete Drink, das gemütliche Zimmer, der bequeme Sessel, das Rauschen des Verkehrs, das vom Storrow Drive gedämpft durch die gut isolierten Fenster drang, in gleichmäßigen Abständen anschwellend wie die Brandung am Strand in Ireson's Landing; all das wirkte so beruhigend auf ihn, daß er nahe daran war, friedlich einzuschlummern, als Gerald Whet erschien, frisch rasiert und einigermaßen ausgeruht, ein Bild von einem Hausherrn in einem brokatbesetzten Morgenrock über offenem Hemd und dunkler Hose.

»Sie sind also Jem Kellings Neffe?« fragte er, als sie einander die Hände schüttelten. »Max, nicht wahr? Ich habe allerdings vergeblich versucht, Sie irgendwo einzuordnen.«

»Ich bin mit Sarah, dem einzigen Kind des verstorbenen Walter Kelling, verheiratet«, erklärte ihm Max. Unter gar keinen Umständen dachte er daran, seine Frau als Witwe des verstorbenen Alexander Kelling vorzustellen. »Ich heiße übrigens Bittersohn. Gestern abend bin ich für Jem eingesprungen und habe Ihre Frau Gemahlin zu den Tolbathys begleitet, weil Jem gestürzt war und sich die Hüfte gebrochen hatte, was Sie vielleicht noch nicht wissen werden. Ihre Frau hat mich überall als Jems Neffen vorgestellt, und das hat es den Leuten leichter gemacht, mich einzuordnen, deshalb haben wir es weiter so gehalten. Jem kannte natürlich jeder.«

»Das kann ich mir vorstellen. Mein Gott, wie haben sie es bloß geschafft, eine Party ohne ihn auf die Beine zu bringen? Wie ist es denn passiert, Max? Ist Jem auf dem Eis ausgerutscht?«

»Nein, er ist die Treppe heruntergefallen, als er nach draußen stürmen wollte, um sich einen falschen Bart für die Party zu besorgen.«

Gerald Whet lachte. »Typisch Jem. Wo ist der alte Schwerenöter denn jetzt? Vermutlich im PHILLIPS HOUSE. Da müssen wir Brüder ihm unbedingt ein geeignetes Genesungsgeschenk zukommen lassen. Sie wissen nicht zufällig, wo man beispielsweise einen präparierten Tintenfisch kaufen kann? Wie geht es ihm denn? Ich hoffe, er leidet keine schlimmen Schmerzen.«

»Er behauptet das Gegenteil. Ich komme gerade von ihm.«

»Und er hat Sie mit einer Nachricht an Marcia hergeschickt, damit sie sofort zu ihm eilt und seine fiebernde Stirn kühlt, am besten mit einem Eimer voll Martini. Tut mir sehr leid, aber ich kann Ihnen im Moment gar nicht sagen, wo sie steckt. Ich habe sie, ehrlich gesagt, überhaupt noch nicht zu Gesicht bekommen. Vielleicht ist sie gerade irgendeine Besorgung machen, weil sie denkt, daß ich mein Jetlag ausschlafen will. Ich bin nämlich erst gegen drei Uhr in der Frühe aus Nairobi zurückgekommen. Ich war sehr erstaunt, daß sie noch nicht von der Party zurück war. Wann haben Sie sie denn abgesetzt? Oder hat sie die Nacht bei Hester Tolbathy verbracht?«

»Sie und Hester haben leider beide die Nacht im Krankenhaus von Bexhill verbringen müssen«, teilte ihm Max mit.

»Wie meinen Sie das? Hat es einen Unfall mit dem Zug gegeben? Marcia ist doch nicht etwa verletzt?«

»Es gab tatsächlich so etwas wie einen Unfall, der allerdings nur vorgetäuscht war, aber das ist nicht das eigentliche Problem. Ihre Frau litt wie alle anderen Gäste unter Übelkeit, weil sie vergifteten Kaviar gegessen hat. Sämtliche Gäste mußten mit Krankenwagen abtransportiert werden.«

»Kaviar?« Whet schüttelte den Kopf. »Kaum zu glauben. Wie schlecht geht es ihr denn?«

»Die Lage ist kritisch.« Max gefiel sich in seiner Rolle überhaupt nicht. »Edith Ashbroom ist tot. John Wripp ebenfalls, obwohl er wohl am erlittenen Schock und den Verletzungen gestorben ist, die er sich bei einem schweren Sturz zugezogen hat, als der Zug plötzlich bremste. Wouter Tolbathy ist ebenfalls tot.«

»Wouter? Aber der kann doch Kaviar nicht ausstehen!«

»Ach ja? Das hat bisher noch niemand erwähnt. Aber Wouter ist auch gar nicht an dem Kaviar gestorben. Er starb an einem Schlag gegen den Kehlkopf.«

»Großer Gott«, stieß Whet hervor. »Sie meinen doch nicht etwa diesen Nahkampftrick, den Obed Ogham – nein, das ist einfach unmöglich!«

»Die Polizei hält Wouters Tod für einen Unfall. Man hat meines Wissens allerdings noch keine plausible Erklärung dafür gefunden, wie es zu einem derartigen Unfall hätte kommen können. Aber ich nehme an, es wird ihnen schon noch eine einfallen, wenn der Staatsanwalt genügend Druck ausübt.«

Whet schüttelte den Kopf und murmelte: »Aber Sie haben mir immer noch nicht gesagt, wie es Marcia geht.«

»Ihr Hausmädchen hat mir eben berichtet, das Krankenhaus habe heute früh angerufen, daß sie zu den kritischen Fällen zählt. Offenbar hat es seitdem keine Veränderungen gegeben, sonst hätte das Krankenhaus Sie bestimmt informiert.«

»Wissen Sie die Telefonnummer?«

»Nein, die würde Ihnen auch überhaupt nichts nützen. Die Zentrale nimmt keine Anrufe mehr entgegen. Sie lassen allerdings die engsten Familienangehörigen zu den Patienten, daher würde ich vorschlagen, daß Sie am besten selbst hingehen. Lassen Sie sich von Ihrem Hausmädchen eine Kleinigkeit zu essen herrichten, und ziehen Sie sich etwas Warmes an. Ich hole Sie in fünfzehn Minuten mit meinem Wagen hier ab.«

»Geht das nicht schneller? Wie soll ich denn etwas zu mir nehmen, wenn Marcia – mein Gott, was soll ich bloß den Kindern sagen?«

»Am besten, Sie verschaffen sich erst einmal selbst Klarheit, bevor Sie überhaupt etwas sagen, finden Sie nicht? Ihre Kinder haben sicher schon in den Nachrichten davon gehört.«

»Ganz bestimmt nicht, sonst hätten sie doch längst versucht, mich zu erreichen. Die ganze Familie verbringt dieses Wochenende in unserer Berghütte beim Skilaufen. Da oben haben wir weder Fernsehen noch Radio.«

»Auch keine Zeitung?« Der Gedanke, keine Tageszeitung zu bekommen, erschien Max einfach unvorstellbar. Er würde niemals verstehen, warum Menschen, die sich jeglichen Luxus leisten konnten, bereit waren, auf eine derartig elementare Lebensnotwendigkeit zu verzichten.

Doch Whet schüttelte abermals den Kopf. »Nein, das wäre viel zuviel Aufwand. Max, wenn es Ihnen Ernst damit war, mich nach Bexhill zu fahren, wäre ich Ihnen ewig verbunden. Ich selbst habe hier in der Stadt keinen Wagen, und mit dem Taxi ist es verdammt weit.«

Offenbar waren sie sich in ihrer Knausrigkeit alle gleich, das hatte Max schon vor einiger Zeit begriffen. Bestimmt lag das an den vielen Fischbuletten und den gebackenen Bohnen. »Ich bin so schnell ich kann zurück«, versicherte er Whet. »Mein Wagen steht drüben in der Charles Street.«

Max wartete nicht darauf, daß das Hausmädchen ihn zur Tür begleitete. Sie werkelte sicher in der Küche herum, er konnte den frischen Kaffeeduft riechen. Er hoffte, es würde ihr gelingen, ihrem Arbeitgeber eine Tasse schmackhaft zu machen, bevor Whet das Haus verließ. Denn auf ihn wartete nicht gerade eine Vergnügungsfahrt.

Kapitel 16

Gerald Whet verspürte während der Fahrt nach Bexhill keine Lust, sich zu unterhalten. Sein Schweigen war möglicherweise auf seine schlechte seelische Verfassung zurückzuführen, vielleicht auch auf die Erschöpfung nach der langen Reise. Vielleicht benötigte er aber nur seine ganze Kraft, um seine Rolle durchhalten zu können. Max wollte sich lieber noch nicht festlegen.

Whet trug einen zerknitterten und ziemlich schmuddeligen Burberry sowie einen unförmigen irischen Tweedhut. Zweifellos war dies seine Reisekleidung gewesen. Er sah darin erst recht wie ein erschöpfter Passagier aus, der gerade einen langen Flug hinter sich hatte, und Max hätte gern gewußt, ob Whet die Kleidungsstücke nicht genau aus diesem Grund ausgesucht hatte.

Vielleicht waren sie ihm auch in der Eile nur zuerst in die Hände gefallen. Oder hatte er sich so sehr daran gewöhnt, in diesem Aufzug die Pyrethrum-Felder zu durchwandern, daß er sie automatisch angezogen hatte? In Streßsituationen konnte ein vertrautes Kleidungsstück einem manchmal ein erstaunliches Gefühl von Sicherheit vermitteln. Wenn Whet wirklich gerade erst das Flugzeug aus Nairobi verlassen hatte, wenn er seine Frau tatsächlich so innig liebte und wenn er wirklich derart aufgewühlt und angsterfüllt war, wie es den Anschein hatte, dann griff er vielleicht wirklich nach dem nächstbesten Mittel, um sich ein wenig zu beruhigen.

Andererseits konnte es auch sein, daß er den Burberry nur deshalb trug, damit Max Bittersohn ihn nicht in seinem Filzhut und Stadtmantel sah, weil er ganz genau wußte, daß Max Bittersohn einem Mann in ebendieser konventionellen Kleidung durch Beacon Hill gefolgt war und Max von genau diesem Mann schließlich zu Whets Haus geführt worden war.

Vielleicht war dieser Mann Whet selbst gewesen. Vielleicht auch Edward Ashbroom. Vielleicht auch Miss Moristons kleiner Bruder in den Sachen von Ed Ashbroom. Woher zum Teufel sollte er das wissen? Vielleicht war Max einfach nur deshalb zu Whets Haus gelockt worden, weil sich das Haus gut dazu eignete, jemanden herzulocken. Vielleicht war Ashbroom der Meinung gewesen, Whet sei immer noch in Nairobi, und hatte geglaubt, keinen seiner Clubbrüder in Schwierigkeiten zu bringen, wenn er diesen Ort benutzte, um Bittersohn abzuschütteln. Oder Ashbroom hatte gewußt, daß Whet wieder da war, und absichtlich versucht, ihn in Schwierigkeiten zu bringen.

Vielleicht hatte der Kerl in dem Mantel auch nichts weiter getan, als Miss Moristons Gaszähler abzulesen, war dann als nächstes zu Whets Haus getrabt, weil er annahm, er könne bei dem Hausmädchen ein Mittagessen schnorren. Pah! Humbug! Max blickte zu Whet hinüber, der das Kinn in seinem Burberry vergraben hatte und auf die Straße starrte.

»Wie war eigentlich Ihr Flug von Nairobi?«

»Lang, langweilig und unbequem.« Whet sprach, ohne den Blick von der Straße zu lösen. »Wie zu erwarten.«

»Ich nehme an, Sie sind erster Klasse geflogen.«

»Warum hätte ich? Beide Enden des Flugzeugs haben dasselbe Ziel.«

Dieses Argument hätte durchaus auch von Max stammen können. Er stellte fest, daß er diesen Whet mochte, auch wenn das nicht gerade professionell war. »Welche Route sind Sie denn geflogen?«

»Von Kairo nach London. Wir sind natürlich erst spät von Heathrow weggekommen. Und dann gab es ein ziemliches Durcheinander bei der Zollabfertigung, und ich mußte dort auch noch eine geschlagene Stunde warten.«

»Oh. Ich hatte mich schon gefragt, wie Sie es geschafft haben, zu derart nachtschlafender Zeit hier anzukommen.«

»Man muß immer damit rechnen, irgendwo auf der Welt hängenzubleiben. Ein toller Empfang! Wouter tot, Marcia vergiftet, weil sie auf Hesters Party Hesters Kaviar gegessen hat. Max, ich kann das alles einfach nicht begreifen. Verdammt, Tom Tolbathy geht doch praktisch hin und fängt diesen Stör mit seinen eigenen Händen. Es ist doch einfach undenkbar, daß Hester verdorbenen Kaviar serviert hat!«

»Die offizielle Erklärung lautet momentan, daß der Kaviar in der Konservenfabrik absichtlich mit Colchicin vergiftet wurde.«

»Colchicin?«

»Man benutzt es zur Behandlung von Gicht.«

Max wiederholte, was er von Jems Krankenschwester erfahren hatte. Gerald Whet sah jetzt eher interessiert denn bestürzt drein.

»Daß man Colchicin gegen Gicht benutzt, ist mir neu. Interessant.«

»Das fällt vermutlich auch nicht unbedingt in Ihr Spezialgebiet.«

»So ist es. Tomatenwürmer bekommen keine Gicht. Es wäre gut, wenn es so wäre.«

»Kennen Sie ein Pflanzengift, das dieselben Symptome hervorruft?«

»Pflanzengift?« Eine Alarmglocke hatte angeschlagen. Whet war jetzt hellwach und auf der Hut. »Doch, schon. Wenn ich darüber nachdenke, fallen mir mehrere ein. Pyrethrum beispielsweise, obwohl ich glaube, daß man eine beträchtliche Menge davon schlucken müßte, um Schaden zu nehmen. Es hat zwar schon Vergiftungsfälle mit Insektiziden gegeben, in denen Pyrethrum enthalten war, aber die wurden von den Petroleumdestillaten in dem Grundstoff verursacht. Vermutlich sollte ich dankbar sein, daß ich in dem verdammten Flugzeug durch die Weltgeschichte gegondelt bin und nicht auf der Party war. Zumindest habe ich ein Alibi, ob ich es nun brauche oder nicht. Aber wenn Marcia – oh Gott, was für eine schreckliche Geschichte, und das an Weihnachten!«

Er verfiel wieder in Schweigen und regte sich erst wieder, als Max den Wagen auf dem Parkplatz des Krankenhauses zum Stehen brachte. Dann bewegte er sich wie jemand, der gerade aus dem Schlaf gerissen worden war.

»Sind wir schon da? Sie wissen wohl nicht zufällig Marcias Zimmernummer?«

»Die sagen sie uns an der Rezeption. Falls wir überhaupt eingelassen werden«, fügte Max hinzu, als er die Wachposten vor den Eingängen sah.

Whet spannte seine Kiefermuskeln an. »Und ob die uns reinlassen werden.«

Für einen Mann, der so höflich und verbindlich schien, konnte Whet erstaunlich energisch sein, stellte Max fest. Einige leise gesprochene Worte genügten, und er hatte zwei Wachposten überzeugt. Die Dame an der Pforte fragte nicht einmal mehr nach ihren Ausweisen, sondern teilte ihnen sofort die Zimmernummer von Mrs. Whet mit.

»E2, den Flur entlang und dann links. Wir mußten die Notfälle überall unterbringen, wo Platz war, aber wir beobachten sie natürlich sehr sorgfältig.«

»Das will ich hoffen«, antwortete Whet, doch er war bereits unterwegs zum Zimmer seiner Frau, ehe er noch ausgesprochen hatte. Max blieb dicht hinter ihm und versuchte wie ein ängstlicher Schwiegersohn auszusehen. Dabei verspürte er tatsächlich echte Sorge um die Frau, die ihm gestern eine so liebenswürdige Begleiterin gewesen war, und stellte verblüfft fest, wie erleichtert er war, als die Stationsschwester auf E sie ein wenig zu beruhigen vermochte.

»Mrs. Whet geht es ein bißchen besser. Sie schwebt nicht mehr in Lebensgefahr und kann bereits etwas Flüssigkeit zu sich nehmen.«

»Was für Flüssigkeit?« erkundigte sich Whet scharf.

»Bisher nur ein wenig schwarzen Tee, aber wir wollen es später auch mit Orangensaft versuchen. Mrs. Whet ist eine sehr kooperative Patientin. So, wir sind da.«

Eine jammervolle Karikatur der charmanten Dame, die Max zu den Tolbathys begleitet hatte, ruhte in dem hohen Bett, einen Infusionsschlauch im Arm. Max sah den Ausdruck auf Gerald Whets Gesicht, als er sich über seine Frau beugte, und beschloß, daß er das Zimmer besser verließ, um sich ein wenig mit der Stationsschwester zu unterhalten.

»Sind Sie der Sohn von Mrs. Whet?« wollte die Schwester wissen.

»Nein, ich war gestern mit ihr auf dieser Party.«

»Dann waren Sie auch in dem Zug? Junge, Junge, da haben Sie aber Schwein gehabt. Dieser Kaviar muß geradezu mit Gift überladen gewesen sein. Ein Wunder, daß die Leute nicht alle hinüber sind. Wieso sind Sie nicht krank?«

»Ich habe keinen Kaviar gegessen. War es wirklich so schlimm?«

»Die Laborberichte waren entsetzlich.«

»Aber warum Colchicin? Das ist doch sicher kein gewöhnliches Gift, oder? Ich habe noch nie davon gehört.«

»Ich auch nicht, um die Wahrheit zu sagen. Als Gift, meine ich. Aber natürlich sind alle Medikamente gefährlich, wenn man die vorgeschriebene Dosierung überschreitet. Und Colchicin ist bereits in sehr kleinen Mengen hochtoxisch, was ich auch nicht gewußt habe, bis das Labor es uns mitgeteilt hat. Ich denke, man hat das genommen, was gerade da war, obwohl ich finde, daß Gichtmedizin in einer Kaviarkonservenfabrik schon reichlich merkwürdig ist. Doch ich nehme an, man bekommt dort drüben von der Kälte und Feuchtigkeit leicht Rheuma. Ich stelle mir jedenfalls vor, daß es dort kalt und feucht ist. Meine Tante ist Sardinenpackerin oben in Maine und trägt immer dicke Socken und Gummistiefel bei der Arbeit. Sie sagt, es macht sogar irgendwie Spaß, wenn man sich erst daran gewöhnt hat.«

»Gummistiefel und Socken zu tragen?«

»Nein, Sardinen zu packen. Ist wahrscheinlich ein bißchen wie beim Puzzlespielen. Aber wie zum Teufel bin ich jetzt bloß auf die Sardinen gekommen? Ich bin offenbar völlig von der Rolle. Gestern abend um sechs hatte ich Feierabend. Aber dann haben sie mich um zehn Uhr schon wieder zurückgerufen, als die ganzen Krankenwagen hier vorgefahren sind. Seitdem habe ich keine Sekunde mehr richtig gesessen, nur ab und zu ganz kurz, um einen Kaffee zu trinken, damit ich nicht einschlafe. Unser Krankenhaus ist nicht dafür ausgestattet, einen derartigen Massenandrang zu bewältigen. Aber was blieb uns anderes übrig? Man kann schließlich nicht kostbare Zeit damit vergeuden, Patienten mit akuter Vergiftung in andere Krankenhäuser zu transportieren. Immerhin könnten sie sterben, bevor sie dort ankommen.«

»Konnten Sie sich denn nicht ein paar zusätzliche Schwestern aus anderen Abteilungen kommen lassen?«

»Na, Sie machen mir Spaß! Da herrscht doch derselbe Personalmangel wie hier bei uns.«

»Da müssen Sie ja völlig am Ende sein«, meinte Max mitfühlend.

»Wenn ich ein leeres Bett finden könnte, würde ich sofort hineinkriechen, das können Sie mir glauben«, versicherte die Krankenschwester. »Na ja, ich nehme an, daß sie bald ein paar von uns nach Hause schicken. Das Erste-Hilfe-Team vom Roten Kreuz kommt, um uns zu entlasten, und allmählich entspannt sich die Lage ja auch ein bißchen. Einige Patienten konnten sogar schon entlassen werden.«

»Wer denn zum Beispiel?«

»Mal sehen. Wir haben gerade eine Liste bekommen.« Sie kramte in ihren Blättern auf dem Schreibtisch und fand die Liste. »Thomas Tolbathy. Das ist der Mann, der die Party veranstaltet hat, nicht wahr?«

»Richtig. Tolbathy ging es nicht sehr schlecht, oder? Er hat mir gestern im Zug erzählt, er habe von dem Kaviar nur probiert.«

»Ich denke, in seinem Fall waren es vor allem der Schock und die nervliche Belastung. Kein Wunder, der arme Kerl. Ich möchte jetzt nicht in seiner Haut stecken.«

»Wie geht es seiner Frau?«

»Noch immer auf der Intensivstation. Und sein Bruder ist tot. Ein Unfall. Sie wissen sicher davon.«

»Sollte ich eigentlich. Ich gehörte zu denen, die ihn gefunden haben.«

Max beschloß, daß er der Schwester ein oder zwei Insider-Informationen zukommen lassen konnte, damit sie ihrerseits weiterredete. Wenn sie nicht so erschöpft gewesen wäre, hätte sie sicher nicht derart bereitwillig über ihre Patienten Auskunft gegeben. Vielleicht nahm sie aber auch an, daß seine Anwesenheit auf der Party ihm besondere Rechte einräumte. So versuchte er weiter sein Glück.

»Und wie lautet die offizielle Todesursache im Fall Wouter Tolbathy? Weiß man inzwischen Näheres?«

»Luftröhrenfraktur. Wirklich total verrückt.« Die Krankenschwester rieb sich mit dem linken Handrücken die Augen. »Ich glaube, ich brauche dringend noch einen Kaffee. Möchten Sie auch einen?«

»Sicher, gern, wenn es nicht gegen die Regeln verstößt.«

»Das geht schon in Ordnung, wenn ich es sage. Ich bin immerhin Stationsschwester. Glaub' ich jedenfalls. Wir sind inzwischen alle so fertig, daß wir nicht mal mehr wissen, was wir sind.«

Sie führte ihn in eine kleine Küche, wo eine Kaffeekanne aus Glas auf einer Elektroplatte warmstand, goß zwei große Becher voll Kaffee und bediente sich reichlich mit Milch und Zucker. »Wie trinken Sie Ihren Kaffee?«

»Schwarz, vielen Dank.«

Max nahm seinen Becher und setzte sich neben sie auf einen der Hocker, die um einen mit Plastikfolie überzogenen Tisch standen. Der Kaffee schmeckte besser, als er erwartet hatte, vielleicht nur, weil er ihn dringender benötigte, als ihm bewußt gewesen war. Er ließ die Schwester in Ruhe ein paar Schlucke nippen, bevor er seine nächste Frage stellte.

»Wer ist denn sonst noch entlassen worden?«

»Ellen Oliphant, Jessica Puffer.« Die Namen sagten Max nichts. »Quent Durward. Über den haben wir früher in der Schule mal ein Buch gelesen. Aber das war bestimmt nicht derselbe. Donald Dork. Was für ein Name! Und noch ein komischer Name, Nehemiah Billingsgate. Abigail Billingsgate. Vermutlich seine Frau. Edward Ashbroom. Obed Ogham.«

»Ogham? Wann wurde der denn entlassen?«

»Heute früh. Gegen halb neun, glaube ich. Keine Minute zu früh, wenn Sie mich fragen. Ach herrje, Sie sind hoffentlich nicht mit ihm befreundet?«

»Hat so ein Mensch Freunde?«

Die Schwester lachte und verschluckte sich an ihrem Kaffee. »Jedenfalls nicht hier bei uns«, gelang es ihr hervorzubringen, nachdem Max ihr auf den Rücken geklopft hatte. »Ich kann mich nicht erinnern, jemals eine schlimmere Nervensäge auf der Station gehabt zu haben. Als sie ihn eingeliefert haben, hat er nur gestöhnt und sich aufgeführt, als hätte sein letztes Stündlein geschlagen. Kaum eine halbe Stunde später mimte er schon den Patienten von diesen komischen Genesungskarten, der allen Schwestern, die in seine Nähe kommen, an die Wäsche geht. Stellen Sie sich vor, er hat es sogar bei mir versucht!«

Dabei war sie mindestens fünfzig Jahre alt und zweifellos Mutter. »Ich habe ihm klargemacht, daß er seine Hände bei sich zu halten hat, sonst würde ich ihm mit der vollen Urinflasche eins auf die Nase geben.«

»Schade, daß Sie es nicht getan haben«, meinte Max. »War Ogham denn wirklich vergiftet? Ich habe zwar gesehen, wie er sich übergeben hat, aber das hätte auch an seinem Alkoholkonsum gelegen haben können. Er hat nämlich fürchterlich viel getrunken. Wissen Sie, ob bei allen Patienten Analysen gemacht wurden, nachdem man ihnen den Magen ausgepumpt hat?«

»Kann ich so genau nicht sagen, aber ich glaube kaum. Wir sind regelrecht mit Patienten überschwemmt worden, wie schon gesagt. Nachdem die Diagnose feststand, konnten wir weiter nichts unternehmen, als die Symptome zu behandeln, egal, welche Giftmengen die Leute geschluckt hatten. Es hätte wenig Sinn gehabt, bei jedem Patienten eine neue quantitative Analyse vorzunehmen. Ich meine, entweder der Patient erholt sich wieder oder –«

»Natürlich. Ich verstehe«, sagte Max schnell. »Ich meinte ja nur. Haben Sie sich persönlich um Ashbroom gekümmert?«

»Nein, er lag gar nicht auf unserer Station. Aber Mr. Durward lag hier bei uns. Der war wirklich merkwürdig. Man wurde einfach nicht schlau aus ihm. Manchmal kam man zu ihm rein, und er war die Freundlichkeit in Person. Beim nächsten Mal behandelte er einen dann wie Luft.«

»Wahrscheinlich hat er Sie überhaupt nicht gesehen. Der Onkel meiner Frau behauptet, Durward sei absolut blind und nur zu eitel, es zuzugeben. Hat Durward über das, was geschehen ist, gesprochen? Falls er überhaupt etwas gesagt hat, meine ich.«

»Und ob. Er hat sich nach Mr. Ogham und Mr. Dork erkundigt, daran erinnere ich mich genau. Er sagte, sie hätten sich gerade unterhalten, als der Zug verunglückt sei. Er wollte wissen, ob sie lebend geborgen worden waren. Er wollte mir einfach nicht glauben, als ich ihm klarzumachen versuchte, daß es gar keinen Unfall gegeben hat. Hat es doch nicht, oder?«

»Nein, der Zug hat nur plötzlich angehalten, und die Fahrgäste sind alle durcheinandergewirbelt worden, sonst nichts. War ihm denn bewußt, daß man versucht hatte, ihn zu vergiften?«

»Erst nachdem wir es ihm gesagt haben. Er dachte, es sei ausströmendes Gas oder so etwas gewesen, und davon sei allen schlecht geworden.«

»Er konnte sich aber daran erinnern, daß er Kaviar gegessen hatte?«

»Das schon, aber stellen Sie sich vor, er war wütend, weil er angeblich nicht genug abbekommen hatte. Scheinbar hatte er mit seinen Freunden in einer Ecke gestanden und sich unterhalten, und die Serviererin war nur einmal mit dem Tablett vorbeigekommen. Das erklärt wohl auch, warum sie heute morgen alle schon wieder entlassen werden konnten. Aber Mr. Durward war ziemlich beleidigt, weil man ihm nicht genug *Dövres* angeboten hatte. Ein Freund von mir sagt das immer. Mein Mann sagt *Ordüres.* Ich habe zu Mr. Durward gesagt, er soll lieber froh sein, daß er nicht mehr davon gegessen hat, aber er hat bloß gemeint: ›Sie hat schließlich nicht gewußt, daß Gift drin war. Es rechtfertigt also keineswegs, mich einfach zu übergehen.‹ Fällt Ihnen dazu noch etwas ein? So, jetzt muß ich aber wirklich wieder an die Arbeit.«

Sie stellte die beiden Kaffeebecher in den Korb der Spülmaschine und ging zurück zum Schwesternzimmer. Max beschloß, daß es auch für ihn an der Zeit sei, sich zu verabschieden. Wenn er sich jetzt auf den Korridoren herumtrieb und versuchte, Patienten zu befragen, würde man ihn ohnehin bald vor die Tür setzen.

Durch die offenstehende Tür von Marcia Whets Zimmer konnte er ihren Mann auf einem der Holzstühle mit den leuchtendbunten Plastikbezügen sitzen sehen, die Krankenhäusern angeblich eine freundliche Note verleihen. Er hatte den Stuhl neben das Bett gerückt und hielt die Hand seiner Frau. Sie schien zu schlafen. Max räusperte sich. Whet wandte sich um, legte Marcias Hand vorsichtig zurück auf die Tagesdecke und kam nach draußen auf den Flur.

»Sicher wollen Sie jetzt wieder nach Hause, nicht wahr, Max? Fahren Sie nur! Ich möchte noch bei Marcia bleiben.«

»Und wie kommen Sie zurück nach Boston?«

Whet zuckte die Achseln. »Irgendwie komme ich schon hin, denke ich. Ich könnte die Tolbathys fragen, ob ich bei ihnen übernachten kann, wenn dort überhaupt jemand daheim ist, den ich fragen kann. Wie geht es Tom, haben Sie irgend etwas in Erfahrung bringen können?«

»Besser, nehme ich an. Er ist bereits entlassen worden.«

»Das ist ja endlich mal eine gute Nachricht. Und Hester?«

»Sie muß weiter beobachtet werden, was immer das bedeutet.«

»Jedenfalls ist ihr Zustand nicht mehr kritisch.« Whet sah zu seiner Frau hinüber, als könne er gar nicht erwarten, wieder an ihrer Seite zu sein.

»Wissen Sie was«, sagte Max, »ich fahre rasch zu den Tolbathys und sage Bescheid. Tom freut sich bestimmt, daß Sie wieder zurück sind. Und bei der Gelegenheit kann ich ihn fragen, ob Sie die Nacht dort verbringen können.«

»Vielen Dank, das ist wirklich ganz liebenswürdig von Ihnen. Wahrscheinlich wird er sich wirklich über ein bißchen Gesellschaft freuen, da Hester noch im Krankenhaus liegt – und Wouter – mein Gott, ich kann mir gar nicht vorstellen, daß die beiden Brüder nicht mehr zusammen sein sollen. Bitte richten Sie ihm meine besten Wünsche aus. Oh, und könnten Sie ihn vielleicht bitten, daß er jemanden schickt, um mich abzuholen? Ich bin nicht sicher, ob er in der Lage ist, bereits selbst hinter dem Steuer zu sitzen.«

»Wird gemacht. Ich komme noch mal vorbei oder lasse Sie benachrichtigen.«

Max hätte sich zwar noch gern von seiner neuen Bekannten, der Krankenschwester, verabschiedet, doch die eilte gerade mit zusammengepreßten Lippen, eine Infusionsflasche unter dem Arm, über den Flur. Dies war nicht der geeignete Zeitpunkt für Höflichkeiten. Max ging hinaus und stieg in seinen Wagen.

Kapitel 17

Max verließ den Parkplatz unter den finsteren Blicken eines Polizisten, der aussah, als habe er kein Mittagessen gehabt und verdächtige Max Bittersohn, daran die Schuld zu tragen. Der Weg zum Krankenhaus war ausgeschildert gewesen. Max ging vernünftigerweise davon aus, daß die Straße, an der sich das Hospital befand, ihn schon irgendwohin führen würde, bog links ab und fuhr immer geradeaus, bis er schließlich an eine Kreuzung kam, die ihm zu seiner großen Erleichterung bekannt vorkam. Tatsächlich, dort war der hübsche kleine Delikatessenladen, und da war auch Angie und verstaute gerade einen großen Karton in einem Kombiwagen mit geöffneter Ladeklappe.

Max hatte lediglich hupen und weiterfahren wollen, doch Angie hatte ihn sogleich erkannt und winkte so heftig, daß er bremste und in die Auffahrt einbog.

»Was machen Sie denn hier?« erkundigte er sich. »Ich dachte, Sie wären irgendwo auf Achse und verdienten das große Geld.«

»Marge und Pam bereiten gerade ein Mittagessen vor«, erklärte sie, »und ich versuche mich auf die Riesenparty heute abend bei den Masons vorzubereiten. Gott sei Dank hat keiner abgesagt, aber wir haben strikte Order, keinen Kaviar zu servieren. Ich habe gehört, er wird bereits aus den Geschäften zurückgerufen. Ich wette, nach dieser Nachricht geht es dem armen Mr. Tolbathy noch schlechter als gestern. Er ist übrigens schon wieder aus dem Krankenhaus entlassen worden, wußten Sie das?«

»Wie haben Sie das denn herausgefunden?«

»Wenn Sie in Bexhill wohnten, hätten Sie diese Frage gar nicht erst gestellt. Wir hören die letzten Neuigkeiten, bevor sie überhaupt stattgefunden haben. Kunden kommen, kaufen ein paar Brötchen oder irgend etwas und unterhalten sich mit uns.«

»Ich hatte keine Ahnung, daß Sie auch ganz gewöhnliche Lebensmittel verkaufen.«

»Oh, das müssen wir sogar. Das ist die einzige Möglichkeit, unsere Unkosten zu decken, wenn der Party-Service nicht so gut läuft. Wir haben nicht jeden Tag zwei Aufträge gleichzeitig, wissen Sie. Wie geht es Ihrer Frau?«

»Fein. Wie wär's, wenn Sie mir etwas Leckeres verkaufen, das ich mit nach Hause nehmen kann? Haben Sie dazu Zeit?«

»Klar. Ich versuche lediglich, ein paar von den Sachen für heute abend vorzubereiten, damit ich nicht alles auf die letzte Minute machen muß. Wir haben sogar ein Mädchen extra für den Thekenverkauf, aber sie ist im Moment in der Mittagspause. Da fällt mir ein, haben Sie überhaupt schon gegessen?«

»Um ehrlich zu sein, nein. Ich komme gerade vom Krankenhaus, ich habe Mrs. Whets Mann hingefahren. Sie verkaufen nicht zufällig Sandwiches und Kaffee?«

»Sie können eine *Quiche* haben oder auch ein *Ploughman's Lunch.*«

»*Ploughman's* wäre großartig.«

Max betrat das Geschäft, setzte sich an einen der kleinen Tische und erwartete den beliebten englischen Pub-Lunch, einen kleinen Imbiß aus frischem Brot, Käse und Mixed Pickles, vielleicht noch mit etwas *Chutney* und einer reifen Tomate garniert.

Er hatte allerdings nicht damit gerechnet, daß die Tomate in Form einer Rose auf seinem Teller erblühen würde, doch offenbar war Angie nicht zu bremsen.

»Schade, hätte ich das geahnt, hätte ich mir ein Bier besorgt«, bemerkte er und schnupperte mit gebührender Anerkennung an dem knusprigen Brötchen.

Angie, die gerade einen Teller mit Brot und Käse für sich selbst geholt hatte, ging zum Kühlschrank und kehrte mit einer dunkelbraunen Flasche zurück.

»Wir haben keine Ausschanklizenz, also geht das hier auf Rechnung des Hauses. Fröhliche Weihnachten!«

»*Shalom.*«

Sie tranken ihr Bier, dann fragte Max: »Sind Ihnen irgendwelche Gerüchte über den Ehemann der Dame, die gestorben ist, zu Ohren gekommen?«

»Mr. Ashbroom? Nichts Spezielles, soviel ich weiß.«

»Wohnt er hier in der Nähe?«

»Klar, sogar hier in der Straße, in dem großen gelben Haus oben auf dem Hügel, genau vor dem Krankenhaus. Sie müssen daran vorbeigefahren sein.«

»Sie meinen das Haus mit den vielen Fenstern?«

»Genau. Der Anbau ist ein Gewächshaus. Die Ashbrooms sind absolute Pflanzenfans.«

»Das hat mir der Onkel meiner Frau auch schon erzählt.«

Angie kaute einen Moment an ihrem Käsebrot und sagte dann: »Wo wir gerade von Ehefrauen reden, frage ich mich, wann Mrs. Ashbroom beerdigt wird. Ich hoffe inständig, sie bitten uns nicht darum, danach im Haus die Trauergäste zu beköstigen. Wir sind die ganze Woche über ausgebucht. Außerdem hasse ich Beerdigungen.«

»Ich könnte mir denken, daß die Beerdigung nur im engsten Familienkreis stattfindet – wenn man die Umstände bedenkt«, überlegte Max.

»Es sei denn, es wird eine Doppelbeerdigung«, erwiderte Angie zynisch. »Vielleicht haben die Erben dann mehr Lust zum Feiern.«

»Wer erbt denn bei den Ashbrooms? Wissen Sie das? Haben die beiden Kinder?«

»Sie hat jedenfalls keine. Von ihm kann ich das nicht mit Bestimmtheit sagen.«

»Aha, so einer ist er also.«

»Ich selbst weiß nichts Genaues, aber in der Stadt wird so einiges gemunkelt. Vielleicht ist es ja auch bloß dummes Geschwätz.«

Max erachtete es nicht als seine Aufgabe, irgendwelchen Gerüchten nachzuspüren. Miss Moriston würde sich schon um diesen Aspekt kümmern, vorausgesetzt, Edward Ashbroom gab ihr Gelegenheit dazu. Er bezahlte für sein Mittagessen, bestand darauf, auch für Angies aufzukommen, kaufte einige süße Brötchen und *Petits fours* für Sarah und machte sich auf den Weg zu den Tolbathys.

Obwohl es sorgfältig instandgehalten war, wirkte das Anwesen bei Tageslicht irgendwie ungepflegt. Dieser Eindruck war sicher auf den plattgetretenen Rasen und die Abfallreste zurückzuführen, welche die zahlreichen Menschen, die am gestrigen Abend hier durcheinandergelaufen waren, überall verstreut hatten. Sogar ein fortgeworfenes Streichholzbriefchen erschien hier wie eine vorsätzliche Beleidigung. Max sehnte sich nach einem neuen Schneesturm, der alles wieder mit jungfräulichem Weiß bedecken würde.

Er wußte nicht, ob überhaupt jemand auf sein Klingeln reagieren würde, aber die Tür wurde beinahe auf der Stelle von Mrs. Rollo geöffnet.

»Guten Tag, Sir. Sie sind Mr. Kellings Neffe, nicht wahr?«

»So ist es«, entgegnete Max prompt, handelte es sich dabei doch offenbar um eine Art Sesam-öffne-Dich. »Meinen Sie, Mr. Tolbathy fühlt sich schon wohl genug, mit mir zu sprechen? Ich soll ihm etwas von Jem und Mr. Whet ausrichten.«

»Dann ist Mr. Whet schon zurück? Das freut mich aber. Einen Moment, ich sage bloß schnell Bescheid, daß Sie hier sind.«

Mrs. Rollo ließ Max im Salon warten und verschwand. Als sie wieder erschien, stand er vor einem Landschaftsbild von Alfred Sisley und war dabei, es fachmännisch zu begutachten.

»Er sagt, Sie können direkt zu ihm nach oben gehen. Die Treppe hoch und dann links. Ich hoffe, es macht Ihnen nichts aus, wenn ich Sie nicht nach oben begleite.«

»Ganz und gar nicht. Sie sind sicher noch völlig erschöpft von der letzten Nacht.«

Es war ganz einfach, das Schlafzimmer des Hausherrn zu finden. Es hatte ungefähr die Ausdehnung einer Kegelbahn. Tom Tolbathy ruhte in einem hohen Himmelbett mit Baldachin und sah darin mitleiderregend winzig aus. Sein Gesicht hatte nicht mehr Farbe als die altmodischen weißen Bettlaken mit dem üppigen Spitzenbesatz, doch er hatte noch genug Kraft, um Max die Hand hinzustrecken, als dieser zu ihm ans Bett trat.

»Hallo, Max. Danke, daß Sie mich besuchen kommen.«

»Wie geht es Ihnen, Tom?«

»So einigermaßen. Der Arzt hat gemeint, ich soll mich eine Weile schonen. Wie kommt es denn, daß Gerry sich gemeldet hat? Und wie hat er sich mit Ihnen in Verbindung gesetzt? Hat er Jem aus Nairobi angerufen?«

»Nein, er ist wieder im Lande. Heute früh angekommen, sagt er. Ich habe ihn zum Krankenhaus gefahren und dort gelassen. Ich soll Ihnen seine Grüße ausrichten und fragen, ob er vielleicht heute nacht in Ihrem Haus übernachten kann. Er würde gern in Marcias Nähe bleiben.«

»Natürlich. Ich würde mich sehr freuen, ihn hier zu haben. Ich kann mir vorstellen, wie Gerry sich jetzt fühlt. Haben Sie zufällig erfahren, wie es Hester inzwischen geht?«

»Der Stationsschwester zufolge steht sie weiter unter Beobachtung, doch sie ist außer Gefahr. Die Schwester hörte sich recht zuversichtlich an, falls Sie das irgendwie tröstet.«

»Im Moment klammere ich mich an jeden Strohhalm. Und was ist mit Marcia? Haben Sie sie gesehen?«

»Ja. Es geht ihr etwas besser. Sie gehört nicht mehr zu den kritischen Fällen, man hat ihr sogar schon eine Tasse Tee gegeben.«

»Gott sei Dank! Wenn Gerry nach Haus gekommen wäre, und sie wäre nicht mehr – aber ich vermute, es geht ihm auch so schon schlecht genug.«

»Es war bestimmt ein ziemlicher Schock für ihn. Er macht sich allerdings um Sie ebensolche Sorgen wie um seine Frau. Die Sache mit Ihrem Bruder hat ihn sehr mitgenommen.«

»Kann ich mir vorstellen. Der gute alte Gerry. Mein Gott, ich kann das doch auch noch gar nicht glauben. Jetzt geht irgendein dummes Gerücht herum, daß die Russen angeblich den Kaviar vergiftet haben. Allenthalben verlangt man, daß wir jede verdammte Konserve, die wir verkauft haben, wieder zurücknehmen.«

»Würde es schlimme Konsequenzen haben, wenn es wirklich dazu käme?«

»Für meine Firma, meinen Sie? Ich nehme an, es könnte uns ruinieren. Der Kaviar allein wäre wohl noch zu verkraften, aber die Folgen wären einfach katastrophal. Die Leute sind so mißtrauisch, wenn es um Gift in Lebensmitteln geht, wissen Sie. Was man ihnen nicht verdenken kann. Und wir sind nun einmal ein kleiner Familienbetrieb. Mehr haben wir auch nie sein wollen. Auch jetzt nicht. Es ist nicht schwer, uns in den Konkurs zu treiben. Aber irgendwie ist mir das im Moment völlig gleichgültig. Unser Großvater hat das Geschäft aufgebaut. Ich glaube, es würde mir gar nicht viel ausmachen, wenn ich jetzt derjenige wäre, der es zugrunde richtet.«

»Mal angenommen, die Geschäfte laufen weiter«, sagte Max, »welche Auswirkungen hätte der Tod Ihres Bruders auf die täglichen Geschäfte? Falls die Frage nicht taktlos ist.«

»Oh, Ihre Frage ist durchaus nicht taktlos.« Tolbathys Antwort klang irgendwie verwundert, als frage er sich, warum Max nicht ›irrelevant‹ gesagt hatte.

»Selbstverständlich werden wir Wouter vermissen. Mein Bruder war – oh, jeder hatte ihn gern. Niemand hat sich je darum gekümmert, was er eigentlich tat, es war einfach schön, ihn um sich zu haben. Was allerdings die Geschäfte angeht, glaube ich kaum, daß seine Abwesenheit irgend etwas ändern wird. Meine übrigens auch nicht, da wir schon mal beim Thema sind. Meine Söhne würden einfach einspringen und weitermachen. Sie erledigen sowieso schon die meiste Arbeit.«

»Ihre Söhne waren gestern abend aber nicht auf der Party.«

»Nein, sie sind mit den Whet-Kindern beim Skilaufen. Die Party war einzig und allein für gute alte Freunde von Hester und mir gedacht. Mit der Familie hatten wir bereits eine Riesenfeier an Thanksgiving, und zu Weihnachten wollten wir uns alle noch einmal treffen. Wouter war die Seele jeder –« Tom versagte plötzlich die Stimme.

»Schade, daß ich Wouter nie kennengelernt habe«, sagte Max.

»Sie hätten ihn gemocht.« Tom schneuzte sich die Nase. »Alle haben ihn gemocht.«

»Sind Sie da ganz sicher?«

»Wie bitte? Ach so, ich verstehe. Max, Sie wissen doch selbst, daß sogar die Polizei Wouters Tod für einen Unfall hält!«

»Das weiß ich. Und ich nehme an, Sie wissen so gut wie ich, daß sie das aus demselben Grund tun, aus dem sie den vergifteten Kaviar den Russen in die Schuhe schieben. Sie tun es Ihnen zuliebe, weil sie annehmen, daß Sie es so wünschen. Tun Sie das?«

»Mein Gott, was für eine Frage.«

Tolbathy seufzte und blieb eine ganze Weile stumm. Dann schüttelte er den Kopf, ganz langsam, als bereite ihm jede Bewegung Schmerzen. »Nein, das will ich nicht. Man kann kein Verbrechen unter den Teppich kehren. Wir müssen sie also mit ihren Ermittlungen fortfahren lassen, damit sie herausfinden, welcher von meinen Gästen Wouter umgebracht und dann versucht hat, die übrigen Gäste zu vergiften. Das wird die Firma retten, doch Gott allein weiß, wie schrecklich die Folgen sein werden. Zerbrochene Freundschaften, öffentliche Demütigungen.«

»Aber wenn Sie auf der Vertuschung bestehen, könnte es gut sein, daß Sie bald nicht mehr sehr viele Freunde haben werden, die Sie noch vor den Kopf stoßen könnten. Und Ihre Familie existiert dann vielleicht auch nicht mehr. Jemand, der ohne die geringsten Skrupel ein tödliches Gift unter das Essen einer ganzen Zugladung Menschen mischt, die angeblich seine Freunde sind, schert sich bestimmt nicht übermäßig um die Unantastbarkeit des menschlichen Lebens. Er sitzt wahrscheinlich gerade in irgendeiner Bar und genehmigt sich in aller Gemütsruhe einen Drink, feiert seinen Erfolg und grübelt bereits über seinen nächsten Schachzug nach.«

»In Ordnung, Max. Ich habe gesagt, was Sie von mir hören wollten. Jetzt sagen Sie mir, wie es weitergehen soll.«

»Teilen Sie der Polizei klipp und klar mit, daß Sie keine Rücksicht wünschen, sondern die Wahrheit.«

»Die werden mir gar nicht erst glauben, wenn ich ihnen nicht ein paar handfeste Beweise liefere. Sie dürfen nicht vergessen, daß sie sich schon ziemlich weit aus dem Fenster gelehnt haben.«

»Ich weiß. Darauf wollte ich gerade zu sprechen kommen. Wir können kaum erwarten, daß sie sich jetzt ein Bein ausreißen, um nach irgend etwas zu suchen, das sie im Grunde gar nicht finden wollen. Also bleibt uns nichts anderes übrig, als ihnen einen Köder hinzuwerfen, dem sie nicht widerstehen können. Wir könnten mit dem Colchicin anfangen. Kennen Sie jemanden außer Wouter, der ein Mittel gegen Gicht einnimmt? Wissen Sie, von wo er es bezieht? Kennen Sie einen Apotheker, der uns darüber Auskunft geben könnte, wie Colchicin gewonnen wird? Verflixt, ich sollte das eigentlich selbst wissen, schließlich habe ich lange genug in einem Drugstore gearbeitet, als ich das College besuchte. Allerdings habe ich die meiste Zeit nichts anderes als Bananensplits gemacht.«

Tolbathy schenkte Max den Anflug eines schmerzlichen Lächelns. »Wenn Wouter hier wäre, würde er sagen, daß man in diesem Fall logischerweise mit den Bananensplits anfangen sollte.«

»Und damit hätte er wohl auch recht. Besitzen Sie ein Wörterbuch oder ein Lexikon?«

»Sicher. In der Bibliothek. Sie brauchen nur nach unten zu gehen, der Raum rechts hinter der Treppe.«

»Vielen Dank.«

Max ging hinunter. Die Bibliothek war ein stattlicher Raum mit hohen Wänden und muschelförmigen Bögen über den zahlreichen Bücherregalen, antiken Globussen auf geschnitzten Sockeln aus Walnußholz, Tischen mit lederüberzogenen Platten, auf denen riesige geöffnete Folianten mit wundervollen Drucken von Lokomotiven aus der Zeit der alten *Ironsides* und der *Best Friend of Charleston* lagen; an den Wänden gab es Stahlstiche von alten

Bahnhöfen und Landkarten mit längst vergessenen Eisenbahnstrecken. Ein großartiger Raum, in dem man den ganzen Tag herumstöbern konnte, ein Vergnügen, das Max sich aus Zeitmangel leider verwehren mußte. Er entdeckte eine große Webster-Enzyklopädie auf einem hölzernen Drehpult und schritt zielstrebig darauf zu.

»*Colchicin:* giftiges Alkaloid, gewonnen aus Samen und Knolle des Liliengewächses *Colchicum autumnale.* In der Medizin als Gicht- und Rheumamittel eingesetzt, wird außerdem in der Zucht von Pflanzen, Obst usw. benutzt.«

Dazu gab es eine detaillierte kleine Zeichnung der Pflanze. Der Name ging möglicherweise auf die Landschaft Kolchis zurück, die Heimat von Medea, die, wie das Nachschlagewerk Max freundlich erinnerte – als ob er es nicht sowieso gewußt hätte –, eine Zauberin und Giftmischerin aus der antiken Mythologie war. Colchicum, so erfuhr er weiter, war auch bekannt unter dem Namen Herbstzeitlose, sah aus wie ein Krokus, blühte jedoch nicht im Frühjahr, sondern, wie der Name schon sagte, im Herbst. Bestimmt fand sich bei jedem verfluchten Gartenenthusiasten in Bexhill ein Eimer voll Colchicinpulver und eine ganze Wiese mit Herbstzeitlosen. Max schlug das Buch verärgert zu und ging wieder nach oben.

»Kennen Sie jemanden hier in der Gegend, der Herbstzeitlose züchtet?« fragte er Tom Tolbathy.

»Herbstzeitlose? Wird Colchicin daraus gewonnen?«

»So steht es in Ihrem Lexikon. Offenbar handelt es sich um eine sehr verbreitete Pflanze.«

»Ich kenne mich leider in Botanik nicht besonders gut aus. Hester könnte Ihnen sicher eher helfen. Oder Dork. Er weiß alles über – oh Gott!«

»Verstehen Sie mich j e t z t?« wollte Max wissen.

Es waren einfach zu viele leidenschaftliche Gärtner in diesem Zug gewesen. Momentan kreisten Max' Gedanken um Gerald Whet. Warum hatte Toms Busenfreund nicht die geringste Reaktion gezeigt, als Max das Colchicin erwähnt hatte? Man mußte sich schließlich nicht das Hirn zermartern, um von Colchicin auf Colchicum zu kommen, vor allem dann nicht, wenn man ständig mit giftigen Pflanzen zu tun hatte.

Tom Tolbathy spukten wohl ähnliche Gedanken im Kopf herum. Er war in seine Kissen zurückgesunken und so blaß geworden, daß Max Angst bekam.

»Soll ich das Hausmädchen rufen?« fragte er.

»Nein, lassen Sie nur. Es ist alles in Ordnung. Wahrscheinlich das Alter. Ich bin im August vierundsiebzig geworden. Eine ganz schön lange Zeit; vielleicht zu lange. Bisher ist immer alles in meinem Leben glattgegangen. Nie ist etwas wirklich Schlimmes passiert, sofern man den Krieg ausnimmt, in dem Cousin Bigelow gefallen ist. Wir sind zusammen aufgewachsen, Wouter, Biggie und ich. Und jetzt bin ich ganz allein übrig.«

»Sie haben doch Ihre Freunde.«

»Ja, wenigstens da ist mir mein Glück treu geblieben. Jem und Gerry und die anderen Clubbrüder sind noch da. Biggie wäre bestimmt auch einer von uns geworden, wenn er am Leben geblieben wäre. Max, ich werde damit nicht fertig. Tun Sie, was Sie für richtig halten! Und könnten Sie mir vielleicht behilflich sein, ins Badezimmer zu kommen, bevor Sie gehen? Das wäre sehr freundlich von Ihnen.«

»Natürlich.«

Max sorgte dafür, daß Tom Tolbathy ins Badezimmer und wieder sicher zurück in sein Bett gelangte.

»Tut mir leid, daß ich Sie so beansprucht habe.«

»Schon gut«, entgegnete Tolbathy. »Sie handeln vollkommen richtig. Sagen Sie Gerry, er kann den Volvo benutzen, wenn er mag. Ich lasse Rollo nicht gern nach Anbruch der Dunkelheit fahren. Und sorgen Sie bitte um Gottes willen dafür, daß man Hester so lange im Krankenhaus behält, bis sie wieder ganz über dem Berg ist. Wenn ich sie auch noch verliere –« Tolbathy ließ den Satz unvollendet.

Kapitel 18

»Hester ist bestimmt bald wieder gesund und munter«, sagte Max und hoffte inständig, daß er damit recht behalten würde. »Und Ihre Freunde ebenfalls.« Zumindest jene, die noch nicht gestorben waren.

»So, jetzt können Sie sich ein wenig ausruhen, aber ehe ich gehe, würde ich mich gern ein wenig im Zimmer Ihres Bruders umschauen. Da Sie sagen, er habe keine Feinde gehabt, müssen wir herausfinden, aus welchem Grund er getötet wurde. War er vielleicht gemeinsam mit einem anderen Bruder an irgendeiner Sache beteiligt, die er selbst möglicherweise für einen harmlosen Streich gehalten hat? Nach Jems Urteil nehmen sich die Clubbrüder offenbar liebend gern gegenseitig auf den Arm.«

»Stimmt«, gab Tolbathy zu. »Möglich wäre es schon. Obwohl Wouter eigentlich nicht der Richtige war für – ich weiß nicht recht, wie ich es ausdrücken soll.«

Max versuchte ihm zu helfen. »Als ich heute nachmittag Ihrem Freund Whet gegenüber erwähnte, daß Jem sich die Hüfte verletzt hätte – er wußte zu diesem Zeitpunkt allerdings noch nichts von den Ereignissen im Zug –, wollte er sich als erstes einen ausgestopften Tintenfisch besorgen, um ihn Jem ins Krankenhaus zu schicken. Wäre Wouter der Mann gewesen, den Whet gebeten hätte, den Tintenfisch abzuliefern?«

»Wahrscheinlich nicht«, erwiderte Tom. »Wouter hätte den Tintenfisch auch für eine hervorragende Idee gehalten; ich wäre wohl selbst Feuer und Flamme, wenn ich dazu in der richtigen Stimmung wäre. Aber das Problem mit Wouter war, daß man nie wissen konnte, was dabei herauskam, wenn *er* die Hand im Spiel hatte. Er hätte womöglich gedacht, wenn ein ausgestopfter Tintenfisch gut sei, wäre ein lebendiger bestimmt noch besser, und warum sollte er dann nicht gleich ins Zimmer trippeln, Ballettschuhe tragen und Tango tanzen? Wenn sich das als nicht machbar erwiesen hätte, wäre Wouter hingegangen und hätte eine Attrappe gebaut, zwei Meter hoch und mit beweglichen Tentakeln, wäre selbst hineingestiegen und ins Zimmer stolziert, hätte die Augen verdreht und mit den Beinen geschlenkert und dem armen Jem einen solchen Schrecken eingejagt, daß er sich bereits im *Delirium tremens* geglaubt hätte.«

Tolbathy rang sich ein Lächeln ab. »Ich muß zugeben, daß diese Idee ihren eigenen verrückten Charme hat. Den hatten Wouters Unternehmungen meistens.«

»Hätte Ihr Bruder denn wirklich einen mechanischen Tintenfisch bauen können?«

»Sicher, das wäre für ihn kein Problem gewesen. Wouter hatte ein unglaubliches Talent für derartige Dinge. Einer unserer Enkel schwört im Moment auf *Dungeons and Dragons,* also hat ihm Wouter zu Weihnachten einen Drachen gebaut, der sogar richtig Feuer speien kann.«

»Alle Achtung.«

»Bloß Funken von irgendeinem Schaltrad, und das rote Licht im Hals rührt von einer Batterie her, aber die Wirkung ist enorm. Der Drache pafft natürlich auch Rauchwolken. Das hat Wouter mit Schwefel bewerkstelligt.«

»Wie groß ist das Untier denn?«

»Etwa eineinhalb Meter. Wouter wollte ihn lebensgroß, aber Hester hat es schließlich geschafft, seinen Enthusiasmus ein wenig zu dämpfen. Wooties Zimmer im Internat war winzig und bis zur Decke vollgestopft mit Gott weiß was für Zeug. Der Drache steht noch in Wouters Arbeitszimmer. Wouter wohnt – wohnte – in den Räumen über dem Küchenflügel. Den Flur geradeaus, an der Treppe vorbei, dann am Bogen rechts und durch die Tür am hinteren Ende. Sie ist nicht verschlossen. Wir hatten nie etwas voreinander zu verbergen.«

Tom Tolbathy schaute Max nicht an, er sah eigentlich gar nichts an; sein Blick war trostlos angesichts einer Zukunft ohne einen Bruder, der feuerspeiende Drachen zu bauen vermochte. Max ließ ihn mit seinem Kummer allein und machte sich auf die Suche nach Wouters Zimmern. Als er die stets unverschlossene Verbindungstür öffnete, hörte er ein Knurren.

Es stellte sich heraus, daß es von Rollo kam.

»Schon gut«, versuchte ihn Max in demselben Ton zu besänftigen, den er auch einem feindseligen Hund gegenüber angeschlagen hätte. »Alles in Ordnung. Mr. Tolbathy hat mir erlaubt herzukommen, um mich ein wenig umzusehen.«

Rollo sagte nichts, sondern machte nur eine ruckartige Bewegung mit dem Kopf. Max interpretierte dies als Zeichen der Zustimmung und ging weiter.

Dies hier mußte Wouters Wohnzimmer gewesen sein. Hester oder wer auch immer hatte den Raum mit viel Mühe und Einfühlungsvermögen in den diskreten Brauntönen und grobgemusterten Stoffen dekoriert, die Männer angeblich so schätzen. Wouter hatte die Behaglichkeit durch eigene Akzente ergänzt.

Ein Skelett mit beweglichen Gelenken ruhte auf dem Sofa, sittsam in ein rotes Nachthemd aus Flanell mit einem Monogramm auf der Brust gehüllt, der Schädel war bequem auf ein zerknittertes Satinkissen gebettet. Ein Topf mit einer Avocadopflanze, die über zwei Meter maß, stand auf Rollschuhen. An den Zweigen hingen Schnüre mit vergoldeten Erdnüssen. Normalerweise hätte Max sie für Weihnachtsdekoration gehalten, doch jetzt, da er mit Wouters Denkweise ein wenig besser vertraut war, mußte er wohl davon ausgehen, daß sie als kleine Snacks für durchreisende Eichhörnchen mit anspruchsvollem Geschmack gedacht waren.

Der nächste Raum hatte wohl ursprünglich als Schlafzimmer dienen sollen. Doch auch hier waren die Bemühungen des Innenarchitekten vergeblich gewesen. Bett und Kommode waren zur Seite geschoben worden, um Platz für eine Werkbank, eine elektrische Säge, eine Drehbank und Unmengen von Werkzeug zu schaffen. Und zwischen den Bohrmaschinen und Hämmern stand ein stattlicher grüner Drache mit leuchtendgelbem Bauch, einem geschmackvollen orangefarbenen Schlips und Schuppen, die dezent in allen Farben von Türkis bis Hellgrün schillerten.

Rollo hegte ganz offensichtlich Onkelgefühle für diesen Drachen. Er drehte an einer Kurbel, um ihn Max vorzuführen. Und tatsächlich, aus den Nüstern quoll Dampf, kleine Rauchwölkchen kräuselten sich über dem Haupt, eine leuchtende Zunge schoß wie eine Flamme aus dem scharlachrot eingefaßten Drachenmaul, Funken stoben, während die Ratsche ein wundervoll rasselndes Gebrüll ertönen ließ.

Der Drache war auf rote Holzräder montiert und konnte mittels einer Kordel gezogen werden. Rollo marschierte damit durch den Raum, stolz wie ein Zweijähriger, der sein neues Weihnachtsgeschenk präsentiert, während der Drache so überzeugend schnaubte, rauchte und Funken sprühte, daß selbst die anspruchsvollsten jungen Herren in Wooties Internat ihre helle Freude daran gehabt hätten.

»Isser nicht schön?« wollte Rollo wissen.

Max konnte natürlich nur zustimmen und hatte damit Rollos Herz erobert. »Woll'n Sie auch die Züge sehen?«

»Unbedingt. Wo sind sie denn?«

»Hier lang.«

Was die Räumlichkeiten anging, hatte Tom seinen Bruder wirklich großzügig bedacht. Hinter der Drachenhöhle gab es noch einen weiteren Raum. Dieses Zimmer war bei weitem das größte und wurde von einer riesigen, komplizierten elektrischen Eisenbahnanlage ganz und gar mit Beschlag belegt.

Und Wouter hatte nichts ausgelassen. Er hatte Berge mit Tunneln geschaffen, Flüsse mit Brücken darüber, anheimelnde, malerische Dörfchen und große Städte, die von verblüffend naturgetreuen eintönigen Vororten umgeben waren. Da war ein Hochhaus mit einem Fensterputzer, der vor den Spiegelfenstern pendelte und auf seinem winzigen Gerüst von Stockwerk zu Stockwerk hochgezogen oder heruntergelassen werden konnte. Es gab ein Fast-Food-Restaurant mit winzigen Hühnern, die an der einen Seite mit leeren Flügeln hineingingen und an der anderen Seite mit kleinen Papiertüten wieder herauskamen. Max fühlte sich ein wenig unbehaglich bei dem Gedanken, was Wouter sich wohl als Inhalt dieser Tüten vorgestellt hatte.

Es gab Lokomotivdepots, Rangierbahnhöfe und Weichenstellanlagen in rauhen Mengen. Rollo begann, an einem immensen Schaltpult alle möglichen Hebel zu betätigen. Lichter blinkten auf, Pfeifsignale ertönten, Personen- und Güterzüge sausten über die Brücken und durch die Tunnel, arbeiteten sich Berge hinauf und wieder hinunter in die Täler. Waggons wurden angekoppelt und wieder abgekoppelt, hin- und herrangiert, von anderen Lokomotiven übernommen und unablässig im Kreis auf den Schienen herumgefahren.

Offenbar war alles in stetiger Bewegung. Die Hühnchen marschierten in das Restaurant hinein und kamen wieder heraus, der Abfall auf den Müllhalden wurde von Kränen aufgepickt und herumgeschwungen, ein Löffelbagger an einer Baustelle schaufelte Sand von einer Halde und lud ihn dann auf einer anderen Halde wieder ab. Für Menschen, die gern mit Hebeln spielten und

Freude daran hatten zuzusehen, wie man mit wenig Aufwand große Wirkung erzielte, mußte diese Anlage ein Erlebnis sein.

Max konnte sich lebhaft vorstellen, wie Wouter am Schaltpult waltete, die Hebel betätigte und den verrückten Hühnern zusah, wie sie sich ihren Weg in das Restaurant und wieder heraus hackten. Bestimmt hatte er dabei seine Lokomotivführerkluft getragen, die er auch angehabt hatte, als Max und Tom ihn tot im Führerstand fanden. Er entdeckte einen identischen Anzug, der an der Innenseite der Tür hing. Vielleicht besaß Wouter aber auch spezielle Overalls für große und kleine Züge. Oder der Anzug an der Tür war Besuchern zugedacht.

»Sind viele Freunde der Tolbathys hergekommen, um mit Wouters Zügen zu spielen?« erkundigte er sich bei Rollo.

»Worauf Sie sich verlassen können. Die sind manchmal in drei Reihen um die Anlage gestanden und haben *Casey Jones* und *Runaway Train* gesungen, sich die Kehlen mit 'ner Ladung Martinis geschmiert und mich dann runtergeschickt, um Nachschub zu holen. Meine Herrn, wir haben hier oben oft einen Riesenspaß gehabt.«

Nachdenklich koppelte Rollo von seinem Schaltpult am anderen Ende des Raumes aus einen Kühlwagen ab, der zur Chesapeake&Ohio-Linie gehörte und nun an einen vorbeifahrenden Bangor&Aroostock-Güterzug ankoppelte.

»Wie haben Sie das denn gerade gemacht?« wunderte sich Max.

»So hab' ich das gemacht«, entgegnete Rollo und betätigte wieder die Hebel.

»Sie können also von Ihrem Platz aus Waggons an- und abkoppeln? Mein Cousin hatte auch eine elektrische Eisenbahn, als wir Kinder waren, aber er mußte die Waggons immer mit der Hand anhängen.«

Rollo schenkte Max einen herablassenden Blick. »Kinderkram. Vielleicht genug für euch Grünschnäbel, aber das hier ist was für Große. Zuerst mußte das auch mit der Hand gemacht werden, aber dann hat Wouter elektromagnetische Spulen eingebaut. Warten Sie, ich zeig' Ihnen mal was.«

Er bewegte einen großen Hebel. Züge, Kräne, sogar die marschierenden Hühner blieben abrupt stehen. Dann verließ er den Raum. Durch die offenen Türen konnte Max sehen, wie Rollo vorsichtig um den Drachen herumging und an der am weitesten entfernten Tür stehenblieb. Er hatte die Hände in den Taschen und versuchte auf ziemlich auffällige Weise so auszusehen, als bewege er sich nicht. Urplötzlich begannen die Züge wieder zu fahren.

»Das hat Wouter auch immer gemacht«, gluckste er. »Den Trick hat er keinem verraten.«

Das wäre wahrscheinlich auch gar nicht notwendig gewesen. Max hatte natürlich längst erraten, daß es sich um eine kleine Fernbedienung handelte, wie sie viele Leute für ihr Garagentor oder den Fernsehapparat benutzten.

»Hat Wouter alles selbst ausgetüftelt«, prahlte Rollo. »Die Züge hier sind fast alle noch von seinem Vater oder von Tom und Wouter, als sie klein waren. Wouter hat die Schalter selbst konstruiert und eingebaut. Auch in die Kräne. Sogar in die kleinen Hühner da, damit die ihre kleinen Tüten hochheben und wieder absetzen können.«

»Gütiger Himmel! Wouter muß ja ein wahrer Zauberer gewesen sein!«

»Jawoll! Hat nicht viel gegeben, was Mr. Wouter nicht hingekriegt hat, wenn er sich's in den Kopf gesetzt hat. Und er hat immer 'ne Menge merkwürdiger Ideen gehabt.«

»Das glaube ich gern«, meinte Max und betrachtete dabei die Hühner. Ihm war gerade auch eine Idee gekommen.

»Sagen Sie mal, Rollo, hat Wouter ab und an Aufträge für seine Freunde erledigt? Deren Züge repariert oder dergleichen?«

Rollo tat so, als habe er Max' Frage nicht verstanden. »Warum hätt' er denn Aufträge annehmen sollen? Mr. Wouter hat doch hier schon genug zu tun gehabt, finden Sie nicht?«

»Hat man ihn denn nicht manchmal um etwas gebeten? Warten Sie, ich formuliere die Frage anders: Stellen Sie sich einmal vor, Sie hätten selbst eine elektrische Eisenbahn wie diese hier und wollten Ihren Kran auch so herrichten lassen, daß er Sand hochheben und fallenlassen kann; hätten Sie dann nicht Wouter Tolbathy gebeten, das für Sie umzurüsten?«

»Hm.« Rollo gab einen gurgelnden Laut von sich, der sich wie ein Lachen anhörte. »Nö, das hätt' ich wohl nicht.«

»Aber warum denn nicht? Sie haben doch eben selbst gesagt, daß er einfach alles konnte.«

»Deswegen hätt' ich ihn ja eben nicht gefragt. Wissen Sie, Mr. Wouter hatte schrecklich viel Phantasie. Damit mein' ich, daß er einem zwar liebend gern 'nen Gefallen tat, aber wenn er erst mal damit fertig war, konnte man nicht sicher sein, ob der Kran auch wirklich Dreck hochheben würde oder ob er nicht etwa *The Wreck o' the Old Ninety-Seven* spielen oder sogar 'ne frischgefangene Forelle braten würde.«

»Ich verstehe.«

Alle, die Wouter gekannt hatten, waren in diesem Punkt offenbar einer Meinung. Niemand hatte ihm auch nur einen Zentimeter über den Weg getraut, und zwar nicht etwa, weil er böswillig oder unfähig gewesen war, sondern weil er einfach der Versuchung, seine Arbeit interessanter zu gestalten, nicht hatte widerstehen können.

Andererseits hatte er für seinen drachenbegeisterten Großneffen Wootie, der nach ihm benannt worden war, nicht etwa einen Greif, ein geflügeltes Ungeheuer oder einen Kameloparden kreiert, sondern einen durch und durch normalen Allerweltsdrachen. Offenbar hatte man ihm lediglich eine völlig verrückte Aufgabe stellen müssen, um sicher zu sein, daß er sie ganz nach Wunsch ausführte. Und genau das war offenbar geschehen, vermutete Max. Wer aber mochte der Auftraggeber gewesen sein?

Kapitel 19

Jem hatte Max erzählt, daß Dork, der Mann mit dem Niednagel, ein unmittelbarer Nachbar der Tolbathys war – jedenfalls für Bexhiller Verhältnisse. Da Dork zur gleichen Zeit wie Tom entlassen worden war, sprach einiges dafür, daß er sich momentan ebenfalls zu Hause in seinem Bett befand. Max beschloß, lieber nicht vorher anzurufen, um festzustellen, ob Dork ihn zu empfangen gedachte oder nicht. War es doch weitaus schwieriger, einen Besucher abzuwimmeln, der bereits auf der Türschwelle stand. So ließ er sich also von Mrs. Rollo den Weg erklären und ging.

Dorks Anwesen bildete einen interessanten Kontrast zu der würdigen, relativ schmucklosen Villa der Tolbathys. Sein Haus war augenscheinlich von einem Liebhaber alter Kuckucksuhren entworfen worden, und zwar zu einer Zeit, als das gotisch Groteske bei den Viktorianern noch als der letzte Schrei galt. Es gab eine Unmenge von Konstruktionen aus dunklem Holz, mit Schnitzereien und allerlei Ornamenten verziert, diverse Zinnen, Krenelierungen, zahllose Fensterformen und weiß der Himmel, was sonst noch. Wahrscheinlich lebten darin ein wunderlicher alter Mann und eine wunderliche alte Frau, die wöchentlich dafür bezahlt wurden, daß sie in Bauerntracht aus Lackmuspapier aus ihrer jeweiligen kleinen Tür an der rechten oder linken Seite des Hauses heraustraten, sobald sich das Wetter änderte.

Auf dem Rasen wuchsen bei weitem zu viele Büsche, die man zu Kegeln, Kugeln, Obelisken, Kubussen und Dodekaedern gestutzt hatte. Viele von ihnen trugen Kapuzen aus Jute, um sie vor der Winterkälte und dem scharfen Wind zu schützen. Im Sommer boten sie bestimmt eine reizvolle Kulisse für Stockrosen, Mittagsblumen und andere Blumen, die man häufig auf kitschigen Grußkarten sieht, auf denen Kätzchen und Welpen mit blauäugigen

Babys inmitten der Blütenpracht vor riedgedeckten Häuschen Haschen spielen.

Als Krönung fehlte nur noch eine Schar kleiner Wildfänge mit Zipfelmützen, die fröhlich dahergetrabt kamen und ein Weihnachtslied vom Tannenbaum mit den grünen Blättern unter ihren Jutekapuzen trällerten. Doch die kleinen Wildfänge blieben leider aus. Geraume Zeit erschien überhaupt niemand, und Max begann schon darüber nachzudenken, ob er seine Nachforschungen nicht lieber anderswo fortsetzen sollte, als plötzlich ein rotwangiges kleines Püppchen in einem roten Samtkleidchen und kecken Ringelstrümpfchen die Tür öffnete.

»Fwöhlisse Weihnachten«, lispelte die Kleine.

»Dir auch fwöhlisse Weihnachten«, erwiderte Max. »Ist dein Gwoffater vielleisst zu Hause? Oder bisst du der Butler?«

»Wer ist denn da, Imogene?«

Eine stämmige junge Frau in einem bedauerlicherweise recht engen Kleid und rotweißen Ringelstrümpfen, in denen ihre Beine aussahen wie zwei verbogene, spiralig bemalte Stangen, wie man sie als Geschäftszeichen in den Schaufenstern amerikanischer Friseure findet, kam nachschauen, wem ihr Sprößling die Tür geöffnet hatte. Als sie Max sah, preßte sie Imogene sofort an ihren schützenden Rock.

»Falls Sie von der Presse sind –«

»Ich bin Jeremy Kellings Neffe.«

Die reizende Kleine riß sich gewaltsam vom Rockzipfel ihrer Mutter los und kreischte: »Sstimmt ganiss! Dass iss der Mann, der Cousine Sawah wegen ihwem Geld geheiwatet hat!«

»Bist du jetzt wohl still, Imogene!« wies die Mutter sie zurecht. »Man spricht doch nicht vor fremden Leuten von Geld. Außerdem weißt du genau, daß Cousine Sarah überhaupt kein Geld hat.«

»Wawum hat er sie dann geheiwatet?«

»Keine Ahnung, Schätzchen.«

»Weiss er ess denn selbss?«

»Und ob, aber dir werde ich es bestimmt nicht verraten«, beschied ihr Max.

Er kapitulierte vor der Kleinen und wandte sich der Mutter zu. »Ich weiß, daß Dork aus dem Krankenhaus entlassen worden ist, und ich muß ihn unbedingt sprechen. Wenn Sie mich nicht auf der Stelle einlassen, werde ich veranlassen, daß Jem überall verbreitet, Sie wollten Ihrem Kind zu Weihnachten eine Donald-Duck-Figur schenken.«

»Das können Sie doch nicht machen!« stieß die Frau entsetzt hervor.

»Mama, der Mann hat ein böwes Wowt gessagt«, kreischte die Tochter.

»Allerdings, und ich werde es gleich noch mal sagen, wenn ihr nicht endlich zu Potte kommt«, knurrte Max. »Wo haben Sie eigentlich diese Geschichte von Cousine Sarah her? Sie sind doch lediglich die Schwester von Cousin Lionels Frau, oder nicht?«

Inzwischen hatte er sie nämlich wiedererkannt. Die Strümpfe hatten ihn vorübergehend irritiert. Ihre Ähnlichkeit mit Tante Appie Kellings Schwiegertochter Vare reichte bereits aus, in Max ein Gefühl aufkeimen zu lassen, das ein schottischer Museumskurator einmal als das kalte Grauen bezeichnet hatte. Der Kurator hatte sich dabei zwar auf ein Pop-art-Kunstwerk bezogen, auf dem eine Suppendose dargestellt war, doch Vares Schwester sah in ihrem Aufzug ganz ähnlich aus, so daß die Analogie durchaus gerechtfertigt schien. Das bedeutete, daß der altkluge Fratz an ihrem Knie eine Cousine ersten Grades von Vares selbstgezogener kleiner Schlägertruppe Jesse, Woodson, James und dem kleinen Frank war. Diese fünf Schätzchen hätten sich durchaus gestern abend zusammengetan haben können, um den Zug anzuhalten und die Fahrgäste zur Strecke zu bringen; als Versuch, sich auf diese Weise einen langweiligen Abend abwechslungsreicher zu gestalten. Diese Theorie schien zwar überaus verlockend, doch war sie leider höchstwahrscheinlich absolut falsch. Max schenkte Imogene einen besonders strengen Blick und wandte sich im besten *Mike Hammer*-Stil wieder der Mutter zu. »Wenn Sie mich nicht sofort reinlassen, fange ich an zu quaken.«

»Unverschämtheit!«

Sie gab jedoch endlich die Tür frei und zog Imogene mit sich, so daß Max das Haus ohne jegliche Gewaltanwendung betreten konnte. Das Innere von Dorks Heimstatt entsprach so ziemlich seinen Erwartungen. Mit Ausnahme der Fahrkartenschalter hätte man glauben mögen, man befände sich in einer Miniaturversion der Pennsylvania-Station in New York, wie sie vor vielen Jahren einmal ausgesehen haben mochte.

Die Wände waren überladen mit gerahmten Fotografien, einige in Farbe, andere in Schwarzweiß, wieder andere auf recht unprofessionelle Art handkoloriert. Auf allen Bildern konnte man Bahnhöfe sehen, die von Gartenanlagen umgeben waren.

Die Möbel waren offenbar Nachahmungen aus der Zeit Jakobs I., mit einer auffallenden Vorliebe für Ziernägel aus Messing, außerdem gab es stinkvornehme Polstermöbel in Dunkelrot und Olivgrün. Ohne die störende Gegenwart der jüngeren Mrs. Dork, um die es sich allem Anschein nach handelte, sowie ihres grübchenbewehrten kleinen Lieblings hätte er die angenehm pompöse Wartesaalatmosphäre bestimmt genossen. Unter den gegebenen Umständen allerdings wollte er lediglich hinter sich bringen, weswegen er gekommen war, um sich möglichst schnell wieder aus dem Staub machen zu können.

»Komm schon, Imogene«, brummte er. »Bring mich zu deinem Großvater. Und bloß keine faulen Tricks.«

Imogene tippelte auf der Stelle zu ihm herüber und schob ihre kleine Hand in die seine. Doch dann riß sie sich unvermittelt wieder los, als habe sie eine heiße Herdplatte berüht. »Muß ich, Mommy?«

»Bring den Herrn bitte zu Großvater, Imogene.«

Lorista, das war ihr Name. Inzwischen war Max alles wieder eingefallen. Er hatte sie auf einer von Tante Appies schrecklichen Teepartys getroffen, zu denen die Kellings sich stets in Scharen einfanden, aus einem Grund, der ihm bisher verborgen geblieben war. Sie hatte ein grasgrünes Dirndl getragen, erinnerte er sich, und flache schwarze Schuhe mit einem scheinbar endlosen Gewirr aus Bändern über ihren dicken weißen Strümpfen. Vielleicht waren es aber auch ihre dicken weißen Beine gewesen. Er hatte es so lange ausgehalten, bis Lorista schließlich ihr Hackbrett herausgeholt und angefangen hatte, Volkslieder zum Besten zu geben. Daraufhin hatten Sarah und er Tante Appie mitgeteilt, daß sie unbedingt noch etwas erledigen mußten, und hatten sich rasch verabschiedet.

Sie waren zurück zu Jems Wohnung gegangen, und Jem hatte ebenfalls Volkslieder angestimmt: *Lisa and her Londonderry Air* und *Never Go Walking Out Without Your Hatpin.* Dann hatte Egbert mit Käse überbackenen Toast aufgetischt und dazu hervorragenden Weißwein serviert, und sie hatten alle gemeinsam auf den Frosch in Loristas Kehle angestoßen. Er lächelte bei der Erinnerung, während Imogene ihn an unzähligen weiteren Bahnhöfen vorbeiführte.

»Wo steckt denn dein Großvater?«

Beim Klang seiner Stimme zuckte sie nervös zusammen. »Im Wintergawten. Sie wollen doch niss wirklich – das schweckliche Gewäusch machen, oder?«

»Nicht, wenn du dich ordentlich benimmst. Dein Großvater kennt mich übrigens schon, du brauchst also gar nicht erst zu versuchen, irgendwelche Mätzchen zu machen. Wir haben uns gestern abend bei den Tolbathys kennengelernt.«

»Ssind Ssie denn ein Wusse?«

»Worauf du dich verlassen kannst. Ist er hier drin?«

»Ja«, flüsterte sie.

»Gut, und jetzt sei brav!«

Max drückte eine schwere Tür auf und fand sich inmitten einer Blumenschau wieder. Im Vergleich zu den relativ kleinen Räumen, durch die er gerade gegangen war, erschien der Wintergarten geradezu riesig. Ein anderer angenehmer Unterschied bestand darin, daß es hier mollig warm war. Wenn an diesem Tag die Sonne geschienen hätte, wären die Sonnenstrahlen bestimmt von dem Glasdach und den Fenstern eingefangen worden. Da dies jedoch nicht der Fall war, hatte man das Glas mit schwerem Isoliermaterial aus Baumwollwatte abgedeckt und eine Art Zentralheizung eingeschaltet.

Dies mußte der Raum sein, in dem die Dorks sich am liebsten aufhielten. Max sah bequeme Gartenmöbel auf einer Terrasse aus Steinplatten vor einem kleinen Häuschen, das offenbar der Werkzeugschuppen war. Auch dieses kleine Holzhaus war so gestaltet, daß es – wie hätte es anders sein können – wie ein Bahnhof wirkte. Am Eingang hing ein Schild, auf dem ›Dorks Bahnstation‹ zu lesen stand. Die Blumenkästen an den Fenstern schmückten weihnachtliche Stechpalmen und Efeu, fein säuberlich gesäumt von irgendwelchen weißblühenden Blumen, die Max noch nie zuvor gesehen hatte.

»Nieswurz«, erklang eine etwas dumpfe Stimme aus einem Rollstuhl, der neben einem kleinen Zierteich mit einem plätschernden Springbrunnen, echten Seerosen und lebendigen Goldfischen stand. »Weihnachtsrosen, wissen Sie. Bei den meisten Menschen blühen sie erst gegen Ostern«, fügte die Stimme selbstgefällig hinzu.

»Sehr hübsch«, sagte Max wahrheitsgemäß. »Wie fühlen Sie sich, Dork?«

»Ziemlich wackelig auf den Beinen. Sie sind Jems Neffe, nicht wahr?«

Imogene wollte ihrem Großvater widersprechen, schloß jedoch ihren kleinen rosigen Mund wieder und stellte sich lächelnd zwischen den Weihnachtsrosen in Pose.

»Angeheiratete Neffe«, berichtigte Max, um dem Kind den Wind aus den Segeln zu nehmen. »Jem hat mich geschickt, um mich zu erkundigen, wie es Ihnen geht.«

»Das ist nett von ihm. Und nett von Ihnen, zu kommen. Wie geht es denn dem alten Skorpion? Stellt bestimmt das ganze Krankenhaus auf den Kopf, kann ich mir vorstellen.«

»Womit Sie leider völlig recht haben. Als ich ihn das letzte Mal sah, ging es ihm gesundheitlich ganz gut, aber stimmungsmäßig miserabel. Übrigens, ich hoffe, der Rollstuhl bedeutet nicht etwa, daß –«

»Der bedeutet überhaupt nichts«, sagte Dork. »Mir geht es gut. Ich fühle mich natürlich noch ein bißchen schwach und schwindelig von den ganzen Demütigungen, die man in diesem Schlachthaus, das sich Krankenhaus schimpft, zu ertragen hat. Irgendeine Krankenschwester hat mich in einem Rollstuhl rausgefahren, als ich entlassen wurde, daraufhin hatte Lorista – meine Schwiegertochter – die glorreiche Idee, mich in diesen Rollstuhl zu setzen, als ich wieder zu Hause war.«

»Und wann war das?«

»Gegen neun Uhr heute morgen.«

»Und Sie haben sich seitdem die ganze Zeit hier im Wintergarten aufgehalten?«

»Ja, und ich bin verdammt froh, hier zu sein, das kann ich Ihnen versichern. Warum setzen Sie sich nicht ein Weilchen?«

Dork rollte auf die Terrasse hinüber und winkte Max auf einen der Stühle aus Aluminiumgeflecht. »Der Rollstuhl ist wirklich praktisch, das muß ich schon sagen. Wir haben das Ding damals für den Vater meiner Frau angeschafft, als er zu uns gezogen ist, um seine letzten Jahre hier zu verbringen. Jedenfalls haben wir das angenommen, doch dann ist er innerhalb eines Monats gestorben. Wir haben immer bedauert, daß sich der Rollstuhl nie richtig bezahlt gemacht hat, bis wir schließlich dazu übergegangen sind, ihn hier im Wintergarten zu benutzen. Man kann sehr bequem damit an den Blumenbänken vorbeifahren und die Pflanzen versorgen, ohne daß man sich ständig bücken muß. Sehen Sie?«

Dork begann am Terrassenrand entlangzurollen und zupfte dabei ein paar verwelkte Blätter von den Pflanzen ab. Das gab Max Gelegenheit, den berühmten Niednagel zu begutachten. Er fand ihn recht enttäuschend, allenfalls von zweiter oder dritter Größenordnung. Nicht gerade, wie es Samuel Johnson, der Verfasser des berühmten englischen Wörterbuchs, ausgedrückt hätte, ein ›besonders ins Auge springender Niednagel‹. Vielleicht hätte ihn außer Jem niemand auch nur der Erwähnung wert gefunden, und doch hing eine Menge von diesem Nagel ab. Max ertappte sich dabei, daß er so auffällig auf Dorks linken Zeigefinger starrte, daß der Besitzer es bemerkte und selbst seinen Finger finster anstarrte.

»Das Zeugnis ehrlicher Arbeit«, meinte Dork entschuldigend.

»Die sicher stets von Erfolg gekrönt war, wie ich annehme«, erwiderte Max höflich. »Jem hat mir erzählt, was für ein hervorragender Gärtner Sie sind. Haben Sie auch um die Weihnachtszeit viel zu tun?«

»Nein, eigentlich nicht. Für viele Pflanzen ist es zu spät, für andere zu früh. Und während der Feiertage gönnen wir uns normalerweise immer ein wenig Ruhe.«

Max griff das ›wir‹ sofort auf. »Wie geht es übrigens Mrs. Dork? Ich habe im Krankenhaus nichts über ihren Gesundheitszustand erfahren können.«

»Oh, dann waren Sie also im Krankenhaus? Dorothy erholt sich allmählich wieder, hat man mir gesagt, obwohl es ihr gestern noch sehr viel schlechter ging als mir.«

»Es ist wirklich merkwürdig, daß es so vielen Frauen schlechter ging als ihren Männern«, bemerkte Max. »Es würde mich interessieren, ob Frauen möglicherweise anfälliger sind für Colchicin als Männer. Oder vielleicht für Kaviar?«

»Wahrscheinlich letzteres. Frauen lieben eben einfach ausgefallene Speisen mehr als Männer, meinen Sie nicht auch? Wenn es nach mir ginge, so wäre ich schon vollauf zufrieden mit einer Portion Fisch und Chips auf einer Bank an irgendwelchen Gleisen, vor einem ruhigen kleinen Bahnhof irgendwo auf dem Lande, wo die Bienen zwischen den Skabiosen und Ranunkeln summen.«

Max dachte nicht daran, Dork zu den Skabiosen oder auch nur zu den Ranunkeln abschweifen zu lassen. »Sie haben demnach selbst nicht viel von dem Kaviar gegessen?« fragte er.

»Ich habe kaum etwas davon abbekommen. Dieser Esel Obed Ogham hat die Kellnerin immer wieder fortgewinkt.«

»Hätten Sie sie denn nicht wieder zurückwinken können?«

»Nicht, ohne ein Riesentheater zu verursachen. Sie kennen Obed Ogham offenbar nicht sehr gut.«

»Bis gestern habe ich keinen von Ihnen gekannt«, erinnerte ihn Max. »Außerdem fürchte ich, daß ich zum feindlichen Lager gehöre, jedenfalls, was Ogham betrifft. Waren Sie denn die ganze Zeit in seiner Nähe, als der Kaviar serviert wurde? Bis der Zug hielt?«

»Na ja, nicht die ganze Zeit. Das heißt, ich hielt mich bei den anderen auf, als dieser herausgeputzte Sommelier seine Kaviarnummer aufgeführt hat. Das erwartet Hester von uns, wissen Sie. Und selbst wenn Sie es nicht gewußt haben, ist es Ihnen bestimmt nicht entgangen. Für Hester ist das immer der wichtigste Programmpunkt von allen. Zuerst habe ich bei meiner Frau gestanden. Ich habe Dorothy ein Glas Champagner geholt, als der Mann mit dem Einschenken anfing, und dann bin ich zum Barkeeper gegangen und habe mir einen Scotch mit Soda besorgt. Dorothy hatte inzwischen eine Unterhaltung mit ein paar ihrer Freundinnen begonnen, daher habe ich mich zu Ed Ashbroom und Bill Billingsgate gesellt; wir haben uns gemeinsam in eine Ecke verzogen.«

»Und wo war Durward? Hat er auch bei Ihrer Gruppe gestanden?«

»Quent? Möglich. Ich kann mich nicht erinnern.«

»Das behauptet er jedenfalls.«

»Dann wird es wohl so gewesen sein, oder er hat es zumindest geglaubt, was bei Quent so ziemlich dasselbe ist.«

»Aber Sie hätten doch sicher gemerkt, wenn er sich an dem Gespräch beteiligt hätte.«

»Zweifellos, aber vielleicht hat er auch gar nichts gesagt, wissen Sie. Wir haben über Rittersporn gesprochen, und Quent kann nicht einmal eine Margerite von einer Glockenblume unterscheiden. Na ja, das ist vielleicht ein wenig übertrieben. Eine Rose würde er vielleicht an ihrem Duft erkennen, möglicherweise auch ein Maiglöckchen. Vielleicht sogar ein Veilchen –«

»Er ist also schon zufrieden, wenn er bloß dasteht und den anderen zuhört, wie sie sich über etwas unterhalten, von dem er nichts versteht?«

»Oh ja, er braucht nur unsere Stimmen zu hören, wissen Sie. Quent ist wirklich ein feiner Kerl. Außerdem unterbricht Obed einen sowieso meist mit seinen Geschichten, und wenn Obed einmal in Fahrt ist, kommt außer ihm niemand mehr zu Wort.«

»Hat Ogham über Pflanzen gesprochen?«

»Das können Sie vergessen. Von dem Thema hat Obed keine Ahnung, und er ist sogar noch stolz darauf, daß er alle, die sich dafür interessieren, mit Verachtung straft. Er ist ein Sportfanatiker. Er war in seinem letzten Studienjahr Ersatzstürmer im Team der DARTMOUTH UNIVERSITY. Aber ich vermute, das war lange vor Ihrer Zeit.«

»Ein richtiger Mann, was?«

»Könnte man sagen. Jem hat dafür noch ganz andere Bezeichnungen.«

»Wass für welfe, Gwoffater?«

Imogene, der es zwischen dem Nieswurz, wo sie niemand beachtete, allmählich langweilig wurde, war zurückgekehrt, um an der Armlehne des Rollstuhls zu schaukeln.

»Na, na, na!« Dork lächelte sehr viel nachsichtiger zu dem Kind herab, als Max es an seiner Stelle getan hätte. »Hör auf, an dem Stuhl zu rütteln, Immy, sonst wird dein alter Opa noch seekrank. Warum läufst du nicht zu Mami und fragst, ob es schon Zeit für meine Medizin ist? Soll ich Ihnen vielleicht irgend etwas zu trinken kommen lassen, Max? Tee, Whiskey?«

»Nein, danke. Ich muß mich sowieso gleich auf den Weg machen. Außerdem möchte ich Sie nicht ermüden.«

Max wollte darüber hinaus die letzten Meldungen im Autoradio nicht verpassen und herausfinden, was es im Krankenhaus Neues gab.

Doch er zögerte noch. »Ich hätte da noch eine Frage, bevor ich gehe. Wachsen hier bei Ihnen vielleicht Herbstzeitlose?«

»Herbstzeitlose? Ach ja, Colchicum. Herbstkrokus. Ich persönlich mache mir nicht viel daraus. Ziemlich gewöhnliche Pflanze, finde ich. In meinem Bahnhofsgarten wäre sie kein besonderes Schmuckstück. Also, Max, nett, daß Sie hier waren. Kommen Sie doch noch mal vorbei, wenn ich mich besser fühle. Und bringen Sie den alten Tunichtgut Jem am besten gleich mit. Bestellen Sie ihm viele Grüße, und richten Sie ihm aus, er soll sich anständig aufführen. Muß er jetzt wohl notgedrungen, nicht wahr? Mit einer kaputten Hüfte? Ist bestimmt ein schrecklicher Schlag für den alten Wolf. Begleite Mr. Bittersohn bitte zur Tür, Immy.«

Immy erwies ihm diesen Gefallen gern. Als sie zur Eingangstür kamen, streckte sie ihm kühn die Zunge heraus. Max knurrte: »Vorsicht, Ducky!« Dann stieg er mit dem angenehmen Gefühl in seinen Wagen, seine Arbeit getan zu haben, auch wenn er der wohlverdienten Nachtruhe noch einige Stunden und viele Meilen harren mußte.

Er hatte befürchtet, die Nachrichten bereits verpaßt zu haben, doch er mußte diverse Werbespots über Gebrauchtwagen, orientalische Teppiche und am häufigsten empfohlene Hustensäfte über sich ergehen lassen, ehe er erfuhr, daß es keine weiteren Todesfälle gegeben hatte und gerade ein weiterer Schwung Patienten entlassen worden war. Die Sprecherin klang ein wenig verärgert, als sie die Meldung verlas.

Doch es gab auch eine interessante Neuigkeit zu berichten. Es hatte sich nämlich herausgestellt, daß die verstorbene Edith Ashbroom an Gicht gelitten und eine Medizin genommen hatte, in der Colchicin enthalten war. Da Colchicin nur langsam freigesetzt wurde und sich im Körper in Oxydicolchicin verwandelte (ein Wort, das der Sprecherin ein wenig Mühe zu bereiten schien), das in großen Dosen als Zellgift wirksam wurde, vermutete man, daß das Colchicin im Kaviar sich mit jenem Zungenbrecher in Edith Ashbrooms Körper verbunden und somit tödlich gewirkt hatte. Deshalb war *sie* gestorben, während die anderen überlebt hatten.

Max fragte sich, ob wohl gerade ein eingefleischter Kommunistenhasser ideologische Qualen zu durchleiden hatte, weil er jetzt dem fiktiven Russen, der angeblich den Kaviar vergiftet hatte, dafür zu Dankbarkeit verpflichtet war, daß er ihm – falls es sich überhaupt um einen Mann handelte – immerhin eine wohlfeile Erklärung für einen ansonsten recht eindeutigen Mord geliefert hatte. Er fragte sich darüber hinaus, wie viele Leute außer ihm wohl wissen wollten, wem bekannt war, daß Mrs. Ashbroom regelmäßig Colchicin eingenommen hatte, und möglicherweise beschlossen hatte, ihr ein wenig mehr davon zu verpassen und abzuwarten, was wohl passieren würde.

Ashbroom war ohnehin der nächste auf seiner Liste. Warum also nicht gleich hinfahren und ihn besuchen? Er mußte nur darauf achten, dort auf keinen Fall etwas zu trinken oder zu essen, sofern man ihm etwas anbot, und er sollte auf mögliche Karateschläge vorbereitet sein.

Kapitel 20

Max nahm den Weg über die Kreuzung, an der das Delikatessengeschäft lag, das offenbar gerade einen Riesenumsatz machte, und fuhr dann den Hügel hoch zu dem großen Haus mit den vielen Fenstern. Die zahlreichen Rolläden waren heruntergelassen, und ein Mann stand auf einer Leiter und nahm die Weihnachtsdekorationen ab. Er betrachtete Max eingehend, sagte jedoch nichts. Max sah zu, wie er die Leiter herunterstieg und sie zum nächsten Kranz weitertrug, dann begab er sich zur Eingangstür.

Dort fand er einen gewaltigen Türklopfer aus poliertem Messing in Form eines Schafes mit enorm dickem Fell. Zweifellos ein diskreter Hinweis auf die Wollquelle, der die Ashbrooms ihr gemeinsames Vermögen verdankten. Max hämmerte das Schaf mehrmals gegen die Tür, doch niemand kam, daher versuchte er sein Glück mit der Klingel.

Damit hatte er nach einer Weile mehr Erfolg. Nach einigem Warten erschien eine Frau mittleren Alters in einer ausgebeulten Cordhose und einem schmutzigen blauen Sweatshirt, auf dem in Brusthöhe das Wort ›Prima‹ aufgedruckt war. Sie riß die Tür auf, lehnte sich hinaus und brüllte dem Mann auf der Leiter zu: »Hör mit dem Faulenzen auf, und hol endlich die blöden Kränze runter!« Nachdem das erledigt war, wandte sie sich Max zu. »Und was wollen S i e?«

»Ich möchte mit Mr. Ashbroom sprechen.«

»Geht nicht. Der schläft.«

»Aber ich habe eine wichtige persönliche Mitteilung für ihn.«

»Was Sie nicht sagen. Genau dasselbe hat mal ein Medium zu mir gesagt. Angeblich eine Nachricht von meinem lieben verstorbenen Onkel Elmer. Aber ich wußte sofort, daß es nicht stimmen konnte, denn er hat nicht versucht, mich anzupumpen.«

Die Frau preßte die Lippen zusammen und starrte Max finster an, bis er sich fragte, ob er sie um ein paar Dollar bitten sollte, um seine ehrlichen Absichten unter Beweis zu stellen. Doch dann kam ihm die Idee, den umgekehrten Weg einzuschlagen und statt dessen ihr Geld anzubieten.

»Hier, das ist für das Schuldenkonto von Onkel Elmer«, schlug er vor und reichte ihr einen Zehndollarschein. »Lassen Sie mich jetzt herein?«

Sie betrachtete den Schein eingehend, faltete ihn zusammen und ließ ihn in ihre Hosentasche gleiten. »Sind Sie von 'ner Zeitung?«

»Nein.«

»Vom Fernsehen?«

»Nein.«

»Schade. Ich hätt' mich zu gern mal im Fernsehen bewundert. Wer sind Sie dann?«

»Jeremy Kellings Neffe. Angeheirateter Neffe.«

»Warum zum Teufel haben Sie das nicht gleich gesagt, statt mich arme Frau hier in der Eiseskälte stehen zu lassen! Hier kann man sich ja glatt den Hintern abfrieren. Kommen Sie rein, und pflanzen Sie sich irgendwo hin. Hat Egbert Sie geschickt?«

»Egbert hat im Moment alle Hände voll zu tun«, versuchte Max sich herauszureden. »Wissen Sie, daß sein Chef im Krankenhaus liegt?«

»Nein, aber wundern tut mich das gar nicht. Hab' mir schon immer gedacht, daß es ihn irgendwann mal erwischt. Was war es denn, Leberschwäche oder 'ne rachsüchtige Frau?«

»Gebrochene Hüfte. Er ist die Treppe runtergefallen.«

»Wessen Treppe war's denn?«

»Seine eigene.«

»Ach nein! Das hätt' ich allerdings nicht erwartet. Warten Sie hier, und wehe, Sie lassen irgendwas mitgehen! Ich schau' mal nach, ob Ihre Majestät schon wach ist.«

»Wie lange ist Mr. Ashbroom denn schon zu Hause?«

»Leider schon viel zu lange, wenn Sie mich fragen. Frank ist hin und hat ihn abgeholt, als die vom Krankenhaus heute morgen hier angerufen haben, wußten Sie das nicht? Dabei hatten wir uns schon so auf 'nen schönen ruhigen Tag gefreut, vielleicht sogar auch auf 'ne Doppelbeerdigung. Seit er wieder zu Hause ist, hat er in einer Tour rumgemeckert.«

»Ich dachte, Sie hätten gesagt, er schläft?«

»Der meckert im Schlaf genauso, wie wenn er wach ist. Ein echtes Naturtalent.«

»Woher wissen Sie das? Haben Sie ihm schon mal zugehört?«

»Ich? Da hab' ich weiß Gott Besseres zu tun. Ich bräuchte auch eigentlich die Tür nicht aufzumachen. Das hab' ich bloß aus reiner Herzensgüte getan.«

»Es war wirklich sehr nett von Ihnen, daß Sie die Mühe auf sich genommen haben.«

Sie war ganz seiner Meinung, verschwand irgendwohin und ließ Max mutterseelenallein in dem riesigen Salon zurück, in dem sie ihn abgesetzt hatte. Nach der beeindruckenden Fassade war das Innere des Hauses eher eine Enttäuschung. Vielleicht lag es daran, daß die Ehe der Besitzer lediglich eine geschäftliche Transaktion gewesen war, jedenfalls strahlte der Raum nicht die geringste Gemütlichkeit oder Harmonie aus. Selbst das Hausmädchen, jedenfalls vermutete Max, daß es sich bei der Person um ein solches gehandelt hatte, paßte irgendwie nicht hierher. Max hoffte, daß sie bei ihrer Rückkehr genauso gesprächig sein würde, wie sie es eben gewesen war.

Doch sie kam gar nicht zurück. Eine würdevolle Dame in Schwarz erschien an ihrer Stelle.

»Würden Sie mir bitte folgen«, murmelte sie mit unterkühlter, monotoner Stimme.

Max gehorchte und versuchte erst gar nicht, Fragen zu stellen, auf die er sowieso keine Antwort bekommen würde. Sie führte ihn in ein bedrückend wirkendes Treppenhaus mit zahlreichen Wandbehängen, an denen höchstens die Motten Gefallen finden konnten, und von dort aus in ein Schlafgemach, das sich hervorragend als Ambiente für eine Partie *Dungeons and Dragons* geeignet hätte.

Der Herrscher dieses schlecht regierten Hauses ruhte in einem riesigen Bett aus Rosenholz auf diversen Kissen und lehnte sich gegen ein über zwei Meter hohes Kopfteil, auf dem unzählige Ziernägel prangten. Er hatte irgend etwas aus einem hohen Glas getrunken. Es roch genauso wie der Eggnog, den Sarah ihrem Onkel geschickt hatte. Wenn dieser Mann hier Brandy vertragen konnte, nachdem man ihm eben erst den Magen ausgepumpt hatte, konnte seine Vergiftung entweder nicht besonders schwer gewesen sein, oder er hatte erstaunlich robuste Eingeweide.

»Kommen Sie herein«, sagte Ashbroom und reichte der Dame in Schwarz sein leeres Glas. »Das ist alles, Sawyer. Es sei denn, Sie wünschen irgend etwas, Bittersohn.«

»Nein, vielen Dank. Ich habe eigentlich nicht vor, Sie lange aufzuhalten. Wie fühlen Sie sich?«

»Wie soll man sich fühlen in einer derartigen Situation? Der Schock, seine Gattin zu verlieren –«

»Ja, das kann ich mir gut vorstellen.«

Wenn Ashbroom allerdings unter Schock stand, wollte Max Bittersohn fortan Elisabeth Vigée-Lebrun heißen. Er sprach ihm sein herzliches Beileid aus, fragte sich allerdings, ob er ihm nicht lieber gratulieren sollte, und sagte dann: »Jem hat mich gebeten vorbeizuschauen, um Ihnen sein Mitgefühl auszusprechen, da er selbst leider nicht kommen kann. Er hofft, daß Sie sich den Umständen entsprechend befinden.«

»Nett von Jem, an mich zu denken.«

Es wäre auch nett von Ashbroom gewesen, sich seinerseits nach Jems Befinden zu erkundigen, doch er war viel zu sehr mit seinem eigenen Kummer beschäftigt. »Was für eine furchtbare Situation, wenn man aus dem Krankenhaus kommt, gerade noch mal einem schrecklichen Tode entronnen, Gott allein weiß, wie nah man ihm schon war, nur um dann seine Gattin begraben und einen Prozeß gegen seinen besten Freund führen zu müssen.«

»Sie haben vor, gegen Tom Tolbathy zu prozessieren?«

»Selbstverständlich. Die anderen doch wohl auch, oder? Obwohl ich der am schlimmsten Betroffene bin, nehme ich an. Sie wissen nicht zufällig, ob während der letzten paar Stunden noch andere Opfer ihre Ehepartner verloren haben? Ich habe leider die Zwei-Uhr-Nachrichten verpaßt.«

»Vor Gram über Ihren schweren Verlust am Boden zerstört, wie ich vermute.«

»Oh ja, völlig am Boden zerstört.«

»Und wie lange empfiehlt Ihnen Ihr Anwalt, am Boden zerstört zu bleiben?«

»Er denkt, ich sollte meine ganze Kraft zusammennehmen, um an dem Begräbnis meiner Gattin teilzunehmen. Mittwoch um zehn, St. Beowulf's. Ich denke, Jem ist sich seiner Pflicht, ebenfalls anwesend zu sein, bewußt. Er wird sich dazu wohl einen Krankenwagen mieten müssen. Das wird ihn sicher eine schöne Stange Geld kosten. Vielleicht sind Sie so freundlich, ihn daran zu erinnern, daß er seine Unkosten nicht aus der Clubkasse dekken kann.«

»Ach tatsächlich? Wer führt denn die Kasse?«

»Ich selbst. Sie können ihn bei der Gelegenheit gleich auch daran erinnern, daß er die Große Kette zu tragen hat.«

»Ich hatte angenommen, Ihre Insignien dürften in der Öffentlichkeit nicht getragen werden.«

»Die Beerdigung wird unter Ausschluß der Öffentlichkeit stattfinden. Ich bin berechtigt, die Große Kette für mich in Anspruch zu nehmen, und ich bestehe ausdrücklich auf diesem Privileg. Diese Ehrerweisung bin ich meiner verstorbenen Gattin einfach schuldig«, fügte Ashbroom in dem mannhaften Versuch hinzu, seine aufwallenden Gefühle zu meistern.

»Und was passiert, wenn die Große Kette bis dahin nicht wieder auftaucht?«

»Dann geht Jem seines Amtes als Allerwertester Fischkopf verlustig, und es wird ein außerplanmäßiger Wechsel stattfinden. Es wird Jem schwer treffen, kann ich mir vorstellen. Tut mir aufrichtig leid für ihn, aber wir haben uns nun mal an die Regeln zu halten. Für die Große Kette ist Jem während seiner gesamten Amtszeit ganz allein verantwortlich, und das war ihm bewußt, als er dieses ehrenvolle Amt antrat.«

»Die Tatsache, daß ihm jemand während der letzten Zusammenkunft die Kette vom Hals weg gestohlen hat, gilt demnach nicht als mildernder Umstand?«

»Warum sollte sie das?« fragte Ashbroom ziemlich verwundert. »Schön, daß Sie vorbeigeschaut haben, Bittersohn. Bestellen Sie Sarah viele Grüße. Und fühlen Sie sich bitte nicht verpflichtet, an der Beerdigung teilzunehmen.«

»Vielen Dank für die Dispensierung«, erwiderte Max höflich. »Und wie steht es mit Miss Moriston?«

»Wie bitte?«

»Miss Moriston. Ihre Freundin aus der Joy Street. Sie hat mich gebeten, Ihnen mitzuteilen, daß sie Ihretwegen schrecklich in Sorge ist. Soll ich ihr ausrichten, daß Sie sich auch um *sie* sorgen?«

»Ich wußte gar nicht, daß Sie Miss Moriston kennen«, entgegnete Ashbroom. »Was Sie da sagen, überrascht mich schon sehr. Wahrscheinlich wird Sarah auch sehr überrascht sein, wenn ich die Gelegenheit habe, ihr mitzuteilen, wo Sie verkehren.«

»Nicht schlecht, Ashbroom. Wissen Sie, ich habe ein kleines Problem: Ich wüßte zu gern, ob Sie ein Mistkerl ersten oder dritten Ranges sind.«

»Ich werde dafür sorgen, daß Sie ausreichend Gelegenheit erhalten, diesen Punkt zu klären. Und zwar vor Gericht, wenn mir zu Ohren kommen sollte, daß Sie über mich und Miss Moriston irgendwelche törichten Gerüchte in die Welt setzen. Finden Sie selbst hinaus, oder soll ich meinen Chauffeur bitten, Ihnen behilflich zu sein?«

»Oh, machen Sie sich nur keine Umstände. Ich verlasse Ihr Haus in Frieden.«

»Fein. Und nichts für ungut, verstehen Sie. Für gewöhnlich bin ich eine Seele von Mensch, aber jeder muß nun einmal seine Interessen wahren. Und vergessen Sie nicht, Jem an die Große Kette zu erinnern.«

»Ich vergesse nie etwas, Mr. Ashbroom.«

Diesen Besuch würde er ganz bestimmt nicht so schnell vergessen. Selbst wenn es sich um einen der üblichen boshaften Scherze gehandelt hatte, für die sämtliche Clubmitglieder eine Schwäche zu haben schienen, so war dies eine höchst geschmacklose Art zu scherzen gewesen, besonders in Anbetracht der tragischen Umstände. Wahrscheinlich war Ashbroom absichtlich in die Defensive gegangen, um Max davon abzuhalten, die Konversation in ein für Ashbroom unangenehmes Fahrwasser abdriften zu lassen. Miss Moriston war da nur eine willkommene Ablenkung gewesen. Verdammt, wenn er vor den Augen seiner Freunde mit ihr ins Ritz marschierte, konnte ihm an der Geheimhaltung der Affäre wohl kaum allzuviel gelegen sein. Aber es war Ashbroom gelungen, Max den Wind aus den Segeln zu nehmen; zwar nicht auf so brutale Weise wie bei dem Zusammenprall mit der Sammelbüchse der Heilsarmee, doch ebenso wirksam wie bei der Verfolgungsjagd, die ihn den Hill hinunter zu Gerald Whets Haus gelockt hatte.

Aber aus welchem Grund? War der Mann in Boston wirklich Ashbroom gewesen, der angeblich zur gleichen Zeit hier in Bexhill auf seinem Krankenlager versucht hatte, sich von seinem tragischen Verlust zu erholen? Ganz undenkbar wäre es nicht gewesen, vor allem dann nicht, wenn sich der Chauffeur und die vornehme Dame, die wahrscheinlich die Haushälterin und möglicherweise mehr war, kooperativ gezeigt hatten. Ein Mann, der gerade zum alleinigen Besitzer des Familienwollsacks aufgestiegen war, besaß bestimmt mehr als genug Mittel, um ihnen eine Kooperation schmackhaft zu machen.

Doch es war sinnlos, länger an diesem Ort zu bleiben und die Wahrheit herausfinden zu wollen. Es war gut möglich, daß Ashbroom die Polizei rufen und ihn wegen Hausfriedensbruch einbuchten lassen würde. Den Clubbrüdern würde Max' Vorgehen sicher nicht gefallen. Selbst wenn Ashbroom tatsächlich beabsichtigte, Tom Tolbathy gerichtlich zu belangen, würden ihn seine Kumpane gegen einen Außenseiter verteidigen. Der alte Stammestrieb war zweifellos noch stark ausgeprägt. Man brauchte sich nur anzusehen, wie Jem und Obed Ogham im selben Club verblieben, obwohl sie einander haßten wie die Pest. Max brauchte unbedingt einen Spion und fragte sich, ob Angie noch im Delikatessenladen war.

Sie war tatsächlich noch dort, wie er einige Minuten später herausfand, und ganz offensichtlich hocherfreut, ihn wiederzusehen, obwohl sie alle Hände voll zu tun hatte, in großer Eile Knöpfe auf die Bäuche von Lebkuchenmännern zu drücken.

»Ich wollte nur kurz Ihr Telefon benutzen«, erklärte er, »natürlich nur, wenn es Ihnen nichts ausmacht.«

»Ich bitte Sie!«

Sie zeigte ihm, wo sich das Wandtelefon befand. Max wählte Jems Nummer und erwischte Egbert, der dabei war, eine Lage Martinis zu mixen.

»Ich wollte sie gerade ins Krankenhaus bringen, Mr. Max.«

»Lassen Sie Jem noch ein wenig warten und erst mal richtig durstig werden. Ich habe eine wichtigere Aufgabe für Sie. Ich habe mich nämlich gerade mit einer Freundin von Ihnen unterhalten.«

»Mit welcher denn? Ach herrje, tut mir leid, Mr. Max, das ist mir so rausgerutscht. Halten Sie mich bitte nicht für einen Don Juan, aber wenn man so viele Jahre mit Mr. Jem verbracht hat, hinterläßt das natürlich Spuren.«

»Das ist mir klar. Jedenfalls arbeitet die betreffende Dame für die Ashbrooms hier draußen in Bexhill. Sie hat mir auf mein Klingeln aufgemacht, aber sie hat gesagt, daß dies eigentlich nicht zu ihren Pflichten gehört. Sie ist schätzungsweise fünfundfünfzig, würde ich meinen, sieht ganz nett aus, zieht sich allerdings etwas salopp an, hat ein loses Mundwerk und hält nicht gerade viel von ihrem Arbeitgeber.«

»Klingt ganz wie Guinevere.«

»Sieht aber eher aus wie Tugboat Annie.«

»Dann ist es ganz bestimmt Guinevere.« Egbert beschrieb die Frau in allen Einzelheiten und ließ selbst die Haare in ihrer Nase nicht aus. »Ist es die?«

»Aufs Haar. Was ist ihre Aufgabe?«

»Guinevere ist die Gärtnerin. Oder gehört wenigstens zum Team; die Ashbrooms beschäftigen nämlich mehrere davon. Sie war sicher da, um nach den Pflanzen im Gewächshaus zu sehen.«

»Verdammt, das hätte ich wissen müssen, als ich mich mit ihr unterhalten habe. Schauen Sie, Egbert, ich muß ihr unbedingt ein paar Fragen stellen, aber man hat mich an die Luft gesetzt, bevor ich dazu Gelegenheit hatte. Könnten Sie sie nicht irgendwie zu fassen kriegen?«

»Darin habe ich Übung, Mr. Max«, erwiderte Egbert trocken.

»Ich meinte allerdings mehr telefonisch. Ich weiß zwar, daß es nicht soviel Spaß macht, aber es geht um einiges schneller.«

»Ja, das könnte klappen.«

»Gut, dann sage ich Ihnen jetzt, was ich wissen möchte.«

Max betete die ganze Litanei herunter und legte besonderen Nachdruck auf das Colchicum beziehungsweise die Herbstzeitlose, legte Geld für das Telefongespräch auf die Theke, teilte Angie zu ihrem großen Bedauern mit, daß er sie nicht weiter behelligen würde, und verabschiedete sich.

Obed Ogham war ein weiterer wichtiger Punkt auf der Tagesordnung. Nach dem Rausschmiß bei Mr. Ashbroom erwartete Max jedoch nicht, daß es ihm bei Ogham besser ergehen würde. Es bedurfte dazu notgedrungen der Unterstützung eines weiteren Helfers. Im Augenblick fiel ihm allerdings nur ein denkbarer Kandidat ein, der diese Aufgabe möglicherweise übernehmen konnte. Vielleicht war es ein Fehler, Gerald Whet zu vertrauen, doch was blieb ihm anderes übrig? Er wendete den Wagen und fuhr an Ashbrooms Haus vorbei zum Krankenhaus zurück.

Unterdessen waren die Sicherheitsmaßnahmen ein wenig entschärft worden. Max gelang es ohne große Mühe, sich unbemerkt in das Gebäude zu schmuggeln. Er fand Whet immer noch am Bett seiner Frau sitzend; Marcia war inzwischen in der Lage, ihn lächelnd zu begrüßen. Sie plauderten eine Weile, dann teilte Max

Whet mit, daß er bei Tom Tolbathy gewesen sei. »Er ist hocherfreut, daß Sie bei ihm übernachten wollen. Er schlägt vor, Sie leihen sich seinen Volvo aus, damit Sie etwas mobiler sind. Was halten Sie davon, wenn ich Sie hinfahre, damit Sie den Wagen abholen können?«

»Hervorragende Idee«, meinte Whet. »Glaubst du, du kannst es ein halbes Stündchen ohne mich aushalten, Marcia?«

»Mit Mühe.«

Einen Moment lang war sie wieder ganz die alte Marcia, die so gern scherzte. Ein Lächeln trat auf Whets Gesicht, vielleicht das erste, seit er Nairobi verlassen hatte, und er ging mit Max aus dem Zimmer.

Draußen auf dem Korridor fragte Max: »Hätten Sie Lust, mir einen Gefallen zu tun?«

»Aber gerne, wenn ich kann.«

»Ich benötige einige Informationen von Obed Ogham. Es hat keinen Sinn, wenn ich selbst versuche, mit ihm zu reden, aber ich nehme an, daß er Ihnen bereitwilliger Auskunft geben wird.«

»Was wollen Sie denn wissen?«

Max erklärte es ihm. Whet nickte.

»Ich kann es ja mal versuchen.«

»Fein. Dann rufe ich Sie später bei den Tolbathys an. Was meinen Sie, wie bald Sie zu Ogham aufbrechen können?«

»Schwer zu sagen, aber ich denke, ich sollte nicht zu lange damit warten. Heute abend will jeder früh ins Bett. Ich selbst übrigens auch, wenn ich ehrlich sein soll. Ich habe immer noch Probleme mit dem Jetlag, und der heutige Tag war wirklich anstrengend.«

»Das glaube ich gern«, sagte Max. »Meinen Sie, daß er Sie überhaupt empfangen wird?«

»Bestimmt. Obed und ich stehen nicht auf Kriegsfuß miteinander, und da ich bei Tom übernachte, habe ich eine gute Entschuldigung, bei ihm vorbeizuschauen. Ich kann ja sagen, daß Hester mich geschickt hat, um mich nach seinem Befinden zu erkundigen. Und da ich selbst nicht auf der Party war, ist es nur natürlich, wenn ich ihn ein bißchen ausfrage. Obed zum Reden zu bringen ist keine große Kunst«, fügte er trocken hinzu. »Ich bleibe nur noch bei Marcia, bis sie für die Nacht versorgt ist, dann schau' ich auf dem Weg zu Tom bei Obed vorbei. Ich kann Sie auch von Toms Haus aus anrufen, wenn Sie möchten.«

»Warum eigentlich nicht?« stimmte Max zu. Er schrieb die alte Nummer der Pension und die neue ihres Apartments auf. »Unter einer dieser Telefonnummern bin ich bestimmt zu erreichen. Falls ich aus irgendeinem Grund nicht da sein sollte, hinterlassen Sie bitte bei Sarah eine Nachricht für mich.«

Kapitel 21

Inzwischen konnte Max den Weg zu den Tolbathys schon beinahe mit geschlossenen Augen finden und begann schon mit dem Gedanken zu spielen, ob er es nicht vielleicht einfach darauf ankommen lassen sollte. Er setzte Whet vor dem Anwesen ab, blieb jedoch selbst im Wagen und beschloß, in unbekanntes Terrain vorzustoßen.

Die Billingsgates züchteten ihre Bienen und produzierten ihren Met auf dem Lande, etwa zwanzig Kilometer westlich von Bexhill. Ein Umstand, den Max zutiefst bedauerte. Allmählich dunkelte es, und der Himmel sah so verhangen aus, als führe er nichts Gutes im Schilde und schere sich nicht einmal mehr darum, ob man es ihm ansah oder nicht.

Als er schließlich bei den Billingsgates ankam, trudelten bereits vereinzelt dicke Schneeflocken auf die Windschutzscheibe. Großartig. Sarah würde sich bestimmt Sorgen machen, wenn er hier draußen im Schneesturm steckenblieb. Aber im Grunde genoß Max den Gedanken sogar ein wenig, daß sie sich seinetwegen ängstigte, nachdem er sich so viele Jahre lang allein hatte durchschlagen müssen. Seine Mutter hatte aufgehört, sich um ihn zu sorgen, als er zehn Jahre alt gewesen war.

Mrs. Billingsgate, die darauf bestand, daß er sie Abigail nannte, empfing Max an der Tür und schien hocherfreut, ihn zu sehen. Max empfand das als eine angenehme Überraschung nach dem mehr als rüpelhaften Verhalten von Edward Ashbroom. Abigail hatte bereits ihr Bedauern darüber geäußert, daß sie gestern abend nicht mehr Gelegenheit gehabt hatte, sich mit Max zu unterhalten. Sie war froh, ihn gesund und munter zu sehen. Sie selbst fühlte sich trotz des ausgepumpten Magens genauso umtriebig wie ihre Bienen.

»Bin sofort wieder zu Kräften gekommen, als ich wieder zu Hause war und ein bißchen von meinem Honig zu mir genommen hatte«, teilte sie ihm mit. »Honig ist das reinste Wundermittel. Oder haben Sie schon mal eine Biene mit Bauchschmerzen gesehen? Bill habe ich auch damit behandelt.«

»Wie geht es Bill?« erkundigte sich Max.

»Ganz gut. Im Moment ist er draußen in der Kapelle und ringt mit Gott im Gebet. Aber er kommt bestimmt bald zurück. Bei diesem Wetter ringt er nie sehr lange mit Gott. Wissen Sie was? Ich gehe ihn rasch holen. Und dann trinken wir Tee und essen *Scones* und Honig am Feuer im Bergfried.«

»Im Bergfried?«

»Ja, die letzte Zufluchtsstätte einer Burg, wissen Sie. Damit ist bei uns der einzige Raum gemeint, in dem man sich bei diesem Wetter aufhalten kann, ohne auf der Stelle zu erfrieren. Kommen Sie, machen Sie es sich gemütlich. Es sei denn, Sie möchten lieber in die Kapelle gehen und zuerst noch ein wenig beten.«

»Verbindlichen Dank, aber ich begnüge mich mit dem Tee. Ich bin viel zu müde, um mit Gott zu ringen.«

»Ihnen ist gar nicht schlecht geworden wie uns anderen, oder? Ich habe bemerkt, daß Sie den Kaviar nicht einmal angerührt haben.«

»Tatsächlich?«

»Ja, ich achte immer sehr genau darauf, was die Leute essen. Und trinken. Vielleicht möchten Sie einen Schluck von meinem hausgemachten Honigwein kosten, bevor Sie Ihren Tee nehmen? Nur ein Schlückchen zum Aufwärmen.«

Ehe Max noch ablehnen konnte, hatte sie ihn bereits auf einen Stuhl gedrückt, der einen imposanten Thron für einen angelsächsischen König abgegeben hätte, und schwirrte hinüber zu einem Flaschenschränkchen, das einem Auktionator von SOTHEBY's das Wasser in die Augen getrieben hätte. Sie kehrte mit zwei winzigen Gläschen zurück, beide bis zum Rand gefüllt.

»Eigentlich sollten wir Trinkhörner verwenden, aber wenn man gerade erst den Magen ausgepumpt bekommen hat, darf man dem Honig nicht zu sehr zusprechen. *Skol!*«

»Ganz Ihrer Meinung.« Max nahm den Fingerhut voll, den sie ihm reichte, überlegte einen Augenblick lang, ob sein Inhalt vielleicht vergiftet war, entschied dann aber, daß es ihm schnuppe war, und trank. »Sehr gut«, keuchte er und schnappte nach Luft. Offenbar war der Honig, aus dem das Getränk gemacht worden war, von italienischen Killerbienen gesammelt worden.

Während er noch darauf wartete, daß seine Augäpfel wieder in die dafür vorgesehenen Höhlen zurücksanken, erschien Bill Billingsgate. Ihm folgte eine Magd; Max war sicher, daß die Billingsgates niemals etwas so Modernes wie ein Hausmädchen eingestellt haben würden. Sie trug ein riesiges Tablett mit Tee und *Scones*.

»Ah, die Gäste sind versammelt, das Fest kann beginnen.« Billingsgate trat ans Feuer und wärmte sich die Hände. »Freut mich, daß Sie so fit sind, eh –«

»Jem Kellings Neffe Max«, erinnerte ihn seine Frau.

»Ach ja, stimmt, Max. Ich bin noch nicht ganz in die diesseitige Welt zurückgekehrt. Ich habe bis eben mit Gott gerungen.«

»Das hat Abigail mir bereits erzählt.« Max dachte darüber nach, ob er sich erkundigen sollte, wer gewonnen hatte, entschied jedoch, diese Frage besser zu unterlassen. »Für einen kranken Mann sehen Sie recht wohl aus, Bill. Wann sind Sie denn aus dem Krankenhaus entlassen worden?«

»Wir hatten Glück, wir gehörten zum ersten Schub, den sie nach Hause geschickt haben. Unsere Tochter hat uns abgeholt, und wir waren so gegen halb zehn wieder hier.«

»Haben Sie sich seitdem die ganze Zeit hier im Haus aufgehalten?«

»Ja, und ich bin wirklich heilfroh, hier zu sein, das kann ich Ihnen versichern. Melisande ist bis nach dem Mittagessen bei uns geblieben. Dann war sie endlich überzeugt, daß Abby und ich überleben würden; sie ist weggefahren, um ein paar Kästen Honigwein für ein Renaissance-Bankett in Worcester auszuliefern.«

»Kommt sie heute abend noch zurück?«

»Nein, Melly hat ein eigenes Heim«, warf Abigail ein. »Und eine eigene Familie. Sie wohnen in Shrewsbury. Aber sie kommen über die Feiertage her. Ich hoffe, du hast unserem Herrgott auch dafür gedankt, daß wir uns so schnell wieder erholt haben, Bill.«

»Worauf du dich verlassen kannst, Abby.«

»Ich habe gehört, Sie hatten Glück, weil Sie nicht genug Kaviar abbekommen haben, Bill«, sagte Max.

»Wir machen uns aus dem Zeug nicht allzuviel, wenn ich ehrlich sein soll.«

»Ganz genau«, bestätigte Abigail. »Wir geben mehr auf die einfachen Dinge des Lebens.« Sie griff nach der riesigen silbernen Teekanne. »Sahne und Zucker, Max?«

»Danke, ich trinke ihn schwarz.«

Sie hob zwar die Augenbrauen, schenkte ihm dann jedoch seinen Tee ein. Dann rührte sie in ihre eigene Tasse und die ihres Mannes löffelweise Honig und Sahne, die so steif war, daß man sie buchstäblich aus dem Kännchen graben mußte, bevor sie die heißen *Scones* verschwenderisch mit Butter und Honig bestrich.

Max gelang es, eines zu erwischen, auf dem keine Butter und nur eine bescheidene Schicht Honig war. Er mußte jedoch zugeben, daß der Honig wirklich ausgezeichnet schmeckte. Auch die *Scones* waren nicht übel, allerdings bei weitem nicht so gut wie die von Sarah. Vor dem Kaminfeuer sitzend, mit Honigwein im Magen und dem immer heftiger fallenden Schnee vor den gardinenlosen Fenstern, kam er sich beinahe vor wie eine der Figuren auf den Weihnachtskarten, die Sarah überall in der Wohnung verteilte, kaum daß sie die Post geöffnet hatte. Auf einer dieser Karten prangte übrigens die verstorbene Golda Meir. Seine Mutter war offenbar nicht bereit, seine Ehe so ohne weiteres hinzunehmen.

Die Felder draußen, die in dieser Stunde eine frische Schneedecke erhielten, waren während der Honigsammelsaison vermutlich mit irgendwelchen wie verrückt blühenden Pflanzen übersät. »Welche Blumensorten mögen Bienen eigentlich besonders?« erkundigte er sich bei Abigail. »Züchten Sie vielleicht auch Colchicum?«

»Herbstzeitlose?« Sie lachte. »Um Himmels willen, selbstverständlich nicht! Ich bin schließlich selbst schon eine und möchte nicht unbedingt daran erinnert werden. Wir pflanzen hauptsächlich Klee an, und bis jetzt haben sich die Bienen nicht beschwert. Nehmen Sie noch etwas Honig. Sie haben ja kaum davon probiert.«

Max dankte ihr für den Honig, den er von einer Seite seines *Scones* leckte, damit er ihm nicht auf die Hose tropfte. Darauf wandte er sich an seinen Gastgeber: »Ihr Freund Dork hat berichtet, Sie hätten sich die meiste Zeit über mit ihm, Ogham und einigen anderen unterhalten, bevor der Zug bremste, und Ogham hat angeblich die Kellnerin immer wieder weggeschickt, sobald sie versucht hat, Ihnen Kaviar anzubieten. Bedeutet das, daß er sich auch nichts aus Kaviar macht?«

»Das bedeutet wahrscheinlich, daß er gerade genug hatte und daher auch sonst niemand etwas abbekommen sollte, nur für den Fall, daß er seine Meinung noch ändern würde«, erläuterte Abigail und bestrich seelenruhig ein weiteres *Scone.*

»Meine Liebe, wir sollten uns nicht der Sünde anheimgeben, unsere Mitmenschen zu verurteilen, besonders nicht jetzt, da unser neuer Freund Max uns gerade ein so schönes Zeugnis christlicher Nächstenliebe gegeben hat. ›Ich war krank, und ihr habt mich besucht.‹ Matthäus 25,36.«

Max ignorierte diese Bemerkung. »Ich habe Jem versprochen, ihm genau Bericht zu erstatten. Er ist verständlicherweise frustriert, daß er nicht selbst bei seinen Freunden vorbeischauen kann. Wenn Sie also eine richtige *Mizwe* vollbringen wollen, warum berichten Sie mir nicht über alles, was gestern vorgefallen ist, und zwar aus Ihrer Perspektive. Darf ich davon ausgehen, daß Dorks Information im großen und ganzen zutrifft?«

»Was genau hat Dork Ihnen denn erzählt?« wollte Billingsgate mit dem typischen Mißtrauen eines echten Yankees wissen.

»Sein Bericht lief darauf hinaus, daß er gemeinsam mit Ihnen, Ogham, Durward und Ashbroom zwischen dem Servieren des Kaviars und dem Unfall in einer Ecke gestanden und sich lang und breit über Rittersporn ausgelassen hat. Abgesehen davon, daß Dork zwischendurch weggegangen ist, um Drinks für sich und seine Frau zu besorgen.«

»Ganz so war es nicht. Soweit ich mich entsinne, sind wir alle ziemlich viel herumgegangen, kamen aber immer wieder zu unserer Gruppe zurück. Dork ist tatsächlich zur Bar gegangen, das weiß ich noch genau. Er macht sich komischerweise nichts aus Champagner. Und Obed ist auch mindestens einmal zur Bar gegangen. Ich sehe ihn noch vor mir, wie er zurückgekommen ist, in jeder Hand ein Glas, und scherzte, auf einem Bein könne man nicht stehen.«

»Und ich wette, er hat sich mit Kaviar vollgestopft, als er so nahe an der Quelle war«, sagte Abigail. »Darum hat er auch keinen genommen, als er serviert wurde.«

»Haben Sie gesehen, daß er von dem Kaviar gegessen hat?« fragte Max.

»Ganz bestimmt nicht! Wie ich bereits sagte, schaue ich wirklich gern zu, wenn jemand sein Essen genießt, aber es ist alles andere als erfreulich zuzusehen, wie Obed Ogham sich die Gaben anderer Menschen in sein feistes Gesicht stopft; es sieht aus, als ob jemand Kohlen in einen Heizkessel schaufelt. Und du brauchst mir gar nicht wieder mit deiner christlichen Nächstenliebe zu kommen, Bill, denn du hast dich selbst ganz schön darüber aufgeregt an dem Abend, als deine Clubbrüder hier auf unserer Renaissance-Feier waren.«

»Meine Liebe, ich habe niemals behauptet, ein Heiliger zu sein. Und ich muß zugeben, daß Obed selbst die Geduld von Hiob auf eine harte Probe stellen würde, wenn er sich erst einmal anschickt, eine Party in Schwung zu bringen. Aber ich sehe schon, ich muß gleich wieder zurück in die Kapelle und über meine Gefühle für Obed meditieren.«

»Nimm dir zuvor noch ein *Scone*«, schlug seine Frau vor.

»Vielen Dank, Abby«, sagte der gute Mann, machte jedoch trotz seiner Gewissensbisse keinerlei Anstalten, sich von seinem Lehnstuhl zu erheben. »›Eine tüchtige Frau ist mehr wert als alle Rubinen.‹ Gott sei Dank habe ich allerdings immer Ruh' vor den Bienen meiner tüchtigen Frau. Das ist eine Art Privatscherz bei uns. Es stört Sie doch hoffentlich nicht? Aber zurück zu gestern abend. Wo waren wir stehengeblieben? Ich jedenfalls meine mich zu erinnern, daß jeder der anderen die Gruppe irgendwann verlassen hat. Ich selbst habe mich die ganze Zeit nicht von der Stelle gerührt. Ich hatte mir nämlich ein behagliches Eckchen an der Tür erobert, wo ich mein Gleichgewicht halten und das sanfte Schaukeln des Zuges genießen konnte. Ich hatte ein Glas von Toms hervorragendem Champagner, den ich am liebsten ganz langsam schlürfe, denn ich bin kein großer Weintrinker, wie Abby Ihnen bestätigen wird. Und auf noch mehr Kaviar hatte ich keine Lust.«

»Sie hatten also schon davon gegessen?«

»Natürlich, sonst wäre mir ja nicht schlecht geworden. Ich habe ein- oder zweimal genommen, als das Tablett das erste Mal gereicht wurde.«

»Noch bevor Ogham sich zu Ihnen gesellt hat?«

»Muß wohl, sonst hätte ich wahrscheinlich überhaupt nichts davon abbekommen. Mein Gott, Abby, man könnte fast annehmen, daß Obed eine Art göttliches Werkzeug gewesen ist, das seine Freunde vor dem Gift bewahrt hat, andernfalls hätte es uns ebenso töten können, wie es Edith Ashbroom getötet hat. Ein sehr ernster Gedanke.«

»Gibt einem wirklich zu denken«, bestätigte Max.

Falls Ogham tatsächlich ein göttliches Werkzeug gewesen sein sollte, warum war er dann für eine so kleine Gesellschaft aktiviert worden? Natürlich wäre er nicht daran interessiert gewesen, Tom

Tolbathy zu retten, wenn er hinter Hesters Geld hergewesen wäre, doch man hätte annehmen mögen, daß er zumindest versucht hätte, Hester vor dem Gift zu schützen. Es sei denn, sie hatte bereits ein Testament zu seinen Gunsten aufgesetzt – und er wußte davon.

Abigail Billingsgates Gedanken mußten sich in ähnlichen Gleisen bewegt haben wie die von Max. »Ich muß gestehen, daß ich mich beim besten Willen nicht an den Gedanken gewöhnen kann, daß ausgerechnet Obed Ogham im Auftrag irgendeines Schutzengels tätig gewesen sein soll. Max, Sie essen ja gar nichts. Reichen Sie mir Ihre Tasse, und ein schönes *Scone* schmiere ich Ihnen auch noch. Ich kann mir lebhaft vorstellen, was Ihr Onkel Jem von der Idee halten würde, daß Obed eine gute Tat vollbracht haben soll, ohne daß man ihn dafür entlohnt hat, auch wenn die Umstände noch so überirdisch gewesen sein mögen. Schon gut, Bill, du kannst mich ruhig bei deiner nächsten Predigt über Nächstenliebe als abschreckendes Beispiel anführen. Nehmen Sie doch noch etwas Honig.«

»Apropos Nächstenliebe«, sagte Max, »vielleicht können Sie versuchen, Ihren Freund Durward davon zu überzeugen, daß er nicht absichtlich von der Serviererin übergangen worden ist. Wie ich hörte, ist er zutiefst beleidigt, weil er nicht ausreichend Kaviar bekommen hat, obwohl der vergiftet war.«

»Typisch Quent«, bemerkte Billingsgate und nahm sich noch eine Extraportion Honig. »Jeder andere hätte sich einfach selbst welchen geholt oder wenigstens darum gebeten. Quent hat diese nervtötende Angewohnheit, alles schweigend zu erdulden und erst dann etwas zu sagen, wenn es bereits zu spät ist. Wir sollten ihn über die Feiertage unbedingt einladen, Abby.«

»Ich sehe überhaupt nicht ein, warum ich für Quents gekränkte Ehre büßen soll, Bill. Du weißt haargenau, daß er wieder seine Aufnahmen mit den Baumfröschen mitbringen wird. Wenn wir es schaffen, uns davor zu drücken, wird er wie immer gekränkt reagieren, wir hätten also gar nichts erreicht.«

»Aber Liebes, es ist doch Weihnachten!«

»Pah! Humbug! Hör bloß mit dieser Bob-Cratchit-Masche auf! Aber wie du möchtest, Lieber – wenn du darauf bestehst, Güte und menschliche Wärme zu verbreiten, lade ich Mabel Kelling gleich mit ein.«

»Abigail, das kannst du doch nicht machen!«

»Und warum nicht? Wenn du dich unbedingt zum Märtyrer berufen fühlst, können wir es auch gründlich angehen. Aber warum lassen wir nicht statt dessen unsere Nächstenliebe Sarah und Max angedeihen? Ich glaube, ich habe Sarah seit der Beerdigung ihrer Mutter nicht mehr gesehen. So ein stilles Kind, mit diesen unglaublich schönen haselnußbraunen Augen, die einen so erstaunt ansehen, als frage sie sich, was für ein merkwürdiges Wesen sie da wohl vor sich habe. Ich weiß noch genau, wie ich damals gedacht habe, daß sie bestimmt mal eine richtige Schönheit wird. Hatte ich recht, Max? Mabel streitet es zwar immer ab, aber wir wissen ja, was wir von Mabel zu halten haben.«

»Ich bringe Sarah einfach mit, dann können Sie sich selbst ein Urteil bilden. Aber jetzt muß ich mich auf den Heimweg machen. Sarah macht sich bestimmt schon Sorgen, wo ich so lange bleibe. Vielen Dank für die köstliche Bewirtung.«

»Wir sind Ihnen zu Dank verpflichtet, daß Sie an einem derart unfreundlichen Tag zu uns herausgefunden haben. Ich hoffe, Sie kommen trotz des Schneetreibens heil nach Hause. Es sieht draußen wirklich schlimm aus. Viele Grüße an Jem. Richten Sie ihm aus, daß Bill ihn besuchen kommt, sobald er wieder fit genug ist zu fahren; und ich werde ihn begleiten, damit Jem sich keine frommen Sprüche anhören muß.«

»Abby!«

»Jetzt stell dich nicht so an, Bill! Du weißt haargenau, daß Jem sehr viel mehr damit geholfen ist, wenn du ihm eine Flasche Honigwein und ein Glas Honig mitbringst, als wenn du dich tiefschürfend nach dem Zustand seiner Seele erkundigst. Kommen Sie, Max. Wenn Sie wirklich schon gehen müssen, bringe ich Sie noch zur Tür.«

»Das ist wirklich nicht nötig. Ich finde mich allein zurecht. Bleiben Sie nur hier an Ihrem gemütlichen Kaminfeuer. Ach ja, Bill, ich hätte da noch eine Frage, bevor ich gehe. Sie haben eben Edward Ashbroom gar nicht erwähnt. Er sagte, er habe auch bei Ihnen und Dork und den anderen gestanden.«

»Ed?« Billingsgate verschüttete Tee auf seine Untertasse. »Nun ja, ich – ich glaube, er hat sich tatsächlich eine Weile bei uns aufgehalten und mit uns geplaudert. Ja, natürlich. So ist es wohl gewesen. Wenn er es sagt, wird es schon stimmen.«

Billingsgates Stimme wurde leiser und verstummte schließlich. Automatisch griff er mit der Hand, die keine Tasse hielt, nach dem

Honigglas. Max beschloß, daß es Zeit war, sich zu verabschieden, und ging.

Kapitel 22

Als Max sich endlich mühsam bis Boston durchgekämpft und seinen schneebedeckten Wagen auf seinem teuren Stellplatz im Parkhaus in Sicherheit gebracht hatte, sehnte er sich nach seinem heimischen Kaminfeuer. Dennoch beschloß er, daß es besser sei, seine Arbeit ganz zu Ende zu bringen und sich dann erst die verdiente Ruhe zu gönnen. Quent Durward würde bestimmt einmal mehr zutiefst gekränkt sein, wenn er herausfand, daß er als einziger nicht von ihm aufgesucht worden war.

Außerdem wohnte Durward unmittelbar hinter dem Krankenhaus, in einem der kostspieligen Apartments mit Blick auf den Fluß. Das bedeutete einen zwar kurzen, doch recht kräftezehrenden Spaziergang, bei dem ihm der Wind trotz Tante Emmas dikkem Wollschal Unmengen von Schnee in den Nacken peitschen würde. Max versuchte sich mit dem Gedanken an den Heimweg aufzumuntern, der noch schlimmer sein würde, weil ihm der Schnee dabei direkt ins Gesicht wehen würde. So stapfte er tapfer weiter.

Er hatte einmal einen Klienten in dieser Gegend gehabt und fand daher Durwards Adresse ohne große Mühe. Durward bewohnte zwar kein Penthouse-Apartment, aber eine schmucke Eckwohnung in einem der oberen Stockwerke mit einer zweifellos überwältigenden Aussicht. Max fragte sich, wer Durward wohl die Wohnung im authentischen E.-Phillips-Oppenheim-Stil für den anspruchsvollen Junggesellen eingerichtet hatte. Es gab sogar einen Hausdiener, der zwar nicht von den Philippinen stammte, jedoch orientalischer Herkunft war und überglücklich schien, Jeremy Kellings Neffen melden zu dürfen.

Durward selbst schien ebenfalls hocherfreut über den unerwarteten Gast. Er erschien nach kurzer Wartezeit, in Seidenpyjamas, grünen Pantoffeln aus Saffianleder und einem Morgenmantel, der offenbar passend zum Mobiliar ausgewählt worden war. Seiner

Rolle entsprechend hielt er ein langstieliges Cocktailglas in der Linken, als er Max die rechte Hand zum Gruß entgegenstreckte.

»So kommen Sie doch herein. Das ist aber wirklich sehr freundlich von Ihnen, muß ich schon sagen. Was darf ich Ihnen anbieten? Ich selbst trinke nur Wasser und gebe vor, es sei Champagner. Eine fruchtlose Selbsttäuschung zwar, aber ich wage es einfach nicht, nach der Nacht im Krankenhaus bereits etwas Stärkeres zu riskieren. Wie geht es Ihnen eigentlich? Ich bin ganz erstaunt, daß Sie sich bei diesem fürchterlichen Wetter überhaupt vor die Tür wagen.«

»Oh, ich wohne ganz in der Nähe, drüben auf dem Hill«, erwiderte Max. »Nein, vielen Dank, ich möchte nichts trinken«, teilte er dem wartenden Hausdiener mit. »Wann wurden Sie entlassen, Durward?«

»Keine Minute zu früh, soviel kann ich Ihnen versichern. Wirklich ein Jammer, daß so ein vergnüglicher Abend so schrecklich enden mußte. Aber das Schlimmste steht uns ja noch bevor. Drei Beerdigungen vor den Feiertagen, und möglicherweise bleiben das nicht die einzigen. Man kann ja nie wissen bei diesen heimtükkischen Giften. Die Folgen können verheerend sein, soweit ich weiß. Und Tom Tolbathys Kaviar wird aus allen Geschäften zurückgerufen. Das wird ihn an seiner empfindlichsten Stelle treffen.«

»Ich denke, der Tod seines Bruders hat ihn so schwer getroffen, daß ihm das Geschäft ziemlich egal ist«, sagte Max.

»Aber es hat doch schon seinem Urgroßvater gehört!« Durward klang wie ein aufgescheuchtes Huhn. »Und *meinem* Urgroßvater, da wir schon mal beim Thema sind. Sie haben als Durward & Tolbathy angefangen, wissen Sie.«

»Davon hatte ich keine Ahnung.«

»Oh ja, das geht zurück bis zu den Tagen der ersten Handelsbeziehungen mit China. Tee, Gewürze, Pfeffer, möglicherweise ein wenig Opium, aber davon wollen wir lieber nicht reden.« Durward, der Mann von Welt. »Seide, Porzellan und vieles mehr war es am Anfang. Wie bei den Kellings, wissen Sie.«

Offenbar eine rein rhetorische Frage: Es war Durward völlig gleichgültig, *was* Bittersohn wußte oder nicht, denn er beabsichtigte, ihn auf jeden Fall zu informieren. Bei den Clubbrüdern mochte er sich damit begnügen, am Rande zu stehen und den anderen zuzuhören, aber jetzt, da er einen Außenseiter vor sich hatte, nutzte er die Gunst der Stunde. Während sein Gastgeber sich über gewonnene und wieder zerronnene Reichtümer ausließ, sah sich Max aufmerksam um und gelangte zu der Überzeugung, daß die Durwards offenbar nicht zu den Verlierern zählten.

»Sie haben wirklich eine schöne Wohnung«, bemerkte er, als Durward zwischen chinesischen Dschunken und Hausbooten eine kurze Verschnaufpause einlegte. »Diese großen Fenster hier sind sicher ideal für Pflanzen. Sind Sie auch so ein begeisterter Gärtner wie Ihre Freunde?«

»Überhaupt nicht. Die anderen versuchen zwar immer, mir Pflanzen zu schenken, aber die überleben hier nie sehr lange. Ich bin inzwischen so weit, daß ich ihnen frei heraus sage, daß mich Pflanzen einfach nicht interessieren. Außerdem, aber das muß unter uns bleiben, sehe ich so schlecht, daß ich die Dinger gar nicht unterscheiden kann. Ich habe am liebsten Gegenstände, die ich anfassen und fühlen kann.«

Das war mehr als offensichtlich. Mit den Nippsachen, die überall herumstanden, hätte Durward einen eigenen Laden eröffnen können. Die meisten Figürchen waren Affen jeglicher Art, einige in grotesken Positionen, andere wie Menschen gekleidet, aber alle von einer Art, die ganz und gar nicht Max' Geschmack entsprach. Einige wenige waren aus Metall, die meisten jedoch aus Porzellan.

Es war eigentlich ein bißchen verwunderlich, daß ein Mann, der kaum genug sehen konnte, um eine Pflanze zu gießen, sich ausgerechnet mit derart kleinen und zerbrechlichen Gegenständen umgab.

Durward machte Anstalten, Max die Sammlung *en detail* vorzuführen. Max entschied, daß dies weit über seine Pflichten hinausging.

»Jetzt muß ich aber wirklich los. Freut mich, daß es Ihnen wieder besser geht, Durward. Könnte ich vielleicht Ihr Bad benutzen, ehe ich gehe?«

»Selbstverständlich. Oko, zeig Mr. Bittersohn bitte, wo sich das Bad befindet.«

»Ich finde mich schon zurecht. Sagen Sie mir nur die Richtung.«

Oko verbeugte sich, grinste und ließ sich nicht davon abbringen, Max höchstselbst zu der betreffenden Tür zu führen und ihm die Gästehandtücher zu zeigen.

Max wusch sich die Hände, an denen immer noch lästige Spuren vom Billingsgateschen Honig klebten, und trocknete sie an einem der Gästehandtücher ab, denn er wollte nicht, daß Oko ihn für einen ungehobelten Klotz hielt. Währenddessen betrachtete er interessiert die Badezimmerausstattung, zu der diverse teure Herrenartikel, ein elektrischer Frisierkamm, eine elektrische Zahnbürste und ein weiterer Elektroartikel gehörten, den Max zunächst verdutzt registrierte. Als ihm klar wurde, um was es sich handelte, zog er die Augenbrauen so hoch, wie es überhaupt möglich war. So also pflegte sich Durward zu amüsieren! Kein Wunder, daß er überall Affen sitzen hatte.

Schließlich setzte sich Max noch eine Brille auf, die offenbar auf dem Waschbeckenrand vergessen worden war, um herauszufinden, wie die Welt wohl durch die Böden von zwei Tonicflaschen aussah. Darauf verließ er den Raum wieder und schlüpfte in seinen Mantel, den Oko schon für ihn bereithielt.

»Gute Nacht, Durward. Ich freue mich, Jem so positive Neuigkeiten über Sie mitteilen zu können.«

»Richten Sie ihm aus, es ginge mir relativ gut, ich sei nur ein wenig fertig mit den Nerven. Sind Sie sicher, daß ich Sie nicht vielleicht doch überreden kann, mit mir zu Abend zu essen? Oko macht ein ausgezeichnetes *Egg Foo Yong,* und ich könnte Ihnen meine Tonbandaufnahmen von Baumfröschen vorspielen.«

»Klingt großartig, aber meine Frau erwartet mich. Wir wollten heute abend auswärts essen.«

»Sie werden doch hoffentlich in einer solchen Nacht nicht allzu weit fahren?«

»Nein, wir wohnen in der Nachbarschaft. Apropos fahren, hatten Sie eigentlich heute Probleme, nach Hause zu kommen, oder waren Sie rechtzeitig zurück, ehe es zu schneien anfing?«

»Schon Stunden vorher. Ein Freund hat mich heute morgen bereits ganz früh nach Hause gebracht. Ein anderer Leidensgenosse übrigens. Ein Nachbar der Tolbathys, der ganz in der Nähe vom Bexhill Hospital wohnt. Wir haben auf demselben Zimmer gelegen und sind gemeinsam entlassen worden, also hat er zu Hause angerufen und seinen Fahrer kommen lassen.«

»Ist er mit Ihnen hergefahren?«

»Ja. Das hat mich auch ziemlich erstaunt. Ich hatte angenommen, er würde dem Chauffeur auftragen, ihn zuerst abzusetzen, aber er meinte, er habe in der Stadt noch etwas Dringendes zu erledigen; ich habe natürlich nicht gefragt, worum es sich handelte. Jedenfalls wollte er das zuerst erledigen und dann erst nach Hause fahren und sich ausruhen. Erstaunlich vital, muß ich schon sagen. Als *ich* zu Hause ankam, war ich nicht einmal mehr imstande, eine Briefmarke anzufeuchten.«

»War der Mann zufällig Ed Ashbroom?« fragte Max.

»Richtig. Sie haben ihn sicher gestern abend kennengelernt. Oh, und wie es der Zufall wollte, haben wir auch noch Gerald Whet auf der Straße überholt. Aber ich glaube nicht, daß er uns bemerkt hat. Marcias Ehemann, wissen Sie. Ich selbst habe ihn gar nicht gesehen, aber Ed hat mich darauf aufmerksam gemacht. Wir hatten nämlich beide angenommen, er sei noch in Nairobi. Die Welt ist klein, wie man so schön sagt.«

»Sehr klein«, sagte Max. Er ließ sich von dem diensteifrigen Oko Hut und Handschuhe reichen, dankte Durward für seine Einladung, doch bald wieder einmal vorbeizuschauen, um den Baumfröschen zu lauschen, versprach, Jem die besten Wünsche für eine baldige Genesung auszurichten, und schaffte es endlich, sich loszueisen.

Der Heimweg war genauso schlimm, wie Max ihn sich vorgestellt hatte. Als er endlich in der Tulip Street ankam, war er über und über mit Schnee bedeckt, und Sarah war völlig außer sich.

»Ich dachte schon, du wärst draußen in der Wildnis von Bexhill erfroren. Gib mir bitte deinen Mantel. Ich hänge ihn über die Badewanne, damit er nicht den ganzen Boden volltropft. Brooks drapiert gerade den letzten Vorhang, und wir wollten gleich etwas trinken. Willst du auch ein Schlückchen?«

»Laß mich lieber tief in deine Augen schauen.«

Max zog seine Frau ganz nah zu sich heran und gönnte sich einige schöne Augenblicke, die ihn die Sorgen des Tages vergessen ließen. »In Ordnung«, sagte er schließlich. »Worauf warten wir noch? Wo ist der Fusel?«

»In der Flasche«, teilte ihm Sarah mit. »Gieß dir und Brooks ein, und gib mir bitte einen Sherry. Ich habe noch etwas in der Küche zu tun.«

»Essen wir denn nicht alle gemeinsam?«

»Nein. Bist du jetzt enttäuscht? Zwei Nichten von Mrs. Gates aus Delaware sind unerwartet zu Besuch gekommen. Sie wollte sie daheim zum Abendessen einladen, weil sie zu gebrechlich ist, um bei diesem Wetter auszugehen, und du weißt ja, daß im Eßzimmer höchstens zehn Gäste Platz haben. Ich habe Theonia gesagt, wir würden an einem anderen Abend vorbeikommen.«

»Ist mir auch recht. Ich bin sicher, wir werden uns auch so irgendwie beschäftigen können.«

Erfreut über diese vielversprechende Aussicht ging Max die Drinks holen und begrüßte seinen ganz besonderen Liebling unter seinen zahlreichen angeheirateten Cousins. »Grüß dich, Brooks. Vielen Dank, daß du mir die Arbeit abnimmst. Wie wär's mit einer kleinen Stärkung?«

»Hervorragende Idee.«

Brooks war gewandt wie ein Eichhörnchen, gepflegt, elegant und geschmeidig für sein Alter. Er nahm seinen Drink in Empfang, nickte Max kurz zu und ließ sich auf einem der Stühle nieder, die Sarah um das künstliche Feuer im Kamin, aus dem dekorative Gasflämmchen leckten, gruppiert hatte; Gott sei Dank war es während der letzten siebzig oder achtzig Jahre dem Schicksal, völlig ausrangiert zu werden, immer wieder entgangen.

Sarah und Max liebten ihr künstliches Kaminfeuer. Nachdem Sarah jahrelang sowohl in dem alten Haus in der Tulip Street als auch in ihrem Sommerhaus in Ireson's Landing die Kamine hatte reinigen müssen, war sie überglücklich, endlich keine Arbeit mehr mit Feuerholz und Asche zu haben. Max, der keine hohen Ansprüche stellte, fand die hübschen kleinen Reihen aus blauen Flammenzungen gemütlich und äußerst komfortabel. Außerdem verschmutzte Gas die Luft weniger stark als unverbrannte Holzpartikel, wie Brooks gerade ausführte. Sie wärmten sich die Füße am Kaminfeuer, nippten an ihren Drinks, aßen die Käsecracker, die Sarah ihnen hingestellt hatte, und waren glücklich und zufrieden.

»Hat heute nachmittag irgend jemand Jem besucht?« fragte Max nach einer Weile.

»Theonia war gegen drei Uhr bei ihm«, informierte ihn Brooks. »Die Physiotherapeutin hatte Jem gerade in seine Gehhilfe gezwängt. Theonia sagte, es sei herzzerreißend gewesen.«

»Hatte Jem so große Schmerzen?«

»Nein, aber er war ausgezeichnet bei Stimme.«

»Oh. Wie unangenehm. Hat Theonia herausgefunden, wann er entlassen wird?«

»So schnell wie möglich, hat der Arzt gesagt, und ich bin sicher, er meint es auch so. Ich hoffe nur, daß Jem nicht noch einmal zur

Zielscheibe solch übler Streiche wird, wenn er wieder zu Hause ist. Max, was hältst du eigentlich von dieser Colchicin-Geschichte? Du glaubst doch bestimmt nicht an eine russische Verschwörung gegen kapitalistische Kaviarkonsumenten?«

»Du etwa? Ich bin allerdings auch nicht sicher, ob ich die Erklärung mit der Gichtmedizin schlucken soll. Heute mittag habe ich mich ein bißchen bei Jems Freunden umgesehen. Sie sind fast alle leidenschaftliche Gärtner, aber ich konnte keinen finden, der Colchicum züchtete. Zumindest hat es niemand zugegeben.«

Brooks stieß ein vornehmes Schnauben aus. »Mein Gott, Junge, Colchicum gedeiht doch wirklich bei j e d e m. Wenn man erst einmal die Knolle hat, kann überhaupt nichts mehr schiefgehen.«

»Wie meinst du das?«

»Colchicum hat im Gegensatz zum Krokus, dem es zwar ähnelt, mit dem es jedoch nicht verwandt ist, die merkwürdige Angewohnheit, einfach zu wachsen, sobald es soweit ist, egal ob man sich die Mühe macht, es einzupflanzen oder nicht. Du weißt doch sicher, wie eine Zwiebel anfängt zu treiben, wenn man sie zu lange in der Küche liegen läßt. Nun ja, eine Colchicum-Knolle sieht aus wie eine Zwiebel und treibt nicht nur, sie blüht sogar. Wenn man sie nicht wegwirft, blüht sie auf jeden Fall.«

»Und wo bekommt man die Knollen?«

»Überall. In Gärtnereien, Blumenläden, vielleicht sogar in Kaufhäusern. Sie sind wirklich ganz leicht aufzutreiben.«

»Sind die Blüten genauso giftig wie die Knolle und der Samen?«

»Allerdings. Ich habe gelesen, daß alle Teile der Pflanze giftig sind.«

»Was würde passieren, wenn man eine Knolle zerkleinert und unter passiertes Eigelb mischt?«

»Den Leuten würde es schlecht werden. Gut gedacht, Max. Ich nehme an, man könnte die Knolle kleinhacken und unter die Zwiebeln mischen. Ich habe keine Ahnung, wie Colchicum schmeckt, und auch keine Lust, es herauszufinden. Aber der intensive Geschmack des Kaviars war vermutlich stark genug, alles andere zu überdecken. Weißt du was, Max, ich glaube, genauso ist es gewesen. Eigelb und Zwiebeln wären die perfekte Tarnung, ebenso wie die Silberkette die ideale Verkleidung für den Giftmörder gewesen ist.«

»Wie meinst du das?« wollte Sarah wissen.

»Da er als Sommelier in Erscheinung getreten ist, mußte er auch imposant und irgendwie offiziell aussehen. Ohne die Kette hätten ihm die Frauen vom Party-Service vielleicht peinliche Fragen gestellt. Sie hätten möglicherweise sogar Mrs. Tolbathy fragen können, ob sie seine Anweisungen befolgen sollten oder nicht, und natürlich hätte das seinen Plan ruiniert, obwohl er dadurch noch nicht in ernsthafte Schwierigkeiten geraten wäre. Das Gift unter die Beilagen zu mischen war ein Kinderspiel. Er mußte nur die Gelegenheit dazu haben. Ich hätte es ebenfalls ohne weiteres tun können.«

»Du bist ein Zauberer«, warf Sarah ein. Sie meinte es durchaus wörtlich.

In seinen mageren Zeiten hatte sich Brooks häufig genug mit Zaubertricks und Kunststückchen auf Kinderpartys über Wasser gehalten.

»Dieser Kerl war auch ein Zauberer. Und sogar ein ziemlich guter, finde ich. Mit Hilfe einer Kette hat er einem ganzen Zug voll Menschen einen Sommelier vorgegaukelt, den es gar nicht gab. Als er sie ablegte, verschwand auch der Sommelier. Indem er eine große Show abgezogen hat, um zu beweisen, daß der Kaviar unberührt aus der Konservenfabrik gekommen war, hat er die Aufmerksamkeit der Zuschauer von den Beilagen abgelenkt. Ein recht geschicktes Täuschungsmanöver, wißt ihr. Er hätte die Schüsseln sogar im Beisein sämtlicher Gäste vergiften können, obwohl ich annehme, daß er es getan hat, als er das Tablett vom Dienstabteil in den Speisewagen getragen hat. War irgend jemand in seiner Nähe, um ihm die Tür aufzuhalten, Max?«

»Nein. Die Frauen waren beschäftigt, und das Tablett war nicht sehr groß. Er hätte übrigens auch schnell in den Waschraum schlüpfen können.«

»Das brauchte er gar nicht«, meinte Brooks. »Es war alles ein Kinderspiel. Er hatte bestimmt schon alles vorbereitet, vielleicht in zwei kleinen Plastikbeutelchen, die er in der hohlen Hand verbergen konnte, bis er das Tablett aufnahm. Den Inhalt hat er dann in die Beilagen geschüttet, als er den Frauen im Dienstabteil den Rücken zuwandte, unmittelbar bevor er den Speisewagen betrat. Als er die Schüsseln auf den Tafelaufsatz stellte, hat er bestimmt kleine Löffel hineingesteckt. Damit hat er das Gift verteilt. Er mußte nur ganz kurz umrühren.«

»Wenn dabei nicht alles gleichmäßig verteilt worden ist, würde das erklären, warum es einigen Fahrgästen schlechter ging als anderen«, sagte Sarah. »Auch wenn jeder die gleiche Menge Kaviar gegessen hatte.«

»Absolut zutreffend. Offenbar war es ihm völlig gleichgültig, wer krank wurde und starb, so lange überhaupt jemand starb. Ein reizender Gedanke. Was ihn selbst betraf, konnte er sich darauf verlassen, daß die Wirkung von Pflanzengiften normalerweise erst nach einer ganzen Weile einsetzt. Das würde bedeuten, daß die Schüsseln wahrscheinlich schon abgeräumt waren, ehe das Gift zu wirken anfing, was ja auch zutraf. Colchicin braucht meistens sehr viel länger als in diesem Fall, doch die Tatsache, daß die Leute sonst nichts gegessen und ziemlich viel getrunken hatten, hat den Vorgang offenbar beschleunigt. Und man darf den Schreck nicht vergessen, als der Zug so plötzlich bremste, womit ja keiner gerechnet hatte. Außerdem gab es zweifellos auch eine Art Kettenreaktion, als es einem nach dem anderen übel wurde. Was passiert ist, war zwar schrecklich, Max, aber du mußt zugeben, es war hervorragend durchdacht. Ist das dein Timer, Sarah, oder das Telefon?«

»Das Telefon«, erwiderte Max. »Ich gehe schon. Ich erwarte noch verschiedene Anrufe.«

»Das ist ja was ganz Neues«, bemerkte Sarah und gab ihm einen freundlichen Klaps, als er an ihr vorbeiging.

Es war Gerald Whet mit seinem Bericht über Obed Ogham. Max lauschte, sein Gesicht verfinsterte sich, dann bedankte er sich, drückte auf die Gabel, wartete auf das Freizeichen und rief Egbert an.

»Hallo, wie ist es denn gelaufen? Das hat sie tatsächlich getan? Was sind Sie doch für ein gerissener Hund! Und was Ashbroom anbelangt, hat sie da – da ist sie auch ganz sicher? Verstehe. Wo sind Sie jetzt? Um Himmels willen! Nein, ist schon in Ordnung. Bleiben Sie ruhig, wo Sie sind. Ich melde mich dann später noch mal bei Ihnen.«

Er legte auf und eilte ins Badezimmer, um seinen nassen Mantel zu holen.

»Tut mir leid, daß ich dich mit dem Essen sitzenlassen muß, Kleines, aber ich glaube, ich laufe rasch mal runter zu Jem, bevor der Sturm noch schlimmer wird. Er hat Egbert nach Hause geschickt, als es zu schneien anfing.«

»Aber Max«, protestierte Sarah. »Es ist scheußlich draußen. Man kann nicht mal mehr den Bürgersteig erkennen, ich habe gerade hinausgesehen. Es wird Onkel Jem schon nicht umbringen, wenn er mal einen Abend allein verbringen muß.«

»Darauf würde ich nicht wetten. Du bleibst doch bei ihr, Brooks, nicht wahr?«

»Das hast du dir so gedacht«, rief Sarah. »Wenn du jetzt gehst, komme ich mit.«

»Und ich ebenfalls«, sagte Brooks. »Ich gehe nur nach nebenan, hole meine Gummistiefel und sage Bescheid. Ich treffe euch dann unten in genau fünfundvierzig Sekunden.«

Kapitel 23

Max verschwendete keine Zeit, Sarah zum Bleiben zu überreden. Er packte sie in ihren Mantel und ihre Stiefel und hastete mit ihr nach unten. Zwei Sekunden vor Ablauf der vereinbarten Zeit war auch Brooks zur Stelle, und gemeinsam machten sie sich so schnell auf den Weg, wie es das Schneegestöber erlaubte. Max hielt Sarah im Arm und hob sie über die Schneewehen, wenn sie Schwierigkeiten hatte, und Brooks tat so, als pirsche er sich an eine fliegende Schnee-Eule heran.

Obwohl sie nicht sehr weit zu gehen hatten, waren sie völlig erschöpft, als sie das Krankenhaus erreichten. Sie vergeudeten jedoch keinen Atem darauf zu reden, sondern klopften sich nur gegenseitig den Schnee aus den Mänteln und sprangen in den ersten Aufzug, der sich vor ihnen auftat.

»Was ist überhaupt los?« stieß Sarah schließlich hervor, als sie auf Jems Flur ausstiegen.

»Ich habe versehentlich deinen Onkel als Köder für den Mörder ausgelegt, das ist los. Sieh nur, da ist er schon!«

Sarah gab ein hysterisches Kichern von sich.

Eine Gestalt in einem langen Mantel, in einen riesigen, rotweiß gestreiften Schal gewickelt, dessen Enden fast bis zu den Knien reichten, und einem hohen Zylinder, wie ihn Abraham Lincoln zu tragen pflegte, verließ gerade die Herrentoilette und eilte vor ihnen über den Korridor.

»Aber das ist doch Scrooge! Oh, Max!«

»Pst!«

Sie mußten aussehen wie ein Chor aus den *Piraten von Pensance,* dachte Sarah verwegen, als sie mit ihren beiden Begleitern im Schlepptau auf Zehenspitzen hinter der vermummten Karikatur herschlich. Das Abendessen war unterdessen bereits abgeräumt worden, und wegen des Unwetters gab es keine Besucher. Niemand war zu sehen außer einer Küchenhilfe, die benutzte Tabletts auf einen Geschirrwagen stapelte. Sie war so in ihre Arbeit vertieft, daß sie die merkwürdige Prozession überhaupt nicht bemerkte.

Scrooge wandte sich ebenfalls nicht um, sondern steuerte mit schnellen Schritten auf Jeremy Kellings Zimmer zu. Als er die Tür öffnete, erblickten seine Verfolger ein Antlitz, das dem des literarischen Vorbildes wie aus dem Gesicht geschnitten war.

Max drängte seine Kohorte zur Eile, hielt sie jedoch, an der Tür angekommen, auf. Scrooge stand am Fußende von Jems Bett. Jem, der offenbar ein Verdauungsschläfchen gehalten hatte, öffnete die Augen, starrte die Erscheinung an und begann über das ganze Gesicht zu strahlen.

»Pah! Humbug, Bruder!«

Der hochragende Hut auf dem Kopfe des Besuchers erwiderte Jems Gruß mit einem Nicken, doch Scrooge sagte kein Wort. Er zog eine behandschuhte Hand aus der rechten Manteltasche und warf Jem ein Päckchen zu, das in buntes Papier eingewickelt war. Es plumpste vernehmlich auf das Bett. Jem griff nach dem Geschenk, doch der Handschuh wies streng auf einen Geschenkanhänger, auf dem zu lesen war: ›Bitte nicht vor Weihnachten öffnen!‹

Jetzt kam der andere Handschuh aus der linken Tasche zum Vorschein und förderte zwei weitere Geschenke zutage. Das eine war klein und mit dem Schildchen ›Iß mich!‹ versehen, das andere gluckste und trug die zumindest in Jem Kellings Fall recht überflüssige Aufschrift ›Trink mich!‹ Scrooge plazierte beide auf den Nachttisch, drehte sich, immer noch ohne zu sprechen, um und machte Anstalten zu verschwinden. Just in diesem Augenblick wurde er von Max gepackt. Es war gar nicht so einfach, ihn festzuhalten.

»Mein Gott, der Kerl hat Kraft! Brooks, reiß ihm den Schal ab, und binde ihm damit die Arme fest. Paß auf, daß er dir keinen Karateschlag verpaßt!«

»Was zum Henker macht ihr da?« brüllte Jem. »Hört sofort auf, Max, das ist doch ein Bruder!«

»Welcher denn?«

»Woher zum Teufel soll ich das wissen? Laßt ihn los, er macht bloß Spaß!«

»Ich aber nicht. Rühr bloß die Päckchen nicht an!«

»Aber die sind doch für mich!«

»Da hast du verdammt recht. Ich will sie analysieren lassen. Hör auf zu treten, verflixt noch mal«, schrie er seinen Gefangenen zornig an. »Brooks, nimm meinen Gürtel, und fessele seine Beine.«

Scrooge kämpfte wie ein Besessener, doch Max war stark, Brooks gewandt, und Sarah hatte den glorreichen Einfall, dem Gefangenen mit einem Krug voll Eiswasser eins über den Kopf zu geben. Endlich lag er am Boden, primitiv, aber wirkungsvoll verschnürt, während Jem aus Leibeskräften seinen Klingelknopf malträtierte.

»Mein Gott, Max, glaubst du etwa, das war gerade ein weiterer Versuch, mich umzubringen?«

»Allerdings. Diese Gelegenheit konnte er sich einfach nicht entgehen lassen. Habe ich recht, Durward?«

»Wie kommst du denn auf Durward? Das kann gar nicht Quent sein. Er hat doch gar keine Brille auf. Quent kann ohne Brille überhaupt nichts sehen.«

»Mit Brille genausowenig, wie du und deine Kumpane immer wieder behauptet haben. Seit er allerdings Kontaktlinsen trägt, sieht er ganz ausgezeichnet. Er hat sogar einen niedlichen kleinen Behälter dafür. Leider hat er nicht mehr daran gedacht, als er mir vorhin erlaubt hat, sein Bad zu benutzen.«

Inzwischen waren zwei Krankenschwestern, ein Assistenzarzt und die Küchenhilfe ins Zimmer gestürmt. »Rufen Sie die Polizei!« befahl Max. »Dieser Mann hat gerade versucht, den Onkel meiner Frau umzubringen.«

»Ich sage dem Sicherheitsbeamten Bescheid.« Eine der Krankenschwestern eilte zum Dienstzimmer.

»Ich hole einen Aufnehmer.« Die Küchenhilfe kümmerte sich vernünftigerweise um die glitschigen Pfützen aus Wasser und Eis.

Der Assistenzarzt setzte sich netterweise auf Durwards Rükken, damit er ruhig blieb, bis ein paar Minuten später der Sicherheitsbeamte erschien.

»Hier soll ein Mordanschlag verübt worden sein?«

»Dieser Spaßvogel hier«, sagte Max, »hat bereits Mr. Kellings gebrochene Hüfte auf dem Gewissen. Diesmal wollte er auf Nummer Sicher gehen. Ich wünsche, daß diese Päckchen auf der Stelle analysiert werden, und ich will, daß der Gefangene festgehalten wird, bis die Ergebnisse vorliegen.«

»Was ist denn Ihrer Meinung nach in den Päckchen?«

»Das größte Päckchen enthält eine Silberkette, die Mr. Kelling vergangene Woche gestohlen wurde. Wahrscheinlich ist sie auf irgendeine Weise präpariert und sollte daher mit großer Vorsicht behandelt werden. Bei den anderen Päckchen handelt es sich offenbar um etwas, das er essen und trinken sollte. Beides sollte auf Spuren von Colchicin untersucht werden, da er dieses Gift schon einmal erfolgreich eingesetzt hat. Der Mann heißt Quent Durward und wohnt ganz in der Nähe.« Max nannte die Adresse. »Und er hat einen Hausdiener, den man sofort als wichtigen Zeugen festhalten sollte. Er ist wahrscheinlich Durwards Karatelehrer. Haben Sie alles?«

»Alles klar«, sagte der Sicherheitsbeamte. »Sonst noch was?«

»Ja. Sobald Durward hinter Gittern ist, verständigen Sie bitte den Polizeichef von Bexhill und geben ihm von mir eine ordentliche Kopfnuß.«

»Bexhill? Sie meinen den Ort, wo all diese Leute in dem Zug von einem verrückten Russen vergiftet worden sind?«

»Das war kein Russe, sondern dieser Mann hier. Was war eigentlich Ihr Motiv, Durward? Oder sollte es lediglich ein Schabernack sein?«

Endlich rückte Durward mit der Sprache heraus. »Schaut euch doch bloß diese Witzfigur da im Bett an!« brüllte er. »Der Kerl hält sich tatsächlich für einen Scrooge! Pah! Humbug! Der könnte nicht mal niederträchtig sein, wenn er es ernsthaft wollte. Kann nicht hassen, kann nicht töten, kann nicht mal anständig sterben! Der Teufel soll dich holen, Jem Kelling, warum hast du dich bloß nicht von mir umbringen lassen? Widerlicher alter Schürzenjäger. Und ausgerechnet dich haben sie zum Allerwertesten Fischkopf gewählt, so daß du auf *mich* runterschauen konntest. Armer alter Quent. Nicht mal Marleys Geist durfte ich sein. Meine Baumfrösche wolltest du dir auch nie anhören. Hast dich über mich lustig gemacht, weil ich nicht sehen konnte. Aber jetzt habe ich die ganze Zeit über *dich* gelacht. Und glaub ja nicht, daß ich schon am Ende bin. Ich kriege dich noch! Ich werde euch alle umbringen! Pah! Humbug! Alter Schwachkopf! Pah! Humbug!«

Sogar nachdem ihm der Assistenzarzt eine Beruhigungsspritze verabreicht hatte, schrie Durward immer noch »Pah! Humbug!«, bis die Polizei ihn schließlich in einer Zwangsjacke abführte.

Kapitel 24

»Ich hatte es dir ja gesagt!«

Jeremy Kelling war wieder in seinem Element, in seine eigenen vier Wände zurückgekehrt, das Bein auf einem Kissen ruhend, in der Hand ein Glas. Egbert hatte eine ansehnliche Willkommensparty vorbereitet; zu den Gästen gehörten natürlich Max und Sarah, die in ihrem roten Weihnachtskleid ganz bezaubernd aussah, sowie Brooks, das Haar frisch pomadisiert, und schließlich Theonia, unglaublich attraktiv in einem Abendkleid, welches sie aus zwei *Crêpe-de-Chine*-Chemisen und einem Hausanzug aus grünem Satin aus der Zeit von Ann Harding, die zur Aussteuer von Sarahs Tante Caroline gehört hatten, eigenhändig kreiert hatte.

Auch Cousin Dolph und seine Frau Mary hatten kurz vorbeigeschaut, konnten jedoch nicht lange bleiben. Sie gaben für einige von Marys ehemaligen Kollegen ein Abendessen im Recycling-Zentrum für Senioren. Dolph beabsichtigte, als Weihnachtsmann aufzutreten, und hatte sein ›Ho-Ho-Ho!‹ bereits unter donnerndem Beifall vorgeführt. Er hatte Jem sogar erlaubt, eine Weile seinen Bart zu tragen, ehe er und Mary sich auf den Weg gemacht hatten.

Gerald Whet war gemeinsam mit Tom Tolbathy erschienen, und beide sahen bedeutend besser aus als noch vor ein oder zwei Tagen. Marcia sollte am folgenden Morgen aus dem Krankenhaus von Bexhill entlassen werden. Hester war bereits wieder zu Hause und wurde von ihren hingebungsvollen Schwiegertöchtern und dem Enkelkind verwöhnt, das auf so glückliche Weise dem Gifttod im Zug entronnen war. Hester hatte Jem einen großen Freßkorb mit importierten Delikatessen geschickt, dabei jedoch von Kaviar abgesehen.

Die Rückrufaktion war natürlich gestoppt worden, sobald Quent Durwards heimtückische Tat an die Öffentlichkeit gedrungen war, doch Tom erzählte, Hester habe nicht vor, den Tafelaufsatz ihrer Großtante so schnell wieder hervorzuholen.

»Quent hört gar nicht mehr auf zu gestehen«, teilte Whet den Anwesenden mit. »Ich habe auf dem Weg hierher einen kleinen Umweg über die Charles Street gemacht und im Gefängnis vorbeigeschaut. Man hat mir dort mitgeteilt, daß er ins BRIDGEWATER STATE HOSPITAL für geistesgestörte Kriminelle verlegt werden soll. Er ist scheinbar völlig übergeschnappt und behauptet steif und fest, daß er den Brüdern nur demonstrieren wollte, *wie* man Scrooge wirklich spielt. Er behauptet, daß alles unsere eigene Schuld war, weil wir dich zum Allerwertesten Fischkopf gewählt haben, Jem, und nicht ihn. Er habe nur das Wohl des Clubs im Sinn gehabt, als er dich aus dem Weg räumen wollte. Er hat wahrhaftig vorgehabt, dich zu töten, sagen sie.«

»Der Verdacht ist mir auch schon gekommen«, erwiderte Jem völlig nüchtern, trotz der fünf Martinis, die er bisher getrunken hatte.

Erwartungsgemäß hatte man sowohl in der Ginflasche als auch in dem Streichkäse, den Durward ins Krankenhaus mitgebracht hatte, Colchicin gefunden.

Außerdem hatte man Spuren einer äußerst unangenehmen Substanz auf den Spitzen der kleinen Stifte zwischen den Gliedern der Großen Kette entdeckt, die er dort appliziert haben mußte, ehe er sie in Geschenkpapier eingewickelt und Jem Kelling zurückgegeben hatte.

Zweifellos hatte er vorgehabt, die Päckchen abzuliefern und danach das Krankenhaus sofort wieder zu verlassen. Er hatte ganz richtig vermutet, daß Jem während des Sturms keine Besucher haben würde. Da er seinen Clubbruder kannte, konnte er sicher sein, daß der Allerwerteste Fischkopf die Geschenke auf der Stelle aufreißen, sich die Kette um den Hals legen und sich einen Schluck aus der Flasche genehmigen würde.

Früher oder später wäre dann eine Krankenschwester erschienen und hätte feststellen müssen, daß sie einen Patienten verloren hatte. Niemand hätte gewußt, wer Jem die tödlichen Geschenke gebracht hatte. Und falls doch irgend jemand Durward in seiner Scrooge-Verkleidung gesehen hätte, so hätte er ihn wahrscheinlich für einen Unterhaltungskünstler gehalten, der gekommen war, um die Patienten ein wenig aufzuheitern. In der Weihnachtszeit gab es eine Menge derartiger Veranstaltungen.

Als letzte Möglichkeit hätte Durward die Sache immer noch jemand anderem in die Schuhe schieben können, genauso, wie er versucht hatte, Ashbroom oder Whet als mögliche Verdächtige für die bisherigen Morde hinzustellen.

»Glaubst du, daß er wirklich wahnsinnig geworden ist, Max?« fragte Sarah.

»Seine Eitelkeit ist jedenfalls pathologisch. Du hast ja schon darauf hingewiesen, Jem, als du mir erzählt hast, daß Durward nicht zugeben wollte, daß er so gut wie blind war. Übrigens war das jahrelang wirklich der Fall. Sie haben in der Augenklinik die Krankenblätter ausgegraben. Erst in den letzten zwei Jahren konnte seine Sehkraft mit Hilfe von Mikrochirurgie und speziellen Kontaktlinsen dramatisch verbessert werden.«

»Wirklich ein Jammer, daß er sie nicht für bessere Zwecke genutzt hat«, meinte Gerald Whet. »Wenn man bedenkt, welche Mühe er sich gegeben hat, so zu tun, als könne er nicht einmal seine Hand vor den Augen erkennen. Das ist doch sicher auch nicht ganz normal, findet ihr nicht?«

»Ich weiß nicht«, sagte Max. »Das verlieh ihm eine gewisse Macht, die er nie zuvor gehabt hatte, schätze ich, denn er konnte ja sehen, während alle anderen vom Gegenteil überzeugt waren. Er konnte sich die unmöglichsten Dinge erlauben, zum Beispiel im Zug in die Rolle des Sommeliers schlüpfen. Und sich gewaltsam Zutritt zur Wohnung von Ed Ashbrooms Freundin verschaffen. Und dann die Verfolgungsjagd, bei der er mich am Sonntag durch ganz Beacon Hill gelockt hat. Ich weiß nicht, ob er vortäuschen wollte, er wäre Sie, Gerry, oder Ed Ashbroom, später hat er jedenfalls versucht, mich auf Ashbroom anzusetzen.«

»Wie das?«

»Er hat mir weiszumachen versucht, daß ihn Ashbroom nach Boston chauffiert habe, obwohl er gewußt haben muß, daß die Hausangestellten, besonders Egberts Bekannte Guinevere, beschwören konnten, daß ihr Chef zu der Zeit längst in Bexhill war und ihnen auf den Wecker ging. Übrigens hat Ihr Anruf bei Guinevere, Egbert, dazu beigetragen, Jems Leben zu retten. Ihre Erkundigungen über Obed Ogham übrigens auch, Gerry. Als mir erst einmal klar war, daß die beiden als Verdächtige ausschieden, ging mir auf, daß es sich nur um Durward handeln konnte. Und da bin ich in Panik geraten.«

»Das war dann wohl mein verdammtes Glück«, brummte Jem. »Mich hat er nämlich total hinters Licht geführt. Und das ist nicht einfach, das könnt ihr mir glauben.«

»Ich weiß«, sagte Max. »Du hättest dich bestimmt nicht von ihm in eine Sammelbüchse der Heilsarmee schubsen lassen wie ich.«

»Eine Sammelbüchse der Heilsarmee?« Cousine Theonia zog ihre Augenbrauen hoch. »Wie überaus rücksichtslos von ihm. Es sei denn, er ist vollkommen unzurechnungsfähig und kann für seine Taten nicht verantwortlich gemacht werden«, fügte sie hinzu, denn Theonia glaubte daran, daß man jedem Menschen diese Möglichkeit zumindest zubilligen sollte.

»Ich denke, es wird ganz schön schwer für ihn sein, sich da herauszuwinden«, sagte Max. »Den neuesten Informationen zufolge hat er sich nämlich offenbar in ein Konkurrenzunternehmen der Importbranche eingekauft. Was auch immer seine anderen Motive gewesen sein mögen, es scheint ganz so, als hätte er es vor allem darauf abgesehen gehabt, die Tolbathys zu ruinieren.«

»Aber warum denn nur?« fragte Tom Tolbathy. »Mein Gott, der Markt wäre doch groß genug für uns beide gewesen. Wir sind doch wirklich keine rücksichtslosen Konkurrenten.«

»Als ich mit ihm sprach, kurz bevor er zu Jem ging, hatte ich den Eindruck, daß Durward sein Leben lang nicht verwinden konnte, daß sein Urgroßvater seinen Anteil vorzeitig verkauft hat und die Tolbathys sehr viel bessere Umsätze machten, nachdem die Durwards nicht mehr am Geschäft beteiligt waren und alles verpatzten. Diesen Erfolg hat er als eine weitere persönliche Demütigung angesehen.«

»Aber Tom und Wouter haben ihn nie gedemütigt«, protestierte Gerald Whet. »Keiner von uns hat das getan. Wenn man zusammen die Schulbank gedrückt hat, darf man sich doch gelegentlich ein bißchen auf den Arm nehmen, das ist doch nur Spaß. Hat Quent das denn nicht verstanden?«

»Ich war schon immer der Auffassung, daß die Unfähigkeit, über sich selbst zu lachen, das schlimmste Unglück ist, das einem passieren kann«, bemerkte Brooks ernst.

»Wie recht du hast, Liebling«, gurrte Theonia und zupfte anmutig ihren Spitzenkragen zurecht. »Aber weißt du, Max, ich verstehe immer noch nicht, wie Mr. Durward all diese schrecklichen Täuschungen zustande gebracht hat. Am meisten interessiert mich, wie er es bewerkstelligt hat, unserem lieben Jem die schwere Kette vom Hals weg zu stehlen. Das muß ja ein ganz raffinierter Taschenspielertrick gewesen sein.«

»Magnettrick, würde ich eher sagen«, klärte sie Max auf. »Ich bin darauf gekommen, als ich mir Wouters Modelleisenbahn angesehen habe. Er hat sie so konstruiert, daß sie mit magnetischen Zylinderspulen funktionierte, so daß die Waggons durch Fernbedienung an- und abgekoppelt werden konnten. Wouter war hochbegabt für derartige Dinge, und ich fürchte, das hat ihn schließlich das Leben gekostet.«

»Aber wieso?« fragte Tom Tolbathy. »Mein Gott! Sie meinen also –«

»Genau. Im Polizeirevier hat man die Kette auseinandergenommen. Offenbar hat Wouter während der letzten Amtsperiode, als Sie Allerwertester Fischkopf waren, Tom, die Große Kette in die Finger bekommen. Was sicher nicht allzu schwierig war, nehme ich an.«

»Nein, keineswegs«, sagte Tom. »Wouter hatte immer zu allem Zugang.«

»Nun ja, ich vermute, Wouter hat den Kabeljau aus Spaß auseinandergenommen. Der Anhänger war hohl, wie es bei derartigen Objekten oft der Fall ist, und Wouter hat einen Minisender eingebaut. Dann hat er zwei Kettenglieder gelöst und sie mit Hilfe von winzigen Elektromagneten wieder zusammengefügt.«

»Was bedeutet, daß man die Kette mit Hilfe einer kleinen Fernbedienung öffnen und schließen konnte«, erklärte Brooks Theonia.

»Wie geschickt. Aber warum hat er das getan?«

»Es war manchmal schwer zu sagen, warum Wouter etwas getan hat«, gab Tom zu. »Oft genug aus reinem Vergnügen, denke ich. Aber er hat auch stets überlegt, wie man seine Erfindungen am besten nutzen konnte.« Der trauernde Bruder lächelte wehmütig. »Und Wouter ist immer etwas eingefallen.«

»In diesem Fall scheint es eher Durward gewesen zu sein, dem etwas eingefallen ist«, meinte Max. »Vielleicht war Wouter nicht vorsichtig genug und hat sein neuestes Werk in seinem Beisein ausprobiert und angenommen, Durward könnte es sowieso nicht sehen.«

»Und hat nicht geahnt, daß Quent längst seine eigenen Pläne hatte«, ergänzte Jem.

»Genau. Jedenfalls hat Quent herausgefunden, daß die Brüder jetzt eine Trickkette hatten, und Wouter entweder überredet, sie bei eurer Scrooge-Feier verschwinden zu lassen, oder er hat irgendwie die Fernbedienung in die Finger bekommen und selbst einen Plan geschmiedet. Es muß ganz einfach für ihn gewesen sein, neben Jem zu stehen, als die Kette herunterfiel, sie sich zu schnappen und ins Hosenbein oder sonstwohin zu stopfen.«

»Ich gehe davon aus, daß Wouter Quent geholfen hat, mir die Kette beim Festessen abzunehmen«, sagte Jem. »Er dachte sicher, Quent würde die Kette schon auftauchen lassen, sobald sie nur die peinlichste Gelegenheit ausgetüftelt hätten, mir das Ding wieder unterjubeln zu können.«

»Wahrscheinlich hast du recht«, pflichtete ihm Max bei. »Aber Durward hatte andere Pläne. Deshalb hat er auch beschlossen, Wouter umzubringen, obwohl ich immer noch nicht ganz verstehe, warum er es für notwendig hielt, die Große Kette zu tragen, als er die Beilagen für den Kaviar vergiftete. Sarah behauptet, er habe es getan, weil er kein Geld für etwas ausgeben wollte, das er nie wieder tragen würde.«

»Vielleicht befürchtete er, der Verkäufer würde ihn später identifizieren, wenn er sich eine geliehen oder gekauft hätte«, schlug Brooks vor.

»Ich frage mich, ob es nicht eine Art Rache an uns gewesen ist, weil wir ihn wegen seiner schlechten Augen aufgezogen haben, was wir bedauerlicherweise tatsächlich manchmal getan haben«, überlegte Tom Tolbathy. »Also ist er deshalb mit der Kette vor unserer Nase herumstolziert, und niemand hat etwas gemerkt, bloß weil der Kabeljau fehlte. Das war wohl auch einer der Gründe, warum er Jem von der Party fernhalten wollte. Jem hätte ihn mit Sicherheit erkannt.«

»Verdammt richtig«, sagte Jeremy Kelling. »Dieser faule Zauber hätte niemals stattgefunden, wenn das Große Adlerauge im Zug dabeigewesen wäre. Du hast ja im Krankenhaus selbst gesehen, Max, daß man von seinem Gesicht kein Fitzelchen erkennen konnte. Das einzige, was mich getäuscht hat, war die Tatsache, daß er keine Brille zu seiner Maskerade getragen hat. Ich kann mir immer noch nicht vorstellen, daß er mich ohne Brille gefunden hat.«

»Das kommt daher, weil du nie durch die Brille geschaut hast, die er zuletzt getragen hat«, sagte Max. »Aber ich hatte dazu Gelegenheit, als ich so unerwartet bei ihm hereingeschneit bin. Er hatte eine seiner Brillen im Badezimmer vergessen. Ich habe sie mir angesehen und festgestellt, daß die Gläser lediglich aus dikkem Fensterglas bestanden. Ich habe auch keine Ahnung, warum er sie weiterhin getragen hat, obwohl er Kontaktlinsen hatte. Entweder hat er sich ohne eine Brille irgendwie nackt gefühlt, oder es hat ihm Spaß gemacht, euch alle weiter in dem Glauben zu lassen, er könne immer noch schlecht sehen, wenngleich er das inzwischen genausogut konnte wie die meisten Menschen seines Alters.«

»Verfluchter Mistkerl«, schnaubte Jem. »Egbert, warum zum Teufel packst du nicht diesen Korb von Hester aus und machst uns was zu essen? Ich habe einen Wolfshunger, verdammt noch mal. He, das ist das erste Mal, daß ich wieder richtig Appetit habe, seit ich mir diese gottverdammte Hüfte gebrochen habe. Ich bin offenbar auf dem Wege der Besserung. Hipp, Hipp, Hurra!«

»Ach, hör schon auf, alter Narr«, rief der Ehemals Allerwerteste Fischkopf Bruder Tolbathy und schneuzte sich umständlich die Nase. »Jem, wir müssen noch über Wouters Beerdigung sprechen. Du wirst natürlich die Grabrede halten und dabei die Große Kette tragen. Und ich dachte, daß Gerry vielleicht hinter dem Sarg hergehen und den Drachen ziehen könnte. Und wenn du mit der Rede fertig bist, könnte er ihn vielleicht anschalten, damit er ein bißchen Rauch und Feuer speit. Ich glaube, das würde Wouter gefallen, meint ihr nicht auch, Leute?«

»Verdammt richtig«, sagte Jem. »Dasselbe hätte Wouter auch für uns getan. Schenk noch mal ein, Egbert. Laßt uns alle einen Schluck auf den guten alten Wouter trinken.«

Der Allerwerteste Fischkopf erhob sein Glas. »Pah! Humbug! Euch allen!«

Und niemand zweifelte daran, daß er es so meinte.

Nachwort

1843 erschien *A Christmas Carol – Ein Weihnachtslied in Prosa* – von Charles Dickens, das bald weltweit die beliebteste Weihnachtsgeschichte aller Zeiten wurde – an Bekanntheitsgrad nur noch von der Weihnachtsgeschichte übertroffen, die uns der Evangelist Lukas überliefert hat. Vier Geistererscheinungen in der Weihnachtsnacht sind es, die den geizigen Menschenschinder und -verächter Ebenezer Scrooge zum weihnachtsseligen Philanthropen machen. Zuerst erscheint ihm der Geist seines verstorbenen Partners Marley, der, ebenso geldgierig und hartherzig wie Scrooge, nun in Ewigkeit mit einer schier endlosen Kette aus Geldkassen, Besitztiteln usw. herumirren muß, die er sich in seinem Leben selbst geschmiedet hat und wie sie, länger noch und drückender, auch auf Scrooge wartet. Dann zeigen ihm die Geister der vergangenen, der gegenwärtigen und der zukünftigen Weihnacht, was er an Liebe verloren hat, was ihm an Freude entgeht und was er an Leid verursacht und wie einsam und unbeklagt er sterben wird.

Die geradezu mythische Qualität dieser Geschichte von der Bekehrung zum Weihnachtsfest als dem Fest der Liebe und Mitmenschlichkeit wird daran deutlich, daß »Scrooge« im englischsprachigen Raum zur festen Bezeichnung für einen Menschen mit niederträchtiger Gesinnung und abnormem Geiz geworden ist – und als die Disney-Leute nach einem Namen für den milliardenschweren Familiengeizhals der Duck-Sippe suchten, stand das Ergebnis von vornherein fest: Scrooge McDuck, in Deutschland bekannt unter dem nichtssagenden Namen Onkel Dagobert.

Daß sich die neuenglische Aristokratie Bostons, der ihr ererbter Reichtum ebenso selbstverständlich ist wie ihr ererbter Geiz, mit dieser Figur – vor der Bekehrung! – durchaus identifizieren kann, zeigen die achtzehn würdig-unwürdigen Mitglieder des elitären Clubs vom Geselligen Kabeljau. Die Mitgliedschaft ist innerhalb der alten, meist miteinander versippten Bostoner Familien erblich – man muß nur den gehörigen Sinn für organisierten Unsinn haben. Die sich durchaus ernstnehmende Vereinigung gehört zu den im englischsprachigen Raum so beliebten Nonsense-Clubs: Alte Herren zwischen Ende sechzig und Mitte neunzig setzen in ihr die Streiche fort, die sie vor zwei und mehr Menschenaltern in den exklusiven Internaten als Pennäler begonnen und später in den elitären Clubs von Harvard oder Yale als Studenten beibehalten haben.

Aus dem Kelling-Clan ist es der Lebemann der Sippe, Jeremy Kelling, der die Familie beim Geselligen Kabeljau vertritt. Während Adolphus Kelling sich an den Vermögen erfreut, die ihm entfernte Großonkel dann und wann hinterlassen, ist Jeremy, so etwas wie der Christian Buddenbrook unter den Kellings, stolz, die Clubmitgliedschaft vom Großonkel Serapis, einem weiteren Bonvivant aus der sonst eher nüchternen Kelling-Sippe, geerbt zu haben. Seit kurzem ist er, wiewohl mit Ende sechzig einer der Jüngsten im Club, sogar Präsident der Vereinigung mit dem schönen Titel »Allerwertester Fischkopf«.

Als solcher hat er würdevoll der Weihnachtsfeier des Geselligen Kabeljaus zu präsidieren, die in diesem Kreis natürlich als Anti-Weihnachtsfeier begangen wird, als Scrooge-Tag in liebender Erinnerung an das große Vorbild. Man trinkt auf sich selbst – und zur Hölle mit allen andern! –, man hofft, daß alle im vergangenen Jahr ihrer fortschreitenden Senilität zum Trotz böse kleine Buben gewesen sind – »Fröhliche Zwietracht alle miteinander!« Marleys Geist ist im entsprechenden Spardosen- und Geldkassettenbehang ebenso präsent wie die Geister der diversen Weihnachten – mit dem einen Ziel, wie Scrooge alles Weihnachtliche mit seinem klassischen »Pah! Humbug!« abzufertigen. Weihnachtsdekorationen (die man in Amerika über alle Maßen und über alle Geschmacksgrenzen hinaus liebt und in diversen Ladenketten ganzjährig kaufen kann) sind bei den Kabeljauen natürlich verpönt, und symbolisch dafür wird die größte Geschmacklosigkeit, die man auf dem Markt auftreiben konnte, feierlich vernichtet. In diesem Jahr ist es eine aufblasbare Variante des legendären Rentiers Rudolf mit der glänzendroten Nase, das die anderen Rentiere auslachten und nicht mitspielen ließen, bis es dann an einem nebligen Christfest Santa Claus voranleuchten durfte und allen Kindern die Weihnacht rettete. Von den aufblasbaren Hufen bis zum aufblasbaren Geweih mißt Plastik-Rudolf über einen Meter und ist zusätzlich mit einem nicht ganz leicht erklärbaren Ballettröckchen aus gefärbten Hühnerfedern bekleidet.

Nach der feierlichen Abschlachtung und Entsorgung dieser Scheußlichkeit muß Jeremy Kelling feststellen, daß die von ihm bei diesem Anlaß zum erstenmal getragene Amtskette des Allerwertesten Fischkopfes fehlt – eine wundervolle, alte, handgeschmiedete Silberkette mit einem massivsilbernen Kabeljau als Amtsinsignie und Vereinsemblem. Jemand muß sie ihm vom Hals gestohlen haben, denn abgefallen kann sie nicht sein, da sie keinen Verschluß aufweist, sondern von oben über den Kopf angelegt wird. Alle suchen vergeblich nach dem Heiligtum des Vereins und glauben schließlich an einen Scherz. Sicher wird sie beim nächsten Treffen, wenn am Valentinstag ein rotes Herz rituell zerschlitzt wird, ebenso mysteriös wieder auftauchen, wie sie am Scrooge-Tag verschwunden ist.

Einzig Jeremy Kelling bleibt beunruhigt, ist er doch als Allerwertester Fischkopf der eigentlich Verantwortliche für die ihm anvertraute Kette. Und so erlebt sein mit ihm in Unehren ergrauter Diener Egbert erstmals, daß sein Herr nüchtern und verstört von einem Gelage nach Hause kommt. Natürlich ist das ein Fall, der Jeremys angeheiratetem Neffen Max Bittersohn auf den Leib geschrieben ist, ist der promovierte Kunsthistoriker doch als Detektiv für das Gebiet der Kunstdiebstähle und -fälschungen zuständig.

Die Romanze zwischen der aristokratischen Sarah Kelling Kelling und dem Sproß noch nicht lange in den USA lebender jüdischer Einwanderer, die nach dem Tod von Sarahs erstem Mann begann (*Die Familiengruft*, DuMont's Kriminal-Bibliothek 1012) und in den weiteren Bänden ihren nicht störungsfreien Fortgang nahm (*Der Rauchsalon*, *Madam Wilkins' Palazzo*, *Der Spiegel aus Bilbao*, DuMont's Kriminal-Bibliothek 1022, 1035, 1037), hat vor einem halben Jahr zur Ehe geführt, die weder von allen Mitgliedern des konservativen Kelling-Clans noch von Max' jüdischer Mutter restlos gutgeheißen wird, was aber dem Glück der beiden keinen Abbruch tut.

Dies wird nun in ganz starkem Maße Max Bittersohns eigener Fall. Die verschwundene wertvolle Kette, ein Meisterstück des Kunsthandwerks, fällt ganz eindeutig in sein Spezialgebiet – und somit die folgenden sich überschlagenden Ereignisse auch:

Jeremy Kelling stürzt auf der Treppe und landet mit einer gebrochenen Hüfte im Krankenhaus. Mit Lupe und Scharfsinn kann Neffe Max den scheinbaren Unfall als raffinierten Anschlag enthüllen, der Jeremy sogar das Leben hätte kosten können. Persönliche Feinde hat der alte Herr keine, und die amourösen Aktivitäten des Endsechzigers, die er gern andeutet, sind wohl auch nicht mehr so, daß sie in Ehemännern oder Rivalen Mordgelüste auslösen könnten.

Der einzige Grund, den Max' scharfsinnigen Überlegungen zulassen, ist der, daß jemand alles darauf anlegt, Jeremy Kelling von der großen Weihnachtseinladung der Tolbathys fernzuhalten, denn das, was diesen außer Trinkfestigkeit und einem Riesenschatz schlüpfriger Anekdoten auszeichnet, ist sein fabelhaftes Personengedächtnis, dem auch nicht die kleinste Einzelheit entgeht. Die Tolbathys planen eine zu ihrem eigenen historischen Zug mit Salonwagen passende Einladung, zu der die Gäste stilgemäß in Kostümen der Jahrhundertwende kommen sollen. Wenn die Familie auch schon seit Generationen im Feinkostimport tätig ist, hat sie ihr Vermögen doch ursprünglich mit Eisenbahnaktien erworben, und so hat sie für einen kleinen Luxuszug auf ihrem riesigen Grundstück außerhalb Bostons eine eigene Eisenbahnstrecke angelegt, die es nun zu nutzen gilt. Chesterton hat den Detektivroman einmal »eine Komödie der Masken, nicht der Gesichter« genannt, und genau das veranstalten die Tolbathys. Hat nun einer der Scrooges von den Geselligen Kabeljauen eine wirkliche anti-weihnachtliche Untat im Sinn, für die er eine Silberkette und einen skrupellos an der Teilnahme verhinderten Jeremy Kelling braucht?

Max nimmt an der Party als »Jeremys Neffe« teil – ein Ehrentitel, der ihm sofort den Zugang zu dieser exklusiven Schicht eröffnet, die sich etwa den Kennedys bis heute verschließt. Und so wird er Zeuge eines dreisten Aktes, eines rätselhaften Verbrechens, das sich vor aller Augen vollzieht. Der plötzlich in festlichem Schwarz und mit der traditionellen Kette seines Berufs auftauchende Sommelier, der Sekt und Kaviar mit feierlichem Zeremoniell präsentiert, verschwindet ebenso plötzlich wieder; er gehörte weder zum Party-Service noch zum Tolbathyschen Personal. Zugleich läßt eine plötzliche Vollbremsung Gäste, Personal, Gläser, Flaschen und Essen wild durcheinanderstürzen. Im Führerstand der Lokomotive liegt der offensichtlich mit einem Karateschlag getötete Wouter Tolbathy, und der für die Vollbremsung Verantwortliche ist verschwunden wie der Sommelier. Und damit nicht genug – bald klagen alle Gäste, die vom Kaviar gegessen haben, über schwere Übelkeit und müssen mit Vergiftungserscheinungen ins Krankenhaus eingeliefert werden. Der Kaviar aber war der beste und feinste aus Tolbathys eigener Firma, und die große Dose wurde vor den Augen der Gäste vom rätselhaften Sommelier geöffnet – der im übrigen, was nur Max' einschlägig geschultem Blick auffiel, die Ehrenkette des Allerwertesten Fischkopfs trug, allerdings mit einem standesgemäßen Korkenzieher anstelle des silbernen Kabeljaus. Das älteste Mitglied des Geselligen Kabeljaus (ausgerechnet er war am Scrooge-Tag der Geist der zukünftigen Weihnacht) stirbt an den Folgen des Sturzes und die Frau eines weiteren Kameraden an der Vergiftung, die bei ihr mit einem ohnehin eingenommenen Gichtmittel kumuliert. Der erschlagene Tolbathy, die vergiftete Edith Ashborn, der verunglückte Wripp – drei höchst reale Leichen stören den Weihnachtsfrieden in Bostons Oberschicht – und weitere Opfer schweben noch in Lebensgefahr.

Dennoch ist man bereit, die Sache mit Hilfe des in diesen Dingen erfahrenen örtlichen Polizeichefs unter den Teppich zu kehren: Wouter Tolbathy starb bei einer – zugegeben rätselhaften – Vollbremsung, desgleichen Wripp – und den Kaviar aus Tolbathys eigenem Import haben dann wohl verrückte russische Kommunisten aus Haß auf amerikanische Kapitalisten vergiftet. Tolbathy fürchtet zwar, daß er seinen gesamten Kaviar eventuell zurückziehen und sein durch so viele Generationen hindurch erfolgreiches Geschäft vielleicht schließen muß, aber das ist ihm lieber als ein Skandal auf seiner eigenen Party.

Und so wäre der Fall dann nach einem Viertel des Buchs abgeschlossen, wäre nicht Max Bittersohn von vornherein mit der Sache befaßt gewesen. Wieder einmal ist es der Detektiv, der die entscheidenden Fragen stellt und erst das zunächst undurchdringbar scheinende Geheimnis entstehen läßt, wo Polizei und Betroffene sich mit harmlosen Erklärungen zufrieden geben. Max sieht alle rätselhaften Vorkommnisse als Einheit: das Verschwinden der Kette, den Anschlag auf Jeremy Kelling und den doppelten Anschlag auf den Zug und seine Passagiere. Damit beginnt seine einsame Jagd nach dem Täter. Wenn alle Ereignisse in einem großen Zusammenhang stehen, kann der Mörder nur unter den

Kameraden vom Geselligen Kabeljau zu suchen sein, die auch einladungsgemäß verkleidet an der Tolbathy-Party teilgenommen haben. Mit der Carte blanche »Jeremy Kellings Neffe« verschafft Max sich Zutritt zu ihren Palästen, bahnhofsgroßen Geschmacklosigkeiten und eleganten Stadtwohnungen, richtet des Onkels Grüße aus und fragt in dessen Auftrag nach dem werten Befinden. Wieder einmal werfen wir tiefe Blicke ins geheime Leben der neuenglischen Hocharistokratie, von der ein Kenner einmal gesagt hat, sie habe zwar feste Sitten und Gebräuche, aber keine Manieren, und wir tun das mit Max' Augen, der immer noch nicht das Staunen verlernt hat, wenn ein schwerreicher Mann ihn bittet, ihn im Auto mitzunehmen, weil ein Taxi doch zu kostspielig sei. Auf dieser Rundfahrt durch Neuenglands alten Reichtum, seine aktuellen Besitzer und die Kulissen, in denen sie leben, wird er bisweilen snobistisch auf seinen Platz in der Gesellschaft verwiesen, meist herzlich aufgenommen und einmal in aller Form hinausgeworfen – und weiß gleichzeitig, daß einer der Besuchten ein skrupelloser Killer ist, der um eines absurden Streiches willen drei Tote, den schwerverletzten Jeremy und beliebig viele andere Opfer in Kauf genommen hat. Als Max dann noch einer geheimnisvollen Gestalt durch Boston folgt, wird ihm unangenehm bewußt, daß sein Kontrahent – wenn er es dann sein sollte – über exzellente Karate-Kenntnisse verfügt.

An Ende hat er die Indizien gesammelt, die es ihm erlauben, einen der Geselligen Kabeljaue als Mörder zu überführen, wobei der hilflos und fluchend im Hospital liegende Jeremy als Köder dienen soll. Wer dann letztlich überführt wird, ist niemand anders als Dickens' Ebenezer Scrooge. Der Mörder trägt nicht nur seine Maske und sein Kostüm, er ist es auch innerlich. Den Haß und die Menschenverachtung, das bewußt Anti-Weihnachtliche, was die hochachtbaren Geselligen Kabeljaue ritualisiert praktizieren, hat er genau aus Scrooges Motiven in die Wirklichkeit umgesetzt und das Fest der Liebe und Mitmenschlichkeit in eine Orgie des Hasses und der Gewalt verwandelt.

Der »Weihnachtskrimi« ist eine beliebte Untergattung des Detektivromans. Zu sehr bietet sich dieses Fest an, um hinter seine freundliche Fassade zu blicken und an ihm die dieser Romanform eigentümliche »Zerstörung einer heilen Welt« (Richard Alewyn) zu demonstrieren. Charlotte MacLeod legt mit *Kabeljau und Kaviar* nach *Schlaf in himmlischer Ruh'* . . . (DuMont's Kriminalbibliothek 1001), ihrem erfolgreichsten Buch überhaupt, gleich einen zweiten Weihnachtskrimi auf den Gabentisch und leistet gleichzeitig noch etwas, was der Detektivroman auch traditionell gern tut: die überzeugende Abwandlung eines berühmten Musters, in diesem Falle im Spiel mit dem legendären Dickensschen *Christmas Carol.* Zugleich aber spielt sie auch mit einem bekannten Gattungsgesetz, was den Täter betrifft, aber das darf hier nicht verraten werden.

Volker Neuhaus

Band 1016	Anne Perry	**Der Würger von der Cater Street**
Band 1017	Ellery Queen	**Sherlock Holmes und Jack the Ripper**
Band 1018	John Dickson Carr	**Die schottische Selbstmord-Serie**
Band 1019	Charlotte MacLeod	**»Über Stock und Runenstein«**
Band 1020	Mary Roberts Rinehart	**Das Album**
Band 1021	Phoebe Atwood Taylor	**Wie ein Stich durchs Herz**
Band 1022	Charlotte MacLeod	**Der Rauchsalon**
Band 1023	Henry Fitzgerald Heard	**Anlage: Freiumschlag**
Band 1024	C. W. Grafton	**Das Wasser löscht das Feuer nicht**
Band 1025	Anne Perry	**Callander Square**
Band 1026	Josephine Tey	**Die verfolgte Unschuld**
Band 1027	John Dickson Carr	**Die Schädelburg**
Band 1028	Leslie Thomas	**Dangerous Davies, der letzte Detektiv**
Band 1029	S. S. van Dine	**Der Mordfall Greene**
Band 1030	Timothy Holme	**Tod in Verona**
Band 1031	Charlotte MacLeod	**»Der Kater läßt das Mausen nicht«**
Band 1032	Phoebe Atwood Taylor	**Wer gern in Freuden lebt ...**
Band 1033	Anne Perry	**Nachts am Paragon Walk**
Band 1034	John Dickson Carr	**Fünf tödliche Schachteln**
Band 1035	Charlotte MacLeod	**Madam Wilkins' Palazzo**
Band 1036	Josephine Tey	**Wie ein Hauch im Wind**
Band 1037	Charlotte MacLeod	**Der Spiegel aus Bilbao**
Band 1038	Patricia Moyes	**»... daß Mord nur noch ein Hirngespinst«**
Band 1039	Timothy Holme	**Satan und das Dolce Vita**
Band 1040	Ellery Queen	**Der Sarg des Griechen**
Band 1041	Charlotte MacLeod	**Kabeljau und Kaviar**

Band 1007
Charlotte MacLeod
»...freu dich des Lebens«

Nachdem er Helen Marsh geheiratet hat, verläuft das Leben von Professor Peter Shandy in ruhigen Bahnen. Nach einer Einladung seiner Frau an die Hufschmiedin des College, Mrs. Flackley, und den Lehrbeauftragten für Haustierhaltung, Professor Stott, überstürzen sich jedoch plötzlich die Ereignisse. Ist die Entführung der besten Zuchtsau des College nur ein Studentenstreich? Was haben der Diebstahl eines Lieferwagens und der Überfall auf eine Silbermanufaktur mit dem verschwundenen Schwein zu tun? Als Mrs. Flackley ermordet gefunden wird, hält das niemand mehr für einen Studentenulk. So hat Peter Shandy alle Hände voll zu tun, den Mörder zu stellen, denn der Hauptverdächtige in diesem Fall ist sein Freund Stott.

Band 1012

Charlotte MacLeod

Die Familiengruft

Es beginnt mit einem Familienkrach: Großonkel Frederick möchte auch im Tod nicht dieselben Räumlichkeiten mit Großtante Mathilde teilen. Auf der Suche nach einer passenden letzten Ruhestätte wird die seit 100 Jahren nicht benutzte Familiengruft der Kelling-Dynastie geöffnet. Der jungen Sarah Kelling fällt die undankbare Aufgabe zu, das Begräbnis vorzubereiten. Bei der Öffnung der Gruft lernt sie Ruby Redd, eine einst berühmte Striptease-Tänzerin von sehr zweifelhaftem Ruf kennen. Mehr als die Rubine in Rubys Zähnen beeindruckt Sarah aber die Tatsache, daß die Tänzerin seit mehr als 30 Jahren tot ist . . .

Band 1019

Charlotte MacLeod

»Über Stock und Runenstein«

Dieses ist der dritte Roman aus der ›Balaclava‹-Reihe, in dem Peter Shandy, Professor für Botanik am Balaclava Agricultural College und Detektiv aus Leidenschaft, mit analytischem Denkvermögen ein Verbrechen aufklärt.
Der Knecht Spurge Lumpkin wird von der Besitzerin der Horsefall-Farm, Miss Hilda Horsefall, tot aufgefunden. Für die Polizei ist der Fall klar: ein tragischer Unfall. Peter Shandy aber kommen bald die ersten Zweifel, und als ein Kollege und ein junger neugieriger Reporter ebenfalls fast die Opfer mysteriöser Unfälle werden, sieht er sein Mißtrauen bestätigt.

Band 1022

Charlotte MacLeod

Der Rauchsalon

Für eine Lady aus der Bostoner Oberschicht ist es auf jeden Fall unpassend, ihr Privathaus in eine Familienpension umzuwandeln, um ihren Lebensunterhalt zu verdienen. So ist der Familienclan der Kellings entsetzt, als die junge Sarah, die gerade auf tragische Weise Witwe geworden ist, ankündigt, sie werde Zimmer vermieten. Doch selbst die konservativen, stets die Form wahrenden Kellings ahnen nicht, daß Sarahs neue Beschäftigung riskanter ist, als man annehmen sollte – mit den Mietern, sämtlich respektable Mitglieder der Bostoner Oberschicht, hält auch der Tod Einzug in das vornehme Haus auf Beacon Hill . . .
Kein Wunder, daß die junge Frau froh ist, daß ihr der Detektiv Max Bittersohn beisteht, der mehr als ein berufliches Interesse daran hat, daß wieder Ruhe und Ordnung in das Leben von Sarah Kelling einkehren.

Band 1031

Charlotte MacLeod

»Der Kater läßt das Mausen nicht«

Für Betsy Lomax, die erprobte Haushaltshilfe von Professor Peter Shandy, fängt der Tag wahrlich nicht gut an. Bestürzt muß sie feststellen, daß ihr Kater Edmund ihrem Untermieter Professor Herbert Ungley das Toupet geraubt hat. Ihre Bestürzung wandelt sich in Entsetzen, als sie Ungley tot hinter dem Clubhaus der noblen Balaclava Society findet... Da der Chef der Polizei sich weigert, den Tod Ungleys als Mord anzuerkennen, gibt es für Betsy Lomax nur einen, von dem sie Hilfe erwarten kann – Peter Shandy, seines Zeichens Professor für Botanik am Balaclava Agricultural College. Dieser stößt bei seinen Ermittlungen in ein Wespennest – einflußreiche Persönlichkeiten in Balaclava Junction schrecken offenbar auch nicht vor Mord zurück, wenn es um Geld und Politik geht.

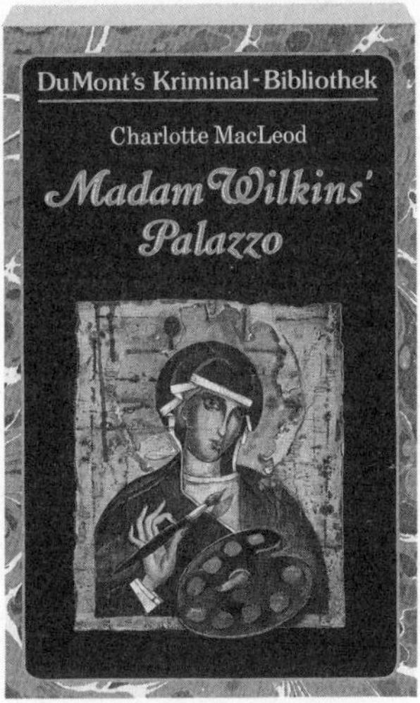

Band 1035
Charlotte MacLeod
Madam Wilkins' Palazzo

Sarah Kelling sagt nur zu gern zu, als der smarte Detektiv in Sachen Kunstraub und Fälschung, Max Bittersohn, sie zu einem Konzert in den Palazzo der Madam Wilkins einlädt, ein Museum, das für seine exquisite Kunstsammlung berühmt und für den schlechten Geschmack seiner Besitzerin berüchtigt ist. Doch Bittersohns Einladung steht unter keinem guten Stern: Die Musiker sind schlecht, das Buffet läßt zu wünschen übrig – und einer der Museumswächter fällt rücklings von einem Balkon im zweiten Stock des Palazzos. Als Bittersohn dann noch entdeckt, daß die berühmte Kunstsammlung mehr Fälschungen als Originale enthält, steht eines zumindest fest: Mord sollte eben nie nur als schöne Kunst betrachtet werden!